아이는 왜 폴렌타 속에서 끓는가

WARUM DAS KIND IN DER POLENTA KOCHT
by Aglaja Veteranyi

아글라야 페터라니
아이는 왜 폴렌타 속에서 끓는가

배수아 옮김

work
rk
ro
om

일러두기

이 책은 아글라야 페터라니(Aglaja Veteranyi)의 『아이는 왜 폴렌타 속에서
끓는가(Warum das Kind in der Polenta kocht)』(1999)를 한국어로
옮긴 것이다. 2019년 뮌헨의 펭귄 출판사(Penguin Verlag)에서 출간된
책을 번역 저본으로 삼았다.

원문에서 대문자로 강조된 경우 고딕체로 표기했다.

차례

작가에 대하여

아글라야 페터라니(Aglaja Veteranyi, 1962-2002)는 1962년 루마니아의 부쿠레슈티에서 태어났다. 어머니는 국립 서커스단의 유명한 곡예사였고, 아버지는 인기 있는 광대였다. 이들은 서커스 가족을 이뤄 여러 나라를 떠돌며 공연한다. 어린 나이에 곡예사로 살게 된 페터라니는 정규교육을 받지 못했지만 루마니아어와 스페인어를 익혔고, 부모의 이혼 후 어머니와 함께 스위스에 정착한 다음에는 독일어를 독학으로 공부한다. 취리히 연기 학교에서 연기 수업을 받고 배우로 활동하는 한편 작가로서 글을 쓰기 시작한 페터라니는 동료들과 함께 1992-3년 실험 작가 동맹 '망(網)'과 실험 문학그룹 '말펌프'를 꾸려 산문과 희곡, 시 등을 다수 발표했고, 1996년 퍼포먼스 극단 '천사의 기계'를 결성하기도 했다. 1999년 자전적이야기를 바탕으로 한 첫 번째 소설 『아이는 왜 폴렌타 속에서 끓는가』를 독일어로 쓰고 펴내 이듬해 취리히 문학상을 받았다. 이후 정신적 장애에 시달리다가 2002년 2월 취리히 호수에서 자살했다. 사후에 두 번째 소설이자 미완성작인 『마지막 숨의 선반』 등유작이 여럿 출간되었다.

이 책에 대하여

이 글은 루마니아에서 태어나 유럽을 떠돌며 루마니아어에 이어 스페인어를 익혔지만 읽거나 쓰지 못하다가 스위스에 정착해 독일어를 스스로 읽고 쓰게 된 이가 쓴 첫 소설이다. 여러 언어를 알았지만 자신의 언어를 갖지 못했던 이가 자신이 택한 언어로 처음 쓴 자전적 글은 우리가 한 언어를 가지고 있고 알고 있다고 오해하고 있지 않은지 돌아보게 한다. 우리는 자신의 언어를 찾았는가?

　무언가를 전달하기 위해 글을 쓰는 작가가 되레 말을 아끼고, 표현을 축소한다. 우리는 작가가 택한 말들의 사이 공간에서 또 다른 말을 발견해야 하는데, 이는 번역을 통해 이중의 행위가 된다. 작가가, 주인공이, 자국과 타국에서 이중의 소외를 겪었듯이.

　작은 말. 작은 말은 보다 쉽게 움직인다. 말을 둘러싼 소유의 개념을 버린다면, 말을 몸에 가두지 않으려 시도해 본다면? 정형화된 말을 내려 둔다면, 말을 실험 속에 풀어 둔다면?

　이야기가 최소한의 말들을 징검돌 삼아 뛴다. 그렇게 연결된다. 최소한의 말들 사이에, 선언이나 예견을 닮은 말들이 제자리를 갖는다. 극단적이거나 극단에 닿은 말이 아니라, 극단의 자리를 마련해 거기 공간이 있음을 알리는 말들. 폴렌타처럼, 머멀리거처럼 단순하게 조합된 거친 질감의 말에 수식은 무겁다. 익숙한 언어의 수사에 짓눌려 지내 왔음을 알지 못해 온 이들에게 이 글은 본연의 재료를 상기시킨다. 미화되지도, 그렇다고 현실 고발을 목적으로 삼지도 않는 듯한 몰랐던 생의 이야기가 현실과 상상 사이에서 몰랐던 순간을 만들어 낸다. 거기서 작은 목소리가 크게 들린다. 어린아이의, 여자들의, 이민자들의, 동물들의, 꾸밈을 거부하는 목소리들이.

무정부주의자같이 등장하는 문장들은 툭툭 던져지며 낯선 빛을 낸다. 연극 대사처럼 움직이는, 지면의 무대에 펼쳐진 산문시, 종종 끔찍함을 견뎌야 하는 종류의. 그렇게 견딘 이에게 주어지는 단면의 피부, 작음으로 소수됨을 획득한 말들의.

편집자

하네스 베허를 위하여*

* Hannes Becher. 페터라니가 연기 수업을 받았던 취리히 연기 학교의 설립자이며
페터라니의 멘토. 페터라니는 이후 그와 함께 이 학교를 이끌었다. — 옮긴이

1

1

나는 천국을 상상한다.

그것이 너무 크기에, 마음을 진정시키기 위해 곧바로 잠이 든다.

잠에서 깨어나니, 신이 천국보다는 조금 더 작다는 것을 알게 된다. 그렇지 않으면 우리는 너무 무서운 나머지 기도하면서도 계속 잠으로 빠져들 것이다.

신은 외국어를 할 줄 알까?

신은 외국인도 이해해 줄까?

아니면 천사들이 작은 유리 칸막이 안에 앉아 통역해 주는 걸까?

그리고 정말로 천국에도 서커스가 있을까?

어머니는 그렇다고 한다.

아버지는 웃는다, 아버지는 신과의 관계가 좋지 않다.

신이 정말 신이라면, 내려와서 우리를 도와주겠지, 아버지는 말한다.

하지만 어차피 우리가 나중에 그에게 갈 텐데 왜 신이 미리 내려오겠는가? 어쨌든 남자들은 경쟁심 때문에 여자와 아이들보다는 신을 덜 믿는다. 아버지는 신 역시 자신과 마찬가지로 내게 아버지가 되는 걸 원치 않는다.

이곳은 외국의 모든 나라다.

서커스는 항상 외국에 있다. 그러나 집은 트레일러에 있다. 집이 연기처럼 증발해 버리지 않도록 나는 트레일러 문을 최대한 조금만 연다.

어머니의 구운 가지 요리에서는, 우리가 어느 나라에 있든 상관없이, 늘 고향의 냄새가 난다. 우리 나라의 음식이 전부 외국으로 팔려 나가기 때문에 외국에 우리 나라가 더 많은 거라고 어머니는 말한다.

우리가 고향에 있다면, 모든 것에서 외국의 냄새가 나는 걸까?

나는 우리 나라를 오직 냄새로만 안다. 그것은 어머니의 음식 냄새다.

아버지는 말한다, 사람은 자기 나라의 냄새는 어디서라도 기억할 수 있지만, 오직 멀리 있을 때만 그 냄새를 알아차릴 수 있다고.

신은 어떤 냄새가 날까?

어머니의 음식은 세계 어디서나 똑같은 냄새가 나지만, 외국에서는 그 맛이 달라진다. 그리움 때문이다.

게다가 우리는 이곳에서 부자처럼 산다. 식사가 끝난 후에는 양심의 가책 없이 수프의 뼈다귀를 버릴 수 있다. 고향에서라면 다음번 수프를 끓이기 위해서 보관해야 하겠지만.

내 외사촌 아니카는 고향에서 빵을 사기 위해 빵 가게 앞에서 밤새도록 줄을 서서 기다려야만 한다. 사람들이 얼마나 다닥다닥 붙어 줄을 서 있는지, 다들 줄을 선 채로 잠을 잘 수 있을 정도다.

줄 서기는 고향에서 하나의 직업이다.

나에구 외삼촌과 그 아들들은 서로 교대해 가면서 밤낮으로 줄을 선다. 상점 바로 앞에 도달하면 그들은 지겹게 기다리지 않아도 될 만큼 여유 있는 사람들에게 자신들의 좋은 자리를 판매한다. 그런 다음 줄의 맨 끝으로 가서 다시 기다리기 시작한다.

외국에서는 기다릴 필요가 없다.

이곳에서는 물건을 사기 위해 시간을 들일 필요가 없다. 돈만 있으면 된다.

시장에서 줄을 설 필요는 거의 없다. 도리어 반대로 왠지 중요한 사람처럼 대우받는다. 심지어 뭔가를 사면 고맙다는 감사의 인사를 듣기도 한다.

이곳 사람들은 치아 상태가 좋다. 언제라도 질 좋은 고기를 살 수 있기 때문이다.

고향의 아이들은 치아가 썩었다. 몸이 비타민을 모조리 빨아 가 버리기 때문이다.

새로운 도시에 도착할 때마다 어머니와 나는 가장 먼저 시장으로 가서 신선한 고기와 달걀을 산다.

생선 가판대에서 나는 살아 있는 생선을 바라보지만 어머니는 생선을 거의 사지 않는다. 내가 생선 요리를 싫어하기 때문이다. 아주 드물게 어머니 자신을 위해서 생선 한 마리를 사고, 그것으로 수프를 끓인다. 그런 날이면 나는 어머니가 손가락으로 생선 대가리를 잡고 빨아 먹는 순간이 두렵다. 속이 울렁거리지만 그래도 나는 그 광경을 지켜본다.

내가 가장 좋아하는 음식은

소금과 버터를 넣은 폴렌타.

닭고기 수프.

솜사탕.

마늘 넣은 닭고기 구이.

버터.

토마토, 양파, 해바라기 오일을 곁들인 검은 빵.

미트볼.

잼 바른 크레이프.

마늘 젤리 돼지고기.

으깬 감자와 구운 양파를 곁들인 토마토 닭고기 구이.

견과류가 들어가지 않은 화이트 초콜릿.

건포도와 계피를 곁들인 쌀 푸딩.

마요네즈 소스를 뿌린 가지 샐러드.

다진 베이컨을 섞은 라드.

속을 채운 파프리카, 사워크림과 폴렌타.

헝가리 살라미.

밀가루를 입힌 구운 사과.

소금에 절인 양배추와 돼지고기.

피 소시지.

스마티 초콜릿으로 장식한, 망자를 위한 거친 밀가루 케이크.

흰 빵을 곁들인 포도.

소금 뿌린 오이.

마늘 소시지.

차가운 우유를 곁들인 따뜻한 폴렌타.

포도 잎에 만 고기.

막대 사탕.

생양파를 넣은 굴라시.

염소 치즈를 넣은 폴렌타.

버터와 설탕을 뿌린 흰 빵.

구운 아몬드.

깜짝 선물이 든 껌.

나는 날양파가 가장 맛있다. 나는 주먹으로 양파를 눌러 으깬다. 그러면 심장이 튀어나온다. 오렌지는 좋아하지 않는다. 비록 고향에서는 크리스마스나 되어야만 맛볼 수 있는 과일이지만.

아버지는 토마토를 넣은 스크램블드에그를 좋아한다.

외국은 우리를 변화시키지 못한다. 어느 나라에 있더라도 우리는 입으로 먹기 때문이다.

어머니는 새벽에 일어나 요리하기 시작한다. 닭 털을 뽑고 가스 불에 올린다. 어머니는 살아 있는 닭을 가장 선호한다. 그것이 가장 신선하기 때문이다.
호텔 욕조에서 어머니가 닭을 도살한다.

도살될 때 닭은 요란하게 국제적인 비명을 지르며, 우리는 어디서나 그 의미를 이해한다.

호텔에서의 도살 행위는 금지되어 있으므로, 우리는 소음을 숨기기 위해 라디오를 켜고 창문을 연다. 닭이 죽기 전에 미리 보고 싶지는 않다. 그러면 살려 두고 싶어질 테니까. 수프에 들어가지 않는 건 죄다 변기로 간다. 나는 변기가 무서워서 밤에는 세면대에서 오줌을 눈다. 거기에서라면 죽은 닭이 다시 튀어나오는 일은 없다.

우리는 항상 다른 곳에서 산다.

어떨 때는 트레일러가 너무 작아서 서로 지나다닐 수조차 없다.

그러면 서커스는 우리에게 화장실이 딸린 대형 트레일러를 내준다.

혹은 벌레가 우글거리는 축축한 동굴 같은 호텔 방에서 살기도 한다.

그러나 냉장고와 텔레비전이 갖추어진 고급 호텔일 때도 가끔 있다.

한번은 호텔 방 벽에 도마뱀이 지나다니는 일도 있었다.

우리는 동물이 이불 속으로 기어 들어오지 못하도록 침대를 방 한가운데로 옮겼다.

그리고 어머니가 정원 문에 서 있을 때, 뱀이 발등을 지나가기도 했다.

우리는 아무것에도 정들면 안 된다.

나는 그 어디라도 집처럼 편안하게 느끼는 데 익숙하다.

그러려면, 내 푸른 수건을 의자에 펼쳐 놓기만 하면 된다.

이것은 바다다.

내 침대 곁에는 항상 바다가 있다.

침대에서 일어나기만 하면, 나는 바로 헤엄칠 수 있다.

내 바다에서 헤엄치기 위해 반드시 헤엄치는 법을 알아야만 하는 건 아니다.

밤이면 나는 바다를 어머니의 꽃무늬 가운으로 덮는다.
소변을 보러 일어날 때 상어가 날 잡아먹지 못하도록.

언젠가 우리는 호화로운 큰 집을 갖게 될 것이다. 거실에는 풀장이 있고 소피아 로렌이 우리 집을 드나들 것이다. 나는 방 하나를 옷장으로 가득 채우고 옷장마다 내 옷과 물건을 보관하고 싶다.

아버지는 말이 그려진 진짜 유화 작품을 수집하고 어머니는 비싼 도자기 그릇을 수집한다. 하지만 그 그릇들을 실제로 사용한 적은 단 한 번도 없는데, 짐을 싸고 푸는 과정에서 다 망가지고 깨지기 때문이다.

우리의 소유물은 엄청난 양의 신문지와 함께 커다란 가방에 들어 있다.

우리가 갖게 될 커다란 집을 위해 우리는 여러 나라에서 좋은 물건들을 수집한다.

이모는 애인들이 축제 마당에서 쏘아 맞춘 봉제 인형을 수집한다.

2

어머니는 강철 머리카락을 가진 여자다.

어머니는 머리카락으로 원형 천장 꼭대기에 매달려 공, 고리, 횃불로 곡예를 펼친다.
나중에 자라서 키가 커지고 호리호리해지면, 나도 머리카락으로 천장에 매달려야 한다. 나는 머리를 아주 조심해서 살살 빗어야 한다. 어머니는 머리카락이 여자에게 가장 중요하다고 한다.

아버지는 엉덩이가 가장 중요하다고 한다.

나는 엉덩이가 서커스 천막만큼이나 큰 여자를 상상해 본다.
하지만 그건 매달리는 일에는 적당하지 않다.

나는 절대 머리카락으로 매달리지 않을 것이다. 나는 그러고 싶지 않다.

나는 수프에 넣을 닭의 깃털을 뽑듯이 머리카락을 뭉텅이로 잡아 뜯는다.

머리카락이 없는 여자는 남편을 얻지 못한다고 어머니는 말한다.

나는 남편을 원하지 않는다, 나는 언니처럼 되고 싶다고 말한다. 언니는 용기가 넘치고 항상 문제를 일으킨다.

언니는 단지 아버지의 딸일 뿐이다.

언니는 뭐든지 다 먹는다. 구루병에 걸려 온몸에 이가 득실거릴 때 어머니가 언니의 생명을 구했기 때문이다.

언니는 사실 남이지만, 나는 언니를 친언니처럼 사랑한다.

언니의 어머니는 아버지의 의붓딸이다. 아버지의 의붓딸과 그 어머니, 즉 언니의 할머니이자 아버지의 전 부인은 병원에 있다. 미쳐 버렸기 때문이다.

언니도 이미 미쳤다고 어머니는 말한다. 아버지가 언니를 여자로 사랑하기 때문이다.

나 역시 미치지 않도록 조심해야 한다. 그래서 어머니는 어디에 가든 항상 나를 데리고 다닌다.

어차피 아버지는 언니만을 원한다.

언니는 모든 면에서 나보다 월등하다. 나보다 겨우 몇 살 밖에 많지 않지만, 벌써 무릎이 박살 났다. 아버지가 트랙터로 언니의 다리를 치어 버렸기 때문이다. 그래야 언니가 다른 남자를 찾지 못하고 영원히 아버지 곁에 머물 테니까.

나 또한 진짜로 부상을 입기 전에는 절대 서커스의 일부가 되지 못할 것이다. 하지만 그건 불가능한데, 어머니가 늘 방해하기 때문이다. 내가 밧줄에 올라가려고만 해도 어머니는 거의 실신할 지경에 이른다.

어머니는 누가 주변에서 웃기만 해도, 금세 끔찍한 일이 벌어질 것처럼 굴 때가 많다. 특히 여자가 웃을 때면 더더욱.

여자들은 질투심이 많고 계산적이며 마음속으로 사악한 음모를 꾸민다고 어머니는 말한다.

태어나기 전 나는 그냥 누군가에 불과했다.

나는 태어나기 전부터 이미 8개월 동안이나 머리를 아래로 한 자세로 줄 위에서 곡예를 펼치고 있었다. 나는 어머니 안에 누워 있었고, 어머니는 공중의 높은 줄 위에서 다리를 일직선으로 찢는 동작을 했다. 그러면 나는 아래를 내려다보거나 로프에 머리가 짓눌리거나 둘 중 하나였다.

한번은 어머니가 다리를 일직선으로 벌린 자세에서 일어서지 못했고, 그때 나는 거의 밖으로 빠져나올 뻔했다. 그 일이 있은 직후에 나는 태어났다.

태어났을 때 나는 무척 어여뻤으므로, 어머니는 누가 나를 훔쳐 가고 대신 모르는 아기를 요람에 남겨 둘까 봐 겁이 났다.

나는 머리카락이 하나도 없이 태어났다. 목욕을 시킨 후 어머니는 검은색 연필로 진하게 내 눈썹을 그려 주었다. 이모는 내 손가락이 모두 있는지 세어 보았고 산파는 내 구부러진 다리를 붕대로 묶었다.

아버지는 거기에 없었다.

어머니는 내게 산파와 같은 이름을 붙였다. 산파 역시 외국에서 왔기 때문이다.

그리고 두 번째 이름은 이모가 영화배우의 이름을 따서

30

지어 주었다. 그러면 유명해질지도 모르니까. 하지만 내 이름은 소피아 로렌은 아니다.

나는 하루 종일 밤이 되기를 기다린다. 만약 어머니가 서커스 천장에서 떨어지지 않으면, 우리는 공연 후에 함께 닭고기 수프를 먹는다.

어머니의 다리는 아주 길고 가늘다. 사진 속 어머니는 곧고 검은 머리카락 때문에 일본 여자처럼 보인다. 우리는 닮지 않았다.

나는 아버지를 닮았다.

그자는 네 아버지도 아니야, 천하의 악당 같은 놈, 어머니는 종종 화를 내며 내뱉는다. 그 인간은 우리가 필요 없어!

내 아버지가 왜 내 아버지가 아니라는 걸까?

어머니는 때때로 남자들 앞에서 내 언니인 척하기도 한다. 그럴 때면 눈동자를 굴리고 갑자기 입에 꿀이라도 문 것처럼 발음을 길게 끈다. 하지만 어머니는 사실 꿀을 좋아하지 않는다. 어머니가 좋아하는 건 버터를 바르고 소금을 뿌린 검은 빵이다. 그리고 백포도주를 좋아한다. 내가 솜사탕을 먹듯이 그만큼 자주 백포도주를 마신다. 우리가 그러는 대신 돈을 모았다면 지금쯤은 닭을 키울 만한 큰 집을 살 수 있었을 것이다.

내 언니인 척할 때, 어머니에게서는 갑자기 이상한 냄새가 난다. 그러면 어머니는 나를 만질 수 없다. 호텔에서도 어머니는 바닥에서 자야 한다. 내가 어머니와 한 침대에서 자고 싶지 않기 때문이다.

어머니는 다른 사람들과 다르다. 머리카락으로 매달리기 때문에 머리통이 길게 늘어나고 뇌도 길게 늘어난다.

고향에서 사람들은 꿈에서조차 자유롭게 생각할 수 없다. 소리 내어 말했다가 스파이에게 들키면 시베리아로 끌려간다.
벽 속에는 스파이들이 다니는 비밀 통로가 있다.

그러나 이방인들도 우리를 해치고 싶어 한다.
나는 결코 혼자서 트레일러를 나가면 안 된다.
다른 아이들과 놀아서도 안 된다.
어머니는 누구도 믿지 않는다.
나도 그것을 배워야 한다.

임신하기 전에 여자는 갈증을 느끼고 물을 많이 마신다.
그러면 아이가 형성된다.

아이가 신호를 보내면 어머니의 하복부는 완전히 닫혀
서 아이가 어머니의 배에서 떨어지지 않는다.

배 속은 집과 같다. 침대나 따뜻한 물이 든 욕조가 있는
집.

어머니가 내려보내는 것을 아이가 먹는다.

어머니가 할 수 있는 건 무엇이든 아이도 할 수 있다. 오
직 임신만을 제외하고.

**남편 없이는 아이를 갖는 것이 금지된다. 태어나기 전에도
마찬가지다.**

그러나 어머니의 배 속에는 결혼할 수 있는 남자가 없다.
설사 남자가 있다고 해도 그는 친척이 된다. 친척과는 결
혼하지 않는다. 다리가 달라붙은 아이가 태어날 것이기
때문이다. 그런 아이를 보면 사람들은 그 부모가 서로 친
척 관계이며 결혼하지 않은 사이임을 알아차린다.

하지만 어쩌면 이곳 외국에서는 좀 다를지도 모른다.

어머니가 울면 배 속에서는 홍수가 일어난다. 아이도 울
기 때문이다.

아이는 아버지보다 어머니에게 더 많이 속한다. 어머니는
어머니이기 때문이다.

언니는 남자처럼 아름답고 모든 아이들을 두들겨 패고
모든 아이들에게 두들겨 맞는다. 언니는 집시다.

나도 집시가 되고 싶어.

어머니가 원형 천장에 머리카락으로 매달려 있는 동안
언니는 나를 진정시키려고 **폴렌타 속에서 끓는 아이의 이
야기**를 들려준다.
폴렌타 속에서 끓는 아이가 얼마나 아플지 상상해 보라
고, 그러면 어머니가 언제라도 천장에서 떨어질 수 있다
는 불안을 잠시라도 잊을 수 있을 거라고 언니는 말한다.
하지만 소용없다. 나는 항상 어머니의 죽음을 생각하고
있어야 한다. 그래야 갑작스런 소식에 놀라지 않을 테
니까. 나는 눈앞에서 본다, 들고 있던 횃불이 머리카락
에 옮겨붙고, 불덩어리가 되어 바닥으로 추락하는 어머
니를. 내가 허리를 굽혀 바라보면, 어머니의 얼굴은 재가
되어 바스러진다.

나는 비명을 지르지 않는다.
나는 내 입을 버렸다.

이가 빠지는 꿈을 꾸면, 누군가가 죽는다.

서커스 천막을 해체하는 일은 어디서나 똑같다. 거대한 장례식과도 같은 그것은, 언제나 한 도시에서의 마지막 공연이 끝난 후 밤에 이루어진다.

서커스 울타리가 제거되고 나면 간혹 낯선 이들이 트레일러로 와서 창유리에 얼굴을 대고 안을 들여다본다.

나는 시장의 생선이 된 기분이다.

트레일러와 케이지는 장례식 행렬처럼 깜빡이를 켠 채 역으로 운반되어 기차에 실린다.

내 안의 모든 것이 녹아 사라진다. 바람이 나를 통과해 불어 간다.

무엇보다도 나는 바깥의 사람들처럼 되고 싶다. 거기에서는 누구나 읽을 수 있고 알 수 있다. 그들은 흰 밀가루의 영혼을 가졌다.

무엇보다도 나는 죽어 있고 싶다. 그러면 모두가 내 장례식에 와서 눈물을 흘리고 서로를 비난할 것이다.

슬픔은 늙게 만든다.

나는 외국의 아이들보다 나이가 많다.

루마니아의 아이들은 늙은 채 태어난다. 이미 어머니의
배 속에서부터 가난하고, 부모의 근심을 들어야 하기 때
문이다.

여기서 우리는 낙원에서처럼 산다. 하지만 그것이 나를
더 젊게 만들지는 않는다.

고향에서 내 부모는 국립 서커스단의 곡예사였다. 그들은 매우 유명했다.

독재자는 가시철조망으로 루마니아를 둘러쌌다.

아버지가 서커스 기금을 훔친 후, 아버지, 어머니, 이모, 언니와 나는 비행기를 타고 해외로 도피했다.

어머니는 훔친 돈을 가지고 호텔 인터내셔널에 가서 눈웃음으로 애교를 부려 달러를 환전했다.

죽은 자가 산 자보다 더 잘 산다고 어머니는 말한다. 천국에서는 여행하는 데 여권이 필요 없기 때문이다.

이모는 남편을 두고 떠나왔다. 이모는 그에 관해서 거의 말하지 않는다.

어머니가 도리어 자신의 여러 형제자매 이야기를 더 자주 한다. 그러면서 어머니는 울고 자기 머리를 때린다. 그 모습은 마치 발레 동작 같다.

이모는 울지 않는다. 이모는 어머니보다 나이가 많다.

이모는 어머니의 그림자 같다.

그러나 이모는 사진마다 그 속의 풍경에 속한 것처럼 매번 다르게 보인다. 이모는 항상 꽃, 유리병, 접시, 곰 인형, 라디오 등 그 순간 주변에 있는 사물과 함께 사진에 찍혀 있다.

아버지와 함께하는 공연에서 이모는 남자 복장을 하고 콧수염을 단다. 이모는 눈에 띄게 매우 진한 화장을 할 때가 많다. 눈썹에 닿을 만큼 기다란 가짜 속눈썹을 붙이고, 브래지어에 솜을 넣어 가슴을 치켜올린다.

이모 주변에는 선물을 안기는 남자들이 끊이지 않고 매번 바뀐다.

우리가 같은 호텔 방을 쓸 때, 이모는 간혹 다른 누군가와 함께 욕실에서 밤을 보낸다.

하지만 이모가 그러는 건 상관없다.

우리는 정교회 신자이므로 선한 사람들이라고 어머니는 말한다.

정교회가 뭐야?

그건 신을 믿는다는 뜻이야, 어머니가 대답한다.

정교회에서 신자들은 주로 노래하고, 먹고, 기도한다. 하지만 나는 아직 정교회에 가 본 적이 없다.

이모는 늘 거친 밀가루로 망자를 위해 스마티 초콜릿 장식을 올린 케이크를 만든다. 하지만 기부할 만한 정교회가 근처에 없어서 케이크는 우리가 직접 먹는다.

케이크를 먹는 동안 어머니는 울면서 가족 중 죽은 이들의 수를 센다.

이모가 나에게 윙크한다: 네 어머니는 오페라 가수가 되었어야 하는데.

독재자는 신을 금지했다.

그러나 여기 외국에서 우리는 신자가 될 수 있다. 비록 정교회가 거의 없긴 하지만.

매일 밤 나는 어머니에게서 배운 기도를 올린다.

고향에서는 아이들이 기도하지도, 신을 그리지도 못한다. 그림에는 항상 독재자나 그의 가족이 나와야만 한다. 방마다 독재자의 사진이 걸려 있다. 그가 어떻게 생겼는지 모르는 아이들이 한 명도 없도록.

그의 아내는 도시의 절반을 가득 채울 만큼 구두가 많다.

그 여자는 집들을 신발장처럼 사용한다.

독재자의 직업은 구두 만드는 사람이며, 그는 돈으로 학
교 졸업장을 샀다.
그는 글을 쓸 줄도 읽을 줄도 모른다고 어머니는 말한다,
그는 벽보다 더 바보라고.
하지만 벽은 죽이지는 않지, 아버지가 말한다.

피가 심장을 향하듯이, 사람들은 행복을 추구한다. 피가 심장으로 흐르지 않으면 인간은 말라 죽는다고 아버지는 말한다.
외국은 심장이다. 그리고 우리는 피다.

그러면 고향에 있는 가족들은?

3

나는 매우 깨끗하다.

어머니는 내가 씻을 수 있도록 매일 가스레인지에 물을 데워야 한다.

나는 이모에게서 그렇게 배웠다.

루마니아 여자들은 열정적이고 깨끗하다고 어머니는 말한다.

하지만 어머니는 나나 이모만큼 씻기를 좋아하지 않는다. 그보다는 목욕을 선호한다. 우리는 대개 욕조가 없다. 사람이 매일 몸에 물을 묻히면 통풍이 오고 나중에는 미쳐 버린다고 어머니는 말한다.

공연 전마다 머리를 적셔야 하므로 어머니는 조심해야 한다.

물에 젖으면 머리카락은 더 강해지고 마른 머리카락은 끊어진다. 하지만 아무도 이런 사실을 알면 안 된다.

공연이 시작되기 전에 나는 늘 조용히 있어야 한다.

공연 한 시간 전에 준비가 시작된다:

1. 물을 끓인다. 어머니는 빗물로만 머리를 감는다. 우리
   는 항상 빗물을 많이 모아 둔다.
2. 어머니는 그릇에 고개를 숙이고, 이모는 따뜻한 물을

어머니의 머리에 붓는다.

3. 어머니는 고개를 숙인 자세 그대로 머리카락 전체가 다 고르게 펼쳐질 때까지 머리를 빗는다. 조금이라도 불규칙한 부분이 있으면 그 자리마다 머리카락이 뭉텅이로 뽑혀 나간다. 그런 일은 절대로 일어나서는 안 된다!

4. 아버지가 젖은 가죽 수건으로 머리를 감싸고 이모는 둥근 고무줄로 머리를 묶는다.

5. 어머니가 고개를 든다.

그 밖의 추가 단계는 아버지와 이모가 번갈아 가며 수행한다.

하지만 더 이상 자세히 말하면 안 된다.

밖에서는 언니가 우리 트레일러로 다가와 훔쳐보는 사람이 없도록 지키고 있다.

그리고 나는 어머니 옆에서 가만히 있어야 한다. 어머니가 내 걱정을 하지 않도록.

걱정은 머리카락을 약하게 만든다.

공연 후에는 머리카락을 다시 천천히 풀고 두피를 비타민 주스로 문지른다. 그것은 내 일이다.
마지막으로 어머니는 고개를 숙이고 머리를 빗는다.
어머니는 머리를 빗을 때 항상 스위스제 특수 빗을 사용한다.

그런 다음 빠진 머리카락을 센다.
이것은 아주 중요하다.
빠진 머리카락 숫자는 그날의 공연이 어땠는지, 어머니에게 비타민이 충분한지, 혹은 너무 살이 찐 건 아닌지 알려 주기 때문이다.

빠진 머리카락은 우리가 처한 위험의 정도를 드러낸다.

그 누구도 어머니의 머리 길이를 알면 안 된다. 만약 그랬다가는 당장 누군가 우리의 공연을 도용할 것이고, 우리는 일거리를 찾지 못하고서 고향으로 돌아가야만 할 것이다. 그래서 어머니는 늘 머리에 스카프나 가발을 쓰고 있다.

우리는 서커스가 아닌 숲에서 연습을 한다.

어머니는 머리카락으로 나무에 매달려 있고, 이모는 어머니에게 곤봉을 던지고 피루엣을 한다. 가끔은 아버지 머리 위에 한 다리로 선 언니가 어머니와 저글링 곡예를 펼친다. 그동안 나는 바닥에서 양다리를 일자로 벌리는 연습을 한다. 내 몸은 아주 유연해서 뱀 여자로 공연에 나가도 될 정도다. 나중에는 나도 나만의 단독 곡예 프로그램을 갖고 싶다. 하지만 어머니가 원하지 않는다. 우리는 언제나 함께 공연해야만 한다. 그래야만 서커스 단장이 우리 모두를 위해 여행 경비와 호텔 숙박비를 지불할 것이기 때문이다.

뿐만 아니라 그는 우리 개 복시의 여행 경비도 지불해야 한다. 아버지는 복시와 함께 공연한다. 복시는 반짝이 의상을 입고 담배를 피우며, 실린더 모자 속으로 오줌을 눈다. 아버지는 복시에게 노래도 가르칠 것이다.

팡파르가 울리며 진행되는 서커스의 마지막 퍼레이드는 내 맹장 수술만큼이나 끔찍하다. 퍼레이드는 어느 나라든 똑같다. 곡예사 모두가 일렬로 혹은 원형으로 서서 손을 흔든다. 정말 한심하다!

서커스 단장이 나도 나가야 한다고 고집을 피우지만 않으면, 나는 트레일러에 처박혀서 드럼 소리가 들리지 않도록 라디오를 켠다.

아버지는 의자처럼 키가 작다.

아버지는 미국 대통령만큼이나 유명하다. 그는 광대이자 곡예사이며 악당이다.

공연이 시작되기 전, 그는 항상 서커스 바에 서서 주요 인사들과 대화를 나누며 사업을 한다.

그는 우리의 사진을 화면에 붙인다.

그런 다음 텔레비전을 촬영한다.

이게 우리입니다, 그는 주요 인사들에게 말한다. 우리는 텔레비전에 여러 번 출연했거든요!

때때로 그는 다른 남자들과 주먹질한다.

혹은 어머니를 때리고 면도칼로 의상을 난도질하면서 말한다: 오늘 내가 널 천장에서 떨어뜨리고야 말겠어!

아버지는 내 할아버지라고 할 만큼 나이가 많지만, 아버지 자신은 그 사실을 모르는 것 같다.

고향을 떠나온 후 아버지는 영화감독이 되기도 했다. 그는 카메라를 들고 다니면서 그 지역을 촬영한다. 그러느라 아버지는 우리가 가진 돈 거의 전부를 소비한다.

그는 우리뿐 아니라 내 인형까지도 촬영했다.

언젠가 어머니는 질투심에 못 이겨 아버지를 쏜 다음, 곧 양손으로 얼굴을 치며 **오 안 돼! 도와줘! 도와줘!** 하고 외쳐야만 했다.

그 연기는 꽤 괜찮아 보였지만 그럼에도 아버지는 화를 냈다. 어머니가 도중에 웃었기 때문이다.

아프리카에서 아버지는 나를 납치할 역할로 정글에서 막 나온 벌거벗은 사람들을 고용했다. 다른 영화에서 그는 내 가슴에 고무 뱀을 올렸다. 내가 비명을 지르자 그가 덤불에서 튀어나와 뱀을 죽이고 나를 구했다.

아버지는 또 달리는 기차의 창에 매달리는 연기를 시도한 적도 있다. 짐을 올리는 선반에 침대 시트를 길게 묶고 그걸 붙잡은 채 창밖에 매달리는 것이다. 하지만 어머니는 그 장면을 촬영하기를 거부했고, 그러자 주먹질이 시작되었다. 아버지가 어머니에게 덤벼들었다. 어머니는 비명을 질렀다.

나는 아버지를 때렸다. 그가 돌아보았다.

픽!

내 얼굴이 빵 반죽처럼 부풀어 올랐고, 어머니는 다음 도시에서 나를 의사에게 데려가야 했다.

아버지는 툭하면 주먹질한다. 그가 떠나온 나라에서는 흔한 일이다.

아버지의 영화에서 그는 때때로 자신의 모국어로 말하고, 어머니와 나는 대개 대사가 없다. 있더라도 **도와줘!** 라는 외침이 전부다.

아프리카에서 우리는 1년 동안이나 기차에서 살았다.

나는 칸막이 객실 하나를 이모와 언니와 함께 썼다.

이모는 소피아 로렌과 다른 예쁜 여자들과 잘생긴 남자들 사진으로 벽을 채웠다.

모두 매우 유명한 사람들이다.

나도 유명해질 것이다.

외국에서는 독재자의 당에 속하지 않고서도 유명해질 수 있다.

밤낮으로 우리는 엘비스 프레슬리의 노래를 들었다.

그의 사진도 객실 벽 전체에 걸려 있다.

이모는 엘비스 프레슬리와 사랑에 빠졌다. 그가 노래를 부를 때 이모의 뺨은 붉어진다.

아프리카는 외국이지만, 루마니아만큼 가난한 사람들이 있다.

그들은 흑인이다.

아프리카의 가난한 사람들은 서커스에서 따로 앉아야 하지만 입장료는 전액을 지불해야 한다.

가난한 사람들은 우리를 위해 기차와 화장실을 청소하고 물통을 채우고 서커스를 설치하고 해체해야 했다.

서커스 단장은 우리가 그들에게 돈이나 선물을 주지 못하게 했다.

그들과 이야기하는 것도 금지했다.

누군가가 그걸 어겼을 때, 가난한 이들 여럿이 피가 날 정도로 두들겨 맞았다.

그들은 반격하지 않았다.

아무도 끼어들지 않았다.

서커스 단장은 반복해 말했다: 선물은 좋지 않다!

우리는 얻어맞지 않았다.

그래서 우리는, 고향보다 여기가 더 낫다는 것을 알았다.

그럼에도 어머니는 얼마 지나지 않아 병원으로 이송되었다. 쓸개에 돌이 생겼다.

아버지는 우리와 다른 모국어를 가졌다. 그는 우리 고향에서도 이방인이었다.

그는 다른 종족 사람이야, 어머니가 말한다.

그러나 외국에서 우리는 서로 다른 종족이 아니다. 비록 아버지가 거의 모든 문장을 다른 언어로 말하기는 하지만. 내 생각에 그는 어떨 땐 자신이 하는 말을 자기 스스로도 이해하지 못하는 것 같다.

아버지의 모국어는 파프리카와 베이컨이 든 크림소스처럼 들린다.

나는 그 소리가 좋지만, 아버지는 내게 그 언어를 가르쳐서는 안 된다.

아버지가 우리와 대화하고 싶다면 우리 언어로 해야 한다고 어머니가 말한다.

아버지는 루마니아의 교외 출신이다. 그래서 그는 그렇게 화가 나 있는 것이다. 우리가 수도 출신이기 때문에.

이모는 그를 **노인네**라고 부른다.

아니다, 내 아버지는 슬퍼하지 않는다. 그는 광대니까, 그
렇다.

4

누군가 내 이름을 묻는다면, 나는 어머니에게 물어보라고 대답해야 한다.

우리가 누군지 밝혀지면, 우리는 납치되어 돌려보내질 것이다. 어머니와 아버지, 이모는 죽임을 당하고 언니와 나는 굶어 죽고 모두가 우리를 비웃을 것이다.

루마니아에서는 우리가 탈출한 후 부모님에게 사형선고가 내려졌다.

호텔에서 아버지는 장롱을 문 앞으로 옮겨 놓고 장롱 앞에 소파를, 소파 앞에는 침대를 밀어 놓는다. 때로 우리는 한 침대에서 모두 함께 잠을 잔다. 호텔 방마다 발코니로 통하는 문이 있는 건 아니라서 다행이다!

내 인형도 혼자 길거리에 나가서는 안 된다.

여기서 이렇게 숨어 다녀야 한다면 왜 굳이 고향을 떠나온 건지 나는 이해할 수가 없다.

우리는 절대로 돌아가서는 안 된다, 그건 금지되어 있다.

고향의 할머니는 슬픔과 그리움으로 죽었다.

어머니는 여기가 뭐든 훨씬 낫다고 말하며 운다. 나는 돌아가고 싶다는 생각뿐이다. 우리가 남겨 두고 온 사람들은 우리가 부자가 되어 자신들도 여기로 데려와 주기를 바랄 것이다. 그들은 우리 모두를 사랑한다.

우리와 같은 나라에서 온 사람을 만날 때마다 어머니는 속삭이기 시작한다. 저들은 모두 스파이라고, 단지 스스로 탈출해 온 사람만이 스파이가 아니라고.

그들에게 어머니는 페트루 외삼촌 이야기를 한다.

내 동생은 피카소처럼 위대한 예술가예요, 그는 게이이고 깨끗하며, 천재랍니다!

어머니가 가장 먼저 하고 싶은 일은 돈을 써서 페트루 외삼촌을 감옥에서 빼내는 것이다.

여기서는 돈으로 무엇이든 살 수 있다고 아버지는 말한다. 이제 곧 우리는 너무도 부유해져서 다들 우리를 무서워하게 될 거라고.

우리가 탈출한 후 페트루 외삼촌은 감옥에서 고문을 당한다. 그리고 니쿠 외삼촌은 그의 아파트 문 앞에서 맞아 죽었다.

어머니는 그 소식을 듣자, 루마니아 통곡의 노래 같은 비명을 지르기 시작했다.

아버지가 호텔 복도의 창문을 모조리 부수고 경찰까지 출동한 다음에야 어머니는 비명을 멈추었다.

어머니는 우리의 삶을 책으로 쓸 사람을 찾을 것이다.

철의 문 그리고 자유의 문이 책의 제목이 될 것이다.

내 인형들은 바싹 여위었다. 인형들은 외국어를 이해하지
못한다.

아버지는 마치 사람과 하듯이 연미복과 대화를 나눈다.

그 누구도 연미복만큼 자신을 잘 알지 못한다고 아버지는 말한다.
연미복은 그의 행운의 부적이다. 아버지는 어머니를 만나기 전부터 그 연미복을 입고 서커스 공연을 했으며 앞으로도 결코 연미복과 헤어지지 않을 것이다. 독재자와 주요 인사들이 그 연미복을 입은 아버지를 보았다. 자신이 죽은 다음에는 연미복을 서커스 박물관에 기증할 생각이다. 나중에도 사람들이 위대한 **탄다리카**를 기억할 수 있도록.
이 연미복은 세상을 보았다고 아버지는 말한다. 그러니 할 말이 아주 많을 거라고.
무슨 말? 내가 묻는다.
아버지는 신문지를 태워 그 재로 두꺼운 눈썹과 콧수염을 만든 다음, 연미복을 입고 침울한 표정을 짓는다:

한 태생 외국인이 신발을 잃어버렸다. 그는 신발을 집에 둔 채 집을 강에 던져 버렸다.
아니면 집이 스스로 몸을 던진 것인가?
태생 외국인은 강에서 강으로 찾아다녔다.
그는 물속에서 한 노인을 만났다. 노인의 목에는 표지판이 걸려 있었다: **여기 천국**
외국인이 물었다: 아니, 천국이라고?

노인은 어깨를 으쓱하고는 표지판을 가리켰다.

그러자 집이 다시 나타났지만 완전히 다른 장소였다.

아마도 그건 다른 집일 것이다. 집은 외국인의 신발을 전혀 기억하지 못했기 때문이다.

나중에 그 집은 문을 잃었다.

그건 연미복이 만들어 낸 이야기냐고 내가 묻는다.

아니, 이건 우리의 이야기야, 아버지가 대답한다.

어머니가 말하는 우리의 이야기는 매일 다르다.

우리는 정교회 신자다, 우리는 유대인이다, 우리는 국제적이다!
할아버지는 서커스 공연장을 소유했고, 할아버지는 상인이자 선장이었고, 이 나라 저 나라를 여행했으며, 단 한 번도 자기 마을을 떠나지 않았고, 기관차 운전사였다. 그는 그리스인, 루마니아인, 농부, 터키인, 유대인, 귀족, 집시, 정교회 신자였다.
어머니는 어렸을 때부터 온 가족을 부양하기 위해 서커스 공연을 했다.
또 한번은 부모님의 뜻에 반하여 서커스를 선택하고 아버지와 함께 달아나기도 한다.
그 일로 할머니가 죽는다. 비록 다른 이야기에서는 우리가 고향을 탈출했기 때문에 할머니가 죽는다고 하지만.
어떤 이야기에서든 할아버지는 이미 죽은 사람이다.
의사들이 할아버지의 배를 열었고, 그러자 폐에 공기가 들어가는 바람에 할아버지는 죽었다.
할아버지는 암으로 죽었다고 아버지는 말한다.
어머니가 눈물을 터트린다: 누가 그걸 물어봤어? 내 아버지 일을 당신이 어떻게 그렇게 잘 안단 말이야? 아버지가 얼마나 좋은 사람이었는데! 그런데 어떻게 암으로 죽었단 소리를 할 수가 있어!

모든 이야기에서 할머니는 **천사**다.
그리고 어머니는 항상 할머니가 가장 사랑하는 아이다.

머리카락으로 매달려 있을 때, 어머니는 허공을 달린다.

이모는 매일 커피 찌꺼기로 내 미래를 점친다.

나는 유명해지고 행복해지리라고 이모는 말한다. 아주 부유해지고 마음대로 선택할 수 있는 남자도 많이 생긴다고. 그리고 아이들도 많이 낳고.

이모는 죽은 자들과 대화한다.

외국의 도시에서 우리는 이모의 애인과 함께 묘지에 가서 죽은 자를 바라본다.

나는 어머니와 함께 생선 시장에 가고 이모와 함께 묘지에 간다.

영안실에서 이모는 망자의 친척들에게 사인에 대해 묻고, 그들과 악수를 나누고, 애도를 표한다.

이모는 이미 수많은 죽음의 이유를 알고 있다.

모든 인간에게는 저마다 죽음의 이유가 있다.

매장되기 전에 낯선 사람의 방문을 받으면 망자에게 행운이 온다고 이모는 말한다.

살아 있는 시간보다 죽어 있는 시간이 훨씬 더 길기 때문에, 우리는 죽었을 때 더 많은 행운이 필요하다.

죽었다는 것은 잠자는 것과 같다.
몸이 누워 있지만 침대가 아니라 흙 속에 있는 것이다.
그런 다음 왜 살아 있는 것보다 죽는 것이 더 나은지 신에게 잘 설명해야 한다.
신을 납득시키지 못하면, 그는 너의 뇌를 깨끗이 지워 버릴 것이고 넌 삶을 처음부터 다시 시작해야만 한다.
기타.
기타.
기타.
기타.
기타.
등등.

나는 학교에 가지 않지만 외국어를 할 줄 알고 이야기를 많이 알고 있다. 학교에서는 도저히 배울 수 없는 것들이다. 어머니는 내가 학교에 다닐 필요가 없다고 한다. 정말 중요한 건 이미 다 알고 있으니까.

정말 중요한 것들

다른 사람들을 조심하기.

우리를 놀리지 못하도록 그들에게 진실을 말하지 않기.

그들은 내가 다르다는 것을 알아차리지 못한다. 나는 항상 우리에 대한 새로운 이야기를 꾸며 내기 때문에 그들은 내 말을 믿지 않는다. 우리는 아무도 아니다. 우리는 아무것도 경험하지 않았다.

어른이 되면 나는 영화배우가 되어 어머니에게 아름다운 집과 식당을 몇 채 사 줄 것이다. 나중에 고향의 국경이 개방되어 고향 사람들이 외국으로 달아날 수 있게 되면 우리는 그들에게 맛있는 루마니아 음식을 제공할 것이다.

어머니는 나중에 식당 주인이 되고 싶어 한다.

나는 독일에 대모가 있다. 대모는 식당 주인이다. 하지만 부자와 결혼했기 때문에 아이가 없다.

부자일수록 아이를 적게 가지려 한다고 어머니는 말한다.

나도 나중에 부자와 결혼할 것이다.

아니면 남자 두 명과. 그러면 절대로 혼자가 될 일은 없을 테니까.

결혼식에서 나는 식탁 아래로 그들을 만질 것이다. 그건 금지된 일이다. 하객들은 케이크를 먹으며 우리를 질투할 것이다. 내 남편들은 나를 사랑하고 나를 쪽쪽 빨아먹을 것이다.

독재자와 그의 아들을 제외하면 루마니아에는 부자가 없다. 나는 독재자의 아들과 결혼하지 않을 테니까 그 점에서라도 부모님이 탈출한 것은 잘한 결정이었다.

우리는 난민 여권을 가졌다.

그래서 국경을 넘을 때마다 정상적인 사람들과는 다른 대우를 받는다. 경찰이 와서 우리를 내리게 한 다음, 우리 서류를 가지고 어딘가로 사라진다.

어머니는 항상 그들에게 초콜릿, 담배 또는 코냑 같은 선물을 건넨다.

그리고 교태를 피운다.

하지만 그렇다고 해서 그들이 정말로 **루마니아 비밀경찰**에게 전화하지 않을 거라는 확신이, 우리에게는 없다.

우리의 왕도 루마니아에서 더 이상 부자로 살 수 없어서 외국으로 도망쳤다.

부자란 무엇인가? 고향의 친척들은 심지어 물을 끓이지도 못한다. 물도 가스도 없기 때문이다.

그런데도 내 외사촌들은 모두 아이가 많다.

루마니아 여자는 아이를 많이 낳아야 한다.

우리는 정기적으로 그들에게 커피와 실크 스타킹을 보내지만 그들은 항상 달러를 원한다.

모두 우리가 무척 부자라고 생각한다. 도대체 무슨 근거로! 그게 그렇게 쉬운가! 여기서도 돈을 벌어야 하고 그 돈을 어디에 둘지 조심해서 잘 챙겨야만 한다. 아버지는 아무도 찾지 못하도록 매일 다른 장소에 돈을 숨긴다. 어머니는 돈을 부츠에 넣고 다닌다. 나중에 나는 돈을 많이 벌어 중국인 하인을 사고 싶다. 그가 밤낮으로 잠을 자지 않고 지키면 더 이상 나쁜 꿈을 꾸지 않을 테니까. 그의 이름은 찬찬이고 그가 돌봐 주니 나는 더 이상 두려워할 필요가 없다. 그러면 모두 놀랄 것이다.

나는 매우 운이 좋다. 우리는 이미 너무 부자라서 복시를 잡아먹을 필요가 없다.

루마니아에서는 개가 있다면 굶겨 죽이거나, 아니면 자기가 굶어 죽지 않기 위해 개고기 수프를 만든다.

고향의 친척들이 무엇을 먹고 사는지는 알고 싶지 않다! 그들을 거기에 남겨 두고 와 부끄럽다. 그들은 모두 나를 알고 나를 사랑한다.

하지만 나는 친척들의 이름을 전부 혼동해 버린다.

5

서커스의 사람들은 죽을 때 미소를 짓는다.

나는 미소 짓지 않을 것이다.

조련사인 리디아 기가는 어릴 때부터 젖병으로 키워 온 사자 이빨에 찢어발겨졌다.

사슬 차력사는 불타는 밧줄이 중간에 끊어지는 바람에 머리를 아래로 하고 바닥으로 추락했다.

추락자는 떨어지는 동안 공포 때문에 바닥에 닿기도 전에 죽어 버리는 걸까?

언니와 아버지도 추락의 경험이 있다. 언니는 아버지의 이마 위에 균형을 잡고 서 있던 기둥에서, 아버지는 공중의 밧줄에서.

그러나 그들은 죽지 않고 공연을 계속했다.

그리고 왜 어머니는 머리카락으로 매달리는 일이 직업인데도 비행기 타기를 무서워하는 걸까?

비행기를 타기 전, 어머니는 술을 마시고, 성호를 긋고, 죄 사함을 빌고, 비행기는 무게 때문에 날지 못하고 추락할 거라고 말한다.

아버지 역시 술을 마신다. 술 없이는 아예 밧줄에 올라가지 않는다. 균형을 잡을 수 없기 때문이다.

신의 존재는 의심의 여지가 없다. 거의 모든 곡예사들이, 같은 나라 사람이건 외국인이건, 공연 직전에 성호를 긋기 때문이다. 신이 없다면 그게 무슨 의미가 있겠는가?

나는 영화 속에서만 죽을 것이다. 내가 죽으면 불이 꺼지고, 그러면 나는 다시 살아난다. 나는 절대로 완전히는 죽지 않을 것이다! 나는 100년 이상 삶을 버틸 것이다.
내가 이런 말을 하면 어머니의 얼굴은 어두워진다.
죽음을 입에 올리는 건 불운을 불러온단다! 어머니는 말한다.

하지만 무엇이 불운을 불러오지 않는단 말인가!

우리가 말하는 거의 모든 것이 불운을 불러온다.
어머니는 종종 울면서 이런 말을 한다. 아직 내가 곁에 있는 걸 기쁘게 생각해라, 나중에 이 세상에서 혼자가 되고 나면 그게 얼마나 슬픈지 깨달을 날이 올 거다.

그렇다면 나는 나중을 기다려야 할 이유가 조금도 없다.

나는 어머니를 괴롭혀서는 안 된다. 그러면 어머니는 추락한다. 어머니가 죽는다면 나는 살아 있고 싶지 않다. 그 일은 언제라도 일어날 수 있다.

어머니의 공연날 나는 두려움을 최대한 줄이기 위해 대낮까지 늦잠을 잔다. 일찍 일어나면 공연이 시작되기까지 남은 시간이 그만큼 늘어난다.

어머니가 위에 매달려 있는 한, 어머니는 더 이상 내 어머니가 아니며, 나는 빵으로 내 귀와 입을 틀어막는다. 어머니가 떨어지는 소리를, 나는 듣고 싶지 않다.

나는 울지 않는 습관이 들었다. 내가 울면 어머니도 겁을 먹고 울기 시작하기 때문이다. 그러면 나는 어머니를 위로해야 한다. 하지만 어머니에게는 위로가 소용이 없다. 내가 정말로 아무렇지도 않다고 맹세할 때까지, 어머니는 울음을 그치지 않는다.

가장 아름다운 것들

공연이 끝난 후 함께하는 식사.

침대에 누워 깊은 잠에 빠진 어머니.

새벽에 조용히 일어난 어머니가 내게 이불을 덮어 주며 요리를 시작하는 것.

그을린 닭 털 냄새는 고향이다.

그런 다음 나는 잠이 든다.

어머니가 항상 잠만 잔다면 정말 좋겠다.

나는 언니에게 묻는다. 왜 신은 아이가 폴렌타 속에서 끓도록 허락했을까.
언니는 어깨를 으쓱한다.
하지만 내가 자꾸만 물으면, 누그러지면서 대답한다:
나중에 말해 줄게.

언니는 말해 주지 않으려 하지만, 나는 아이가 폴렌타 속에서 끓는 이유를 이미 안다.

아이는 무서워서 옥수수 자루에 숨어 있었다. 그 상태로 잠이 든다. 할머니가 와서 자루의 옥수수를 뜨거운 물속에 넣는다. 아이에게 줄 폴렌타를 만들려고. 그런 후 아이가 깨어났을 때 아이는 이미 푹 익어 버렸다.

혹은

할머니는 죽을 끓인 다음 아이에게 말한다: 폴렌타 좀 보고 있으렴. 숟가락으로 잘 저어야 한다. 난 나가서 장작을 가져올 테니.

할머니가 나가자 폴렌타가 아이에게 말을 건다: 나는 너무 외로워. 나랑 놀지 않을래?

그래서 아이는 냄비에 들어간다.

혹은

아이가 죽자 신은 폴렌타 속에서 아이를 끓인다.

신은 요리사이며 땅속에서 살고 죽은 자를 먹는다. 신의 커다란 이빨은 그 어떤 관이라도 씹어 부술 수 있다.

내가 가장 좋아하는 건 먹는, 혹은 끓여지는 사람들의 이야기다.

새로운 도시에 도착할 때마다 나는 트레일러 앞 땅바닥에 구멍을 파고, 그 안에 손을 집어넣고, 다음에는 머리를 집어넣고, 신이 지하에서 숨을 쉬고 뭔가를 씹는 소리를 듣는다. 때때로 나는, 신에게 물릴까 봐 겁이 나기는 하지만, 그래도 신에게 닿을 때까지 깊이 나를 파묻어 보고 싶다.

신은 항상 매우 배가 고프다.

신는 또한 내가 마시는 레모네이드도 좋아하므로, 나는 땅에 속이 빈 풀 줄기를 꽂고 그에게 음료를 따라 준다. 그가 내 어머니를 보호하도록. 그리고 어머니가 만든 맛있는 음식도 조금 그의 구멍에 넣어 준다.

사람들은 신을 두려워한다. 그래서 천국에 간다. 천국에는 하늘을 날 줄 아는 곡예사들을 위한 특별 부서가 있다.

예수그리스도 역시 곡예사다.

2

1

어느 날 언니와 나는 갑자기 산속의 어느 집으로 가게 되었다.

짐을 꾸리는 동안 어머니는 우리가 마치 크게 자란 인형인 양 얼싸안고 입을 맞추었다. 우리 옷을 여행 가방에 넣기 전에는 옷에도 입을 맞추었다.
최대한 빨리 너희들을 데려오도록 할게, 어머니는 여러 번 말했다.

아버지는 우리와 작별 인사를 하려 하지 않았다. 그는 저주를 퍼부으며 자기 얼굴을 손으로 때렸다: 내 딸에게 손을 대는 작자는 죽여 버릴 거야!
그런 다음 입을 다물고서 작은 텔레비전으로 눈길을 돌렸다. 흑백 화면에 아버지는 컬러 시트를 붙여 놓았다.
뉴스 아나운서의 얼굴이 카사타 아이스크림처럼 보였다.

탈출 이후로 줄곧 우리 가족을 챙기고 서류 문제를 알아봐 주는 슈니더 씨가 어머니와 우리를 데리러 왔다.
거기 의사가 있나요? 어머니는 계속 질문을 퍼부었다.
내 아이들이 납치되거나 독살당하지 않는다고 확신할수 있다는 거죠!

아마도 부모님이 우리를 팔았을 것이다. 루마니아에서는 그런 일이 일어난다.

그런데 이모는 어디에 있었던가?

차에 올라탄 우리의 여정은 수년이 걸렸다.

나는 돌아올 수 있도록 가는 길을 기억해 두려고 했다. 하지만 애를 쓰면 쓸수록 모든 것이 점점 더 비슷하게만 보였다. 누군가가 풍경을 말끔히 청소라도 해 놓은 것처럼. 어머니가 우리 옷을 가방에 싼 것처럼 나무들은 이파리를 싸 넣어 버렸다.
눈이 내렸다.
자동차는 구불구불한 길을 돌아 산으로 올라갔다.

이제 자동차가 협곡으로 굴러떨어져야 하는 건데.

산으로 둘러싸인 커다란 집.
차에서 내리기가 무섭게, 나는 우리가 온 방향을 가늠할 수조차 없었다. 방금 우리가 지나왔던 도로는 사라져 버렸다.
한 여자가 우리를 맞아 주었다. 옷 아래로 사람을 여럿 숨기고 있는 듯한 여자였다.
그 여자가 이곳의 소장이라고 슈니더 씨가 말했다.
소장은 자신을 히츠 선생님이라고 소개했다.
선생님을 따라 우리는 침대 네 채가 있는 방으로 갔다.
침대 위의 베개와 이불은 눈처럼 보였다.

나는 가방을 내려놓고 싶지 않았다.

히츠 선생님은 창문을 열고 정원을 가리켰다.

여름이 오면 저기서 딸기를 딸 수도 있다고 선생님이 말했다. 히츠 선생님의 몸에서는 베이컨 냄새가 났고 노래하는 듯한 언어를 사용했다. 언니는 나보다 더 많은 어휘를 알아들었다.

여름에.

그런데 지금은 겨울이었다.

우리는 여기에 영원히 있는 거구나, 그렇게 생각한 나는 울기 시작했다.

어머니는 매우 아름다우면서 슬퍼 보였다. 우리는 두 번 다시 만날 수 없을지도 모른다.

나는 어머니를 내 가방에 싸야 한다.

히츠 선생님은 계속해서 식당, 라운지 그리고 주방을 보여 주었다. 모든 것이 깔끔하고 잘 정돈되었으며 소독약 냄새가 났다. 이런 곳에 사람이 실제로 살고 있다는 상상을 할 수가 없었다.

라운지에서 숙제를 하고 나면, 그 후에 아이들은 놀아도 된다고 히츠 선생님이 말했다.

어머니는 비닐 주머니에 가득한 사진들을 꺼내 보이며 히츠 선생님에게 우리가 얼마나 큰 성공을 거두었고 얼마나 많은 나라를 돌아다녔는지 이야기했다. 어두운 표정으로 말했다, 내 아이들은 정말 똑똑하답니다, 세계 어디든 모르는 곳이 없죠, 우리는 국제적인 곡예사들이에요! 이 아이들에게 좋은 음식을 주어야 합니다, 최고로 좋은 걸로요, 알겠죠! 내가 매일 전화해서 잘 먹었는지 물어볼 거예요!

어머니는 우리 뺨에 구멍이 날 만큼 세차게 입 맞추었다. 그리고 슈니더 씨와 함께 다시 차에 올라탔다.
손을 흔든다.
어머니는 그 자리에서 죽어야 한다고 나는 생각했다. 그러면 우리는 어머니를 창문 아래 정원에 묻을 것이다. 여름이 되면 딸기에서 어머니의 맛이 날 것이다.
언니와 나는 손을 잡고 건물 문 앞에 서 있었다. 히츠 선생님 곁에.
히츠 선생님의 팔은 고무로 되어 있을 것이 틀림없다. 지금 우리가 달아나면, 선생님은 팔을 길게 뻗어 우리를 잡아들일 것이다.
한 마리 짐승이 내 배 속을 갉아먹고 있었다. 그 짐승은 이미 내 다리를 먹어 치운 상태였다.

이 집은 시설이라고 언니가 말한다. 여기서는 매우 살이 쪄야만 한다, 안 그랬다가는 산에 짓눌려 버릴 테니까. 또 몸을 따뜻하게 유지하기 위해서 피부가 아주 많이 필요하기도 하다.

나는 피부를 바닥에 떨어뜨린다.

소녀들은 위층에, 소년들은 아래층에 산다. 갓난아기들도 있다.

우리는 저녁이 되기도 전에 잠자리에 들어야 한다.

그리고 한밤중에 일어난다.

방을 환기시키고 이불과 베개를 창턱에 둔다.

그런 다음 복도에 있는 대형 세면대 앞에 줄을 선다. 차례가 되면 이름이 꿰매어진 세면용 천으로 몸을 씻는다.

시설의 아동 모두가 소유한 것:

세면용 천 두 장

수건 두 장

냅킨 둘.

침대 시트에는 이름이 없다.

일주일에 한 번 목욕하고 머리를 감아야 한다.

우리가 입는 옷에도 이름이 있다. 심지어 양말에도. 재봉 시간에 우리는 옷가지마다 우리 이름의 첫 글자가 있는 명찰을 꿰매 넣어야 했다.

씻은 후에는 침대를 정리하고 방을 치운다.

그런 다음 아침을 먹고 학교에 간다. 산길을 걸어가면 학교가 나온다. 학교 건너편에는 농장이 있다.

언니는 읽기와 쓰기, 산수를 배운다. 내 수업은 노래하기와 그림 그리기다.

나는 노래할 때마다 눈물이 난다.

나는 기쁨을 견딜 수 없다.

노래를 부르고 나면 우리는 동물이 그려진 종이를 한 장씩 받는다. 우리는 동물을 색칠해야 한다. 그런 다음 외국어로 동물의 이름이 무엇인지를 배운다.

똑같은 것이 모든 언어마다 다르게 불린다.

오후에는 숙제를 해야 하고 그 후에는 집 안이나 정원에서 놀 수 있다.

소년들은 소녀들과 함께 논다. 큰 사내아이들은 언니와 내가 곡예를 벌일 때만 온다.

우리는 돌을 저글링한다.

아니면 고무로 된 여자처럼 움직인다.

언니는 물구나무서기를 하고 나는 몸을 뒤로 젖히거나 다리를 일자로 벌린다.

나는 이모가 그러듯이 스웨터 속에 솜을 채워 넣어 가슴이 있는 것처럼 만든다.

그러면 사내아이들도 온다.

언니는 이미 진짜 가슴이 있다.

또 아래에도 벌써 털이 조금 났다.

저녁 식사 전에 아이 두 명이 농장에서 우유를 가져와야 한다.

언니와 나는 함께 갈 수 없다.

너희들은 평생 달라붙어 살 것도 아니잖아, 히츠 선생님은 말한다. 사람은 혼자가 되는 법도 배워야지.

나는 언니를 두고 나가고 싶지 않다. 우유를 가져오는 동안 누군가 언니를 데려가 버릴지도 모르고, 아니면 내가 길을 잃고 늑대에게 잡아먹힐지도 모른다.

밤에는 늑대가 울부짖는 소리가 들린다.

나는 닫힌 문 앞에 앉아서 운다.

히츠 선생님은 문에 난 창구멍을 통해서 나를 설득한다. 내가 우유를 받아 오면 문을 열어 줄 것이다, 다른 아이는 이미 출발했다, 그러니 서둘러야 한다.

나는 농장으로 가면서 걸음을 한 번 뗄 때마다 뒤돌아본다. 첫 모퉁이를 돌고 나자 시설은 더 이상 보이지 않는다. 발아래의 길이 확장되면서 집들이 멀어진다. 이제 나는 돌아갈 길을 찾지도, 농장에 도착하지도 못할 것이다.

언니 없이는 절대 어디도 가면 안 된다고 어머니는 말한다. 내가 농장에 간 일을 말하자 어머니는 전화기 안에서 고함을 지른다.

그러고 난 후, 히츠 선생님은 어머니가 전화를 너무 자주 하지 않는 편이 좋겠다고 한다. 내게 혼란을 줄 것이기 때문이다.

이제 어머니의 전화가 올 때마다, 히츠 선생님이 내 곁에 함께 있다.

저녁 식사 후에는 접시를 설거지하고 식당을 청소하고 다음 날 아침 식사를 위해 식탁을 준비해야 한다.
저녁에는 다음 날 입을 옷을 의자에 놓아둔다.

시간이 얼어붙는다.

한 주는 일하는 날과 주말로 나뉜다.
수요일에 나는 듣는다: 이제 곧 주말이야.
주말에는 부모가 와서 아이들을 데려간다. 갓난아기와
우리만 남은 집은 거의 아무 소리 없이 조용하다.
우리 부모님은 오지 않는다.
그들은 외국에 있다고 히츠 선생님이 말한다.
그러나 여기도 외국이라고 우리는 말한다.

얼마나 많은 외국이 있는 걸까?

주말에 우리는 하이킹을 간다.
히츠 선생님이 앞장서고 우리가 뒤따른다.
숲에서 우리는 나무에 불을 붙이고 소시지를 굽는다.
높은 전망대에 올라가 사방을 내려다본다.
혹은 수영하러 간다. 나는 수영을 못 하는데도 물에 뛰어
들어야만 한다.
어머니가 이걸 안다면!

주말에 나는 언니와 한 침대에서 자는데, 그건 금지된 일이다.

밤에 우리는 아기가 자는 방으로 몰래 들어가 아기를 꼬집어서 울게 만든다. 우리는 이 건물의 정적을 참을 수 없다. 누군가가 계단을 올라올 때쯤이면 우리는 침대로 돌아와 누워 있다. 같은 일이 반복될 때마다 아기가 진정하고 조용해지는 데 점점 더 오래 걸린다. 그게 좋다.

때때로 우리는 복도로 나가서, 뭔가에 놀란 척을 한다. 그러면 잠시 부엌에 가서 우유 한 잔을 얻을 수 있다.

어른들 방에는 보통 텔레비전이 켜져 있지만 우리는 거기 머물 수 없다.

침대에 누우면 나는 어머니가 지금 머리카락으로 매달려 있다는 생각에서 벗어날 수가 없다. 언니는 **폴렌타 속 아이** 이야기를 점점 더 잔인한 버전으로 만들어 내야 한다. 나는 언니를 돕는다:

아이는 닭고기 맛이 날까?
아이가 조각조각 썰리게 될까?
눈알이 터져 버리면 어떻게 될까?

그리고 나는 운다.
그러면 언니는 나를 꼭 껴안고 위로해 준다.

나는 어머니가 죽는 꿈을 꾼다. 어머니는 내게 자신의 심장박동이 담긴 상자를 남긴다.

아이는 폴렌타 속에서 끓는다. 다른 아이들을 괴롭히기 때문이다. 고아들을 붙잡아서 나무줄기에 묶고 뼈만 남긴 채 살을 다 빨아 먹는다.

아이는 너무 뚱뚱해서 항상 배가 고프다.

아이는 뼈다귀가 가득한 숲에 산다. 사방 어디서나 아이가 뼈를 갉아먹는 소리가 들린다.

밤이 되면 아이는 흙을 덮고, 숲 전체가 떨릴 정도로 불안한 잠을 잔다.

일요일이면 우리는 교회에 간다. 교회는 농장 근처에 있다. 하지만 그곳은 정교회나 유대교회가 아니며, 거기서는 춤을 추지도 특별히 멋들어지게 노래를 부르지도 않는다.

모든 언어마다 신의 이야기가 다른 건 당연하다고 언니는 말한다.

악마는 이 교회에서 중요한 역할을 한다.

악마는 신의 조수이며 폴렌타만큼이나 뜨거운 지옥에서 산다.

지옥은 천국 뒤편에 있다.

인간은 악마를 두려워하기 때문에 선하다.

나는 침대 옆 탁자에 세면용 천을 놓는다.

이건 지옥이다.

내가 지옥에 빨리 익숙해지면 아마 우리는 곧 여기서 나갈 수 있을지도 모른다.

월요일에는 주말의 여파로 다들 피곤하다.

다른 아이들은 주말에 부모와 하이킹했다고 한다.

아이들이 받아 온 과자는 히츠 선생님에게 갖다주어야 한다. 부모들이 보내 주는 과자는 모두 문이 잠긴 초콜릿 찬장에 들어 있다. 히츠 선생님는 우리가 그중에서 얼마나 먹어도 되는지를 결정한다. 과자를 많이 가진 아이는 다른 아이들과 나누어야 한다. 그건 교회와 관련이 있다.

언젠가 한 소년이 초콜릿 찬장을 억지로 열어 보려고 시도하다가 히츠 선생님에게 들켰다. 그 벌로 소년은 거의 정신을 잃을 때까지 끼니마다 초콜릿만 먹어야 했다.

훔치는 자는 벌을 받는다고 히츠 선생님은 말한다.

이곳에서 음식은 서커스 텐트를 철거하는 맛이 난다.

매일 우리는 과일과 우유를 넣어 죽으로 만든, 톱밥처럼 보이는 플레이크를 먹어야 한다.

처음에 나는 그것을 거부했다.

아침, 점심, 저녁, 항상 똑같은 접시가 내 앞에 놓였다. 그것을 먹고 토했을 때, 나는 음식을 거부하는 습관을 고치기 위해 내 토사물을 먹어야 했다.

음식이 맛없다고 하면, 히츠 선생님은 항상 굶주리고 있는 아프리카의 불쌍한 아이들 이야기를 한다. 그래서 나는 선생님이 한 번도 루마니아에 가 보지 않았음을 알아차린다. 가 봤다면 늘 똑같은 이야기만 하지는 않을 테니까.

그렇다고 아프리카에 가 본 것 같지도 않다.

언니는 이곳에서 나보다 더 잘 적응하고, 나보다 덜 두려워한다.

언니는 내 어머니가 되었다.

2

아이들 말로는 학교를 마치려면 몇 년이 걸린다고 한다.
학교는 내가 상상한 것과 달랐다.
어쨌든 우리 선생님의 이름은 네겔리다.
네겔리 선생님은 바다가 스위스를 떠났다고 말한다.
바다가 떠나고 산이 왔다.

땅 전체가 오고 그리고 간다.

학교에서는 전 세계가 책에 있다.
만약 어머니가 우리 이야기를 쓴다면 아이들은 네겔리
선생님에게 그걸 배울 것이다.

나는 서커스로 돌아가고 싶다.

다른 아이들은 겁내지 않는다. 그들은 모두 같은 언어를 사용한다.

우리 역시 그들의 언어를 사용하지만 그건 우리의 언어가 아니다.

나는 꽤 많은 단어를 외국어로 쓸 줄 안다. 하지만 쓰는 언어와 말하는 언어는 좀 다르다. 심지어 히츠 선생님조차 우리가 학교에서 배우는 것과는 다르게 말한다. 과연 선생님이 우리가 배우는 것처럼 그렇게 글을 쓸 수 있을지 궁금하다.

언니와 나는 우리의 언어로 말한다.

내 언어로 내가 쓸 수 있는 단어는 **입맞춤**뿐이다.

나는 매일 어머니에게 편지를 쓴다. 나중에 어머니가 우리를 데리러 오면 그때 한꺼번에 줄 편지다. 나는 **입맞춤**이라고 쓰고 그림을 그린 다음 내 이름과 이모를 위한 두 번째 이름을 색연필로 적는다. 때로는 학교에서 배운 몇 마디를 쓰면 언니가 그 밑에 우리말로 번역해 준다.

어머니가 외국어를 제대로 이해하지 못하면 외국어를 배우는 것이 나에게 무슨 소용인가? 내가 전화로 네겔리 선생님 이야기를 하면 어머니는 무슨 말인지 전혀 모른다. 어머니는 항상 말한다, 그래, 그래, 참 좋다!

하지만 그건 전혀 좋지 않다.

이모가 점을 칠 때 이 시설 이야기는 한 번도 나온 적이 없다.
여기서는 마음에 드는 남자를 선택하기는커녕 유명해지거나 부자가 될 수도 없다.

우리가 이미 디스코텍에 가 봤다고 하자, 아이들은 모두 비웃었다.
우리는 또 아이들에게 영화 「러브 스토리」이야기도 해 주었다. 그러자 히츠 선생님이 다가와서 고함쳤다. 당장 그만두지 못해? 너희는 그걸 보면 안 돼, 아이들에게 금지된 영화란 말이야!
우리가 이미 무얼 다 아는지, 이들은 전혀 모르고 있다!
또한 우리가 가져온 옷도 마음대로 입을 수 없다.
애들은 그런 옷 입으면 안 돼, 히츠 선생님이 말했다.
우리는 남자아이들처럼 편평한 신발을 신어야 한다.
굽이 달린 신발은 금지된다.
매니큐어와 립스틱도 마찬가지다.

그리고 어머니가 머리카락으로 매달린다는 것을 아무도 믿지 않는다.

어머니가 한 번도 나를 찾아오지 않았기 때문에, 아이들은 내가 만들어 낸 얘기라고 한다.
우리가 서커스에서 살고 전 세계를 여행 다닌다는 사실

을 증명하기 위해 긴 위시리스트를 만들었고, 그걸 계속
추가하기로 한다.

모든 아이는 거기 소원을 올릴 수 있었다.

우리는 탁자에 앉아 있고 아이들은 루마니아의 빵 가게
앞에서처럼 줄을 섰다.

언니가 모든 것을 받아 적었다.

우리가 부모님에게 돌아가면, 해외에서 선물을 사서 아
이들에게 보내 주려고 한다.

나는 머리카락으로 매달리는 거 좋아, 언니가 말한다.
서커스 단장이 우리 공연 여행 경비를 지불하지 않겠다고
해서, 그래서 부모님이 우릴 버린 거야, 언니가 말한다.
그건 말이 안 돼, 어머니는 전화기 너머에서 말한다. 우
리가 있는 시설이 너무 비싸서, 그 비용을 대야 하므로
어머니는 일을 해야 한다는 것이다.
그렇다면 그 돈을 우리 공연 여행 경비로 쓰면 될 텐데.

어머니의 목소리는 크고 즐겁게 들린다, 어머니는 우리
가 어떻게 지내는지 듣고 싶은 기색이 전혀 없다.
어머니는 매번 말한다, 내가 곧 데리러 갈게.

거짓말이다.

아이들은 서커스를 마치 동물원처럼 이야기한다.

눈빛이 초롱초롱해지거나 킥킥 웃는다.

서커스 단원들은 전부 다 친척이거나 서로 사랑하는 사이고, 다들 한 트레일러에서 같이 자고 같은 접시의 음식을 나누어 먹는다고 생각한다.

그리고 자연 속에서 산다고. 오 얼마나 아름다운가!

서커스 단원들이 하루 종일 리허설에 매달린다는 것을, 프로그램 내용을 언제든지 남에게 도용당할 위험, 어느 날 저녁에 천장에서 떨어져서 다음 날 이미 죽은 목숨이 될 위험까지도 감수해야 한다는 것을, 아이들은 상상도 못 한다.

이 모두를 그냥 재미라고 생각한다.

어머니가 추락하면, 어머니는 재미로 죽지 않는다.

재미로 죽는 건 배우들뿐이다.

내가 영화배우가 될 거라고 하면 아이들은 웃는다.

사실 나는 이미 약간은 영화배우이기도 하다. 아버지의 영화에 여러 번 나왔기 때문이다. 내가 나이가 더 들면, 아버지는 내 삶을 영화로 찍을 것이다.

히츠 선생님은 이런 이야기를 좋아하지 않는다. 매번 얼굴이 새빨개지면서 앵무새처럼 똑같은 말만 내뱉는다: 모든 사람은 평등해, 그 누구도 남보다 더 특별할 수는 없어.

가장 중요한 건 근면과 겸손이야.

신은 게으른 사람을 좋아하지 않아.

인간은 세상을 돌보기 위해 태어났어.

그 누구에게도 짐이 되어서는 안 돼.

그러므로 반드시 직업을 가져야 하고 기부할 수 있을 만큼 충분히 돈을 벌어야 해.

그리고 항상 집을 깨끗하게 청소해야 해.

그러면 마음의 평화가 오니까.

하지만 선생님은 또, 우리가 신의 형상이라고도 말한다.

우리가 신의 형상이라면, 우리도 신처럼 유명해질 수 있다.

히츠 선생님은 보나 마나 아버지와는 전혀 대화가 안 통할 거다.

영화에서 아버지는 살인자와 죽은 자를 연기했다. 벽과 욕조에 토마토 주스를 뿌리고 욕조에 들어가 누워 죽은 척했다. 그 전에는 살인자가 방문을 열고 어둠 속으로 몰래 숨어드는 모습을 보여 준다.

그리고 살인자가 부엌칼로 한 남자를 찌르는 장면이 나온다. 이를 위해 아버지는 털 뽑은 닭을 잡고 여러 번 칼로 찔렀다. 닭의 가슴은 영화에서 남자의 배가 된다.

다른 호텔에서 그는 화재를 촬영하려고 발코니에 불을 붙였다.

그는 또한 비행기 추락 장면을 연출하기도 했다. 처음에는 공항과 사람들이 보이고 이어서 비행기가 이륙해 하늘로 사라진다.

어머니, 이모, 언니와 내가 비명을 지르며 울고 성호를 긋는 모습이 보인다.

추락 장면은 플라스틱 비행기로 촬영하고 비행기는 숲에서 불에 태웠다. 아버지는 이 장면을 찍기 위해 옷과 여행 가방도 함께 태웠다.

어머니는 물건을 숨겨야 할 때가 많다. 아버지가 영화를 찍는다고 잘라 버리거나 누군가에게 임금으로 주거나 태워 버리기 때문이다.

그는 범죄 스릴러「숲속의 미녀」를 촬영한다고 심지어는
내가 가장 좋아하는 인형까지도 태워 버렸다.

숲.
아버지가 나무 두 그루에 매단 밧줄 위에서 금발 미녀가
양산으로 곡예를 펼치고 있다.
갑자기 연쇄살인범이 미녀를 덮친다.

죽은 여인이 숲에서 훼손된 시신으로 발견되는 장면에
서 아버지는 말하는 내 금발 인형의 팔다리를 하나씩 찢
어 내고 얼굴을 태워 상처를 입혔다.
내 인형이 갑자기 사라졌다.
어머니는 러시아에서 온 공중그네 단원들을 의심했다.
공산주의 범죄자들, 자기 민족을 약탈하는 인간들!
무대 뒤에서 어머니는 의혹의 시선으로 그들을 바라보
며 저주를 퍼부었다.
아버지가 자신이 만든 범죄 스릴러물이라며 보여 주는
영화 속에서, 나는 내 인형을 발견했다.
어차피 얼굴에 구멍이 뚫려 버려서, 인형을 숲속에 그냥
두고 왔어, 아버지는 사정하듯이 말했다.
울지 마, 우리가 다시 로마에 갈 수 있도록 애써 볼 거야,
그러면 거기서 인형을 두 개 사 줄게.
아니 세 개! 네가 원하는 만큼 많이!
울지 마, 그는 고함쳤다. 이 영화는 너를 위한 거란 말야!

네가 얼마나 대단한 아버지를 가졌는지, 다들 알아야 해! 네 엄마는 내가 문맹자라고 생각하지, 고추같이 매운 혓바닥을 가진 여자야! 내가 자기를 서방세계로 데려와 줄 테니까, 순전히 그 이유 하나 때문에 나랑 결혼한 거라구, 내가 그것도 모를 줄 알아?

부모님에게 돌아가고 싶어요, 우리는 히츠 선생님에게 말한다.

먼저 학교를 다 마치고 직업훈련을 받아야 한다고 선생님은 말한다.

우리는 태어나면서부터 직업이 있어요, 우리는 서커스 곡예사예요!

그건 아동 노동력 착취야. 경찰이 알면 부모님이 체포될 거다.

말할 때, 히츠 선생님의 코는 갈고리에 매달린 고기처럼 공중으로 치켜져 올라간다. 얼굴이 길게 늘어나고 입이 열린다.

나는 히츠 선생님 안으로 들어간다.

히츠 선생님 내부에는 선반장이 가득 들어찼고 선반장에는 작은 메모장과 연필을 든 조그마한 경찰관들이 웅크리고 있다.

그들의 직업은 연필깎이다.

연필을 가장 빨리 닳게 만드는 자가 선반의 위 칸으로 올라갈 수 있다.

가장 근면한 자는 연필깎이 왕이 되어 자신이 만든 쓰레기를 다른 자들 머리 위로 버릴 수 있다.

아이들의 위시리스트가 점점 길어지고 있다.

갑자기 슈니더 씨가 와서 언니를 데려가 버렸다.

너희 부모님은 헤어졌다.
네 아버지가 너를 데려가겠다고 하는구나, 언니에게 슈
니더 씨가 말했다. 너와 함께 프랑스로 가겠다고 해. 정
말 안타깝지만 내가 할 수 있는 일이 없어.

슈니더 씨는 어머니가 곧 나를 데리러 올 거라는 말도 전
했다.

전화는 말한다, 네 아버지가 복시도 데려갔어. 유화들도!
돈도!
개자식, 흑인 계집애와 한 침대에 누워 있더구나! 어린
것이라면 사족을 못 쓰고 쪽쪽 빨아 대지!

너를 곧 데리러 갈게.
너를 곧 데리러 갈게.
너를 곧 데리러 갈게.
등등.

언니가 떠난 후 나는 내 인형 안두자에게 폴렌타 속에서 끓는 아이 이야기를 들려준다.

아이는 폴렌타 속에서 끓는다, 왜냐하면 아이가 어머니 얼굴에 가위를 꽂아 버렸기 때문이다.

내 인형 안두자는 이제 내 언니다.

안두자의 아버지는 미스터 죄악이다.
학교에서 놀림을 당하자 안두자는 자기 인형의 팔을 뜯어낸다. 때때로 버터 바른 빵에 단추를 올려놓고 그것을 베어 물기도 한다.
안두자가 눈물을 흘리는 건 치통이 있을 때뿐이다.
얼마 전 학교의 젊은 여자 선생님이 안두자를 때렸다. 바닥에 오줌을 누었기 때문이다.
너 미쳤어? 선생님이 소리쳤다.
모두가 듣고 웃었다.
그 이후로 안두자의 인형도 바닥에 오줌을 눈다. 인형은 얻어맞고, 안두자는 소리친다: 너 미쳤어?

안두자의 아버지는 종종 인형의 치마 속으로 손을 집어 넣는다. 그러면 그의 눈은 물고기처럼 변한다. 그리고 숨 소리도 마치 물속에 있는 것처럼 들린다.

안두자는 언젠가 인형을 버려야 할 것이다.

학교에서 나는 더 이상 동물 이름을 배우지 않겠다고 했고, 그 때문에 벌칙 과제를 받았다.
내가 기니피그를 잠자리에 들여와서 히츠 선생님은 나를 다락방에 가두었다.
다락방에서 나는 나 자신의 벌칙 과제를 쓴다:

내 아버지는 부재로 인해 죽었다.
내 어머니는 실신한 채로 산다.
내 언니는 단지 아버지의 딸일 뿐이다.
나는 점점 자라난다.

그리고 아이는 하나도 낳고 싶지 않다.
그리고 아이는 하나도 낳고 싶지 않다.
그리고 아이는 하나도 낳고 싶지 않다.
그리고 아이는 하나도 낳고 싶지 않다.
그리고 아이는 하나도 낳고 싶지 않다.
그리고 아이는 하나도 낳고 싶지 않다.
그리고 아이는 하나도 낳고 싶지 않다.
그리고 아이는 하나도 낳고 싶지 않다.
그리고 아이는 하나도 낳고 싶지 않다.
그리고 아이는 하나도 낳고 싶지 않다.
그리고 아이는 하나도 낳고 싶지 않다.
그리고 아이는 하나도 낳고 싶지 않다.
그리고 아이는 하나도 낳고 싶지 않다.

그리고 아이는 하나도 낳고 싶지 않다.
그리고 아이는 하나도 낳고 싶지 않다.
그리고 아이는 하나도 낳고 싶지 않다.
그리고 아이는 하나도 낳고 싶지 않다.
그리고 아이는 하나도 낳고 싶지 않다.
그리고 아이는 하나도 낳고 싶지 않다.
그리고 아이는 하나도 낳고 싶지 않다.
그리고 아이는 하나도 낳고 싶지 않다.
그리고 아이는 하나도 낳고 싶지 않다.
그리고 아이는 하나도 낳고 싶지 않다.
그리고 아이는 하나도 낳고 싶지 않다.
그리고 아이는 하나도 낳고 싶지 않다.
그리고 아이는 하나도 낳고 싶지 않다.
그리고 아이는 하나도 낳고 싶지 않다.
그리고 아이는 하나도 낳고 싶지 않다.
그리고 아이는 하나도 낳고 싶지 않다.
그리고 아이는 하나도 낳고 싶지 않다.
그리고 아이는 하나도 낳고 싶지 않다.
그리고 아이는 하나도 낳고 싶지 않다.
그리고 아이는 하나도 낳고 싶지 않다.
그리고 아이는 하나도 낳고 싶지 않다.
그리고 아이는 하나도 낳고 싶지 않다.

그리고 아이는 하나도 낳고 싶지 않다.
그리고 아이는 하나도 낳고 싶지 않다.
그리고 아이는 하나도 낳고 싶지 않다.
그리고 아이는 하나도 낳고 싶지 않다.
그리고 아이는 하나도 낳고 싶지 않다.
그리고 아이는 하나도 낳고 싶지 않다.
그리고 아이는 하나도 낳고 싶지 않다.
그리고 아이는 하나도 낳고 싶지 않다.
그리고 아이는 하나도 낳고 싶지 않다.
그리고 아이는 하나도 낳고 싶지 않다.
그리고 아이는 하나도 낳고 싶지 않다.

나는 일단 먼저 병원에 입원했다.
그런 다음 어머니가 와서 나를 데려갔다.

3

1

아버지는 온몸에서 등이 자라났다.

내가 아버지 얘기를 꺼내기만 하면 어머니 얼굴은 어두워진다.
아버지가 떠나기 전에 큰 싸움이 났다.
어머니는 언니를 마구 두들겨 팼고 유리창으로 넘어지면서 손목을 베었다.
맞아요, 당신 남편이랑 잤어요! 언니는 이렇게 소리쳤다고 한다.
네 아버지는 내 심장의 피 한 방울까지 모조리 빨아먹은 다음 나를 버렸어! 어머니가 말한다. 다쳐서 병원에 있었는데, 어떻게 내가 더 일찍 너를 데려올 수 있었겠니! 그래도 신이 잠든 건 아니라서, 지금은 네 언니가 그 작자를 떠났단다. 그 작자를 떼 버리려고 외국인 남자와 아이도 낳았다는구나!

예전 어머니의 몸에서 어떤 냄새가 났는지, 나는 기억나지 않는다.

크리스마스나 축제일에 어머니는 시끄럽게 떠들고 아주 기분이 좋다. 그러다가 갑자기 울거나, 싸우기 시작한다.

어머니는 우리가 시설에 있던 시간에 대해서는 이야기
하지 않는다.

그들은 매일같이 뇌가 녹아 버릴 정도로 마셔 댔기 때문
에 너희를 버린 거야, 이모는 말한다. 네 부모들은 이곳
에서는 길거리에 행복이 굴러다닌다고 믿었어!
네 이모는 아이가 없으니까 질투하는 거라고 어머니는
말한다. 항상 내 돈과 내 성공에 기대어 살았어! 나 없
는 서방세계를 꿈도 꾸지 못했을걸!

내가 시설에서 돌아온 직후 이모도 떠났다.
젊은 애인과 결혼해 봉제 인형들을 데리고 아파트로 이
사 갔다.
이모의 남편은 서커스에서 휴식 시간에 사진을 찍어 주
고 과자를 팔던 사람이다. 이제 그는 병원에서 일하고 이
모는 호텔에서 일한다.
이모의 결혼식 사진에는 슈니더 씨의 모습도 보인다.
슈니더 씨는 내가 얼른 돌아가서 학교에 다녀야 한다는
말을 계속해서 전해 온다. 아직도 늦지 않았다는 것이다.

그러면 어머니는 어떻게 되는 건가?
사고 이후 어머니는 더 이상 공연할 수 없다.

우리는 커다란 퍼레이드를 할 거예요, 어머니는 서커스
단장에게 말했다.
센세이션!
나는 아프리카로 가는 대형 선박의 크레인에 매달릴 거
고요.
당신은 텔레비전, 언론인, 라디오를 불러 주면 돼요.
아래에는 곡예사들이 서 있고
오케스트라가 음악을 연주하고
나는 배에서 부두로 내려진 다음 커다란 플래카드를 펼
칠 거예요.
아래에 내리면 우리 모두 트럭에 올라타고 도시를 가로
질러 서커스까지 가는 거죠.
어떻게 생각해요?
나중에 헬리콥터로 대대적인 광고도 할 거예요!
헬리콥터에 머리카락으로 매달린 세계 유일의 여자!
우리는 백만장자가 될 거예요!

약속한 날 크레인은 어머니를 도자기로 가득 찬 상자 다루듯 매우 천천히 바닥에 내려놓았다.
아래에는 곡예사, 텔레비전, 언론인들.
오케스트라가 음악을 연주했다.
나는 배에 서 있었다.
어머니는 바닥에 도착했다.

모든 것이 잘 진행되었다.

그런데 갑자기 어머니는 계획을 바꾸고 크레인 운전사에게 신호를 보내며 외쳤다: 올려 줘요! 올려 줘요!
올려 줘요! 어머니는 미소를 지으며 재촉했다.

겁이 나면, 심장을 입안에 넣고 미소를 짓는 거야. 어머니는 말한다.

크레인이 다시 움직이기 시작했다.
배 높이에 도달해 안쪽으로 돌려야만 하는 순간, 크레인은 갑자기 멈추더니 뒤로 흠칫 물러났다.
어머니는 플래카드를 떨어뜨렸고, 충격을 완화하려고 쇠줄을 향해 손을 뻗었다.

그 장면은 내 눈앞에서 고무처럼 늘어났다.

크레인이 손으로 변했다.
어머니를 하늘 전체를 가로지르며 크게 이리저리 흔들
어 댔다.

안 돼! 안 돼! 중지! 서커스 단장이 외쳤다.
목, 세상에, 목을 조심해!

합선이 일어나며 크레인이 멈췄다.
어머니는 배 밖 공중에 매달려 있었다.
어머니는 텅 빈 껍질처럼 보였다.

사고 전날 밤 나는 어머니가 머리카락을 자르는 꿈을 꾸었다.

긴 머리카락이 땅을 파고들며 너를 망자들에게로 끌어당길 거야, 어머니는 말했다.

어머니가 말할 때 입에서 이빨이 떨어졌다.

이제 네가 어머니인 거니? 어머니가 물었다.

나는 어머니의 눈을 내 눈 속에 집어넣고 어머니를 바라보았다.

어머니의 얼굴은 시계의 숫자판이었다. 시곗바늘이 살을 파고들어 회전하며 피부를 작은 조각들로 베어 냈다.

입 밖으로 나온 말은 현실이 될 거라고, 예전에 언니는 말했다. 언니는 내가 어머니 때문에 불안하더라도 그 감정을 말로 꺼내지 못하게 했다.

사고가 날지도 모른다고 그렇게 자주 생각하지 않았다면, 사고는 일어나지 않았을까?

네 아버지는 우리를 저주했어, 어머니는 말한다. 그가 크레인 운전사를 매수한 거야!

우리가 어디에 있는지조차 모르는데 어떻게 그럴 수가 있어?

드디어 사고가 일어났으므로, 차라리 안심이 된다.

이제는 어머니가 공중에 매달린다고 두려워할 필요가 없다.

이제 끝났다.

어머니는 두 번 다시 자신의 프로그램으로 곡예할 수 없을 것이다.

목이 부러지지 않은 것만 해도 엄청나게 다행이에요, 다들 이렇게 말한다. 살아 있는 것만으로도 기뻐해야죠!

기뻐하라.
기뻐하라.
기뻐하라.
기뻐하라.
기뻐하라.
기뻐하라.
기뻐하라.

어머니는 기뻐하지 않는다.
이전보다 백포도주를 더 많이 마신다.
약이 자신을 죽이고 있다고 어머니는 말한다. 포도주를
마셔야만 약 기운을 견딜 수 있다고 한다. 내 심장이 뛰
는 소리가 더 이상 들리지 않아!
이제 어머니는 닭을 도살하지 않는다. 음식은 예전보다
맛없어야 한다. 더 이상 머리카락으로 매달리지 않기 때
문에 맛 좋은 음식을 먹으면 바로 살이 찐다.

민주주의국가에서 우리가 이렇게 될 줄 알았더라면, 나는 결코 고향을 떠나지 않았을 거야! 엄마가 말한다. 네 아버지는 우리가 낙원으로 가는 거라고 했어.

뭐, 낙원이라고!

여기는 개가 사람보다 더 소중한 나라야! 상점 선반에 개 사료가 가득하다고 가족에게 편지를 쓰면, 다들 내가 드디어 미쳐 버렸다고 생각하겠지!

이 나라 욕실에서는 어디든 따뜻한 물이 나오고, 사람들 가슴에는 냉장고가 들어 있어!

하지만 신이 잠든 건 아니라서, 가난한 사람들의 눈물로 바다를 만드실 거야. 우리가 천국에 가면 거기서 목욕할 테지. 물에서 나오면 피부가 24캐럿 순금이 되어 있을걸!

외국에서 우리 가족은 유리처럼 부서졌다.

2

나는 열세 살이다.

어머니는 그래도 나를 열두 살이라고 한다. 13은 불운의
숫자이기 때문이다.

어떨 때는 내가 열여섯 살이나 열여덟 살이라고도 한다.

아버지는 필름도 모두 가져갔다.

날 영화배우로 만들어 줄 누군가 다른 사람이 필요하다.

어머니의 매니저는 이미 여러 번 나를 영화제작자에게
보냈다.

어머니는 사진이 가득 든 주머니를 들고 가서 우리가 얼
마나 큰 성공을 거두었는지 설명했다.

그러나 지금까지 아무런 성과가 없었다. 이미 시작부터
일이 꼬였다.

어머니와 나는 안으로 들여보내졌다. 제작자는 사진을
살펴보고는 나를 커다란 침대가 있는 방으로 데려가 헤
드라이트를 몇 개 켰다.

어머니는 밖에서 기다려야 했다.

제작자가 말했다, 네 개가 차에 치었다면 어떻겠니, 한번
상상해 보렴.

저기 침대 위에서!

나는 머리를 감싸 쥐고 비명을 지르며 몸을 데굴데굴 굴

렸다. 오 잘하네! 잘하네! 그는 말했다. 이제 내가 나갈 테니 너는 옷을 벗어라. 그다음 우리 처음부터 다시 반복해 보자.

내가 옷을 막 벗고 있는데, 어머니가 비명을 지르며 방으로 달려들어 왔다. 어머니는 내 옷을 집어 들더니 나를 붙잡고 아파트 밖으로 끌고 나왔다.

저자는 마피아야, 애들을 강간하다니, 경찰!

세상이 도대체 어떻게 돌아가는 건지! 이건 재앙이야! 나는 루마니아 여자지만 멍청하지는 않아! 당신이 내 딸에게 무슨 짓을 하려 했는지 내가 텔레비전에 나가서 다 말해 버리겠어!

나는 어머니에게 소리쳤다: 이게 내 직업이야! 봐 줘, 이게 내 일이라고!

아버지는 「숲속의 미녀」를 찍을 때 뭐가 달랐던가?

어머니에게 새 남편이 생겼다.

어머니는 그를 호텔에서 만났다. 그는 자기 개 퓌피와 함께 호텔에서 살고 있었다.

그는 자신을 저널리스트라고 했다.

곧 그가 저널리스트도 아니고, 방값도 지불하지 못한다고 밝혀졌다.

이후 그는 우리와 함께 살았다.

하지만 엄마가 큰 개를 무서워해서 그는 개를 해변에 풀어놓아야 했다.

대신 그는 나에게 작은 개를 선물로 주었다.

밤비.

호텔에서 밤비는 오줌을 누러 화장실로 간다.

개가 출입 금지된 호텔이면 우리는 밤비를 가방에 숨긴다.

밤비는 내 배나 엉덩이에 기대서 잔다. 그러면 따뜻하다.

밤비는 뼈를 먹지 않는다. 밤비는 우리와 마찬가지로 인간이다. 나는 가스레인지에서 밤비에게 줄 닭고기 쌀죽을 끓인다. 디저트로는 으깬 바나나와 우유, 버터 비스킷을 준다.

밤비는 내 아이다.

나는 밤비에게 시설에서 지내던 일을 말해 준다. 밤비는 귀를 쫑긋 세운다.

밤비는 개성이 있다. 밤비 역시 유명해질 것이다.
비가 내리고 밤비가 겁을 먹으면 나는 **폴렌타 아이** 이야기를 들려준다.

폴렌타 속의 아이는 모두가 두려워하는 개의 뼈다. 아이가 누군가를 바라보면 그 사람은 저절로 뼈로 변한다.

이제 호텔에서 나와 밤비는 우리만의 독방을 받는다.
낯선 도시에서 홀로 남겨지는 것이 나는 두려웠다. 그러면 누구에게 의지해야 할지 알 수가 없다.
나는 혼자 거리로 나가면 안 된다. 그러면 길을 잃어버리고 만다. 나는 집들의 위치, 거리의 이름을 기억하지 못한다. 나는 집들과 거리가 항상 철거되고 새로 세워진다는 느낌에서 벗어나지 못한다.

나는 산산이 부서져 내리는 느낌이 든다.

어머니는 새 남편에게 마술을 가르친다.

그는 불 위 가마솥에서 밤비를 꺼내고 고리늘을 공중에 던져 그것들이 사슬을 형성하게 만든다. 지팡이에서 비둘기가 날아오르게 한다.

그들 둘은 팀을 이루고 **듀오 마기코**라 이름 붙이려 한다.

대행사에 보낼 홍보 사진은 이미 마련되었다.

우리는 호텔 방 벽에 침대 시트를 펼쳤다. 어머니는 무대 의상 중 하나를, 새 남편은 턱시도를 입고 사진을 찍었다.

어머니의 새 남편은 아무래도 자기 직업이란 게 아예 없는 것 같다.

어머니가 마술 쇼 아이디어를 내기 전에 그는 어부들에게 팔 생각으로 지렁이를 키웠다. 우리는 이 도시에서 저 도시로 이동하면서 흙으로 덮인, 퀴퀴한 곰팡내 나는 나무 상자를 차 트렁크에 가득 싣고 다녔다. 물을 주어야 하므로 밤이면 상자들을 호텔 방으로 몰래 갖고 와서 욕실에 차곡차곡 쌓았다.

하지만 그는 곧 인내심을 잃었고, 지렁이는 말라 죽었다. 우리는 고속도로 주차장에 상자들을 버렸다.

지렁이 사업을 시작하기 전 그는 한동안 건설 현장에서 일했다.

그리고 어머니와 나는 한 늙은 농부를 도와주는 대가로 감자, 양파, 수박을 얻었다.

건설 현장 일로 번 돈을 그와 어머니는 맥주, 포도주, 담배를 사는 데 썼다.

그리고 나에게는 매주 사진집을 한 권 사 주었다.

우리는 한 번도 휴가를 간 적이 없다. 잠시라도 공연을 쉬거나 일을 하지 않으면 우리는 실업 상태가 되어 돈을 빌려야 한다.

우리의 집은 어디인가?

어머니는 아직도 여행 가방 하나 가득 도자기 접시를 갖고 있다.

어머니와 새 남편은 나이트클럽에서 마술 공연을 하려
고 했다.

그런데 나이트클럽 주인은 그보다는 어머니와 나를 원
했다.

어머니는 나와 함께 저글링 연기를 펼쳤다. 공연 때 우리
는 어머니의 무대의상을 입었다.

공연 후 어머니는 한 손님의 자리로 가 앉아 샴페인을 주
문했다.

나는 어머니의 여동생으로 소개되었다.

하지만 나를 만져서는 안 된다고 어머니는 덧붙였다.

그런 한 장소에서 버라이어티쇼 극장 소유주인 **페피타**가
나를 발견했다.

나는 이제 버라이어티쇼 극장에서 공연한다.

처음에는 다른 여자들과 함께 춤을 추었다.
무대 등장 횟수는 점점 더 늘었고, 페피타는 점차 나를 앞줄에 세우기 시작했다.

몸뚱이—이것은 내가 모든 도시에서 실물 크기 포스터로 광고되는 방식이다.

내 젖꼭지에는 청백색으로 줄무늬 진 조그만 반짝이 별이 달랑거리는데, 내가 피부에 반창고로 붙인 것이다. 나는 선원 모자를 쓰고 노래하면서 경례를 한다.
나는 작고 새된, 속삭이는 음성으로 노래하며 엉덩이를 흔든다.
그리고 나는 유명 영화배우처럼 보인다. 지금 머리가 금발이고 코와 윗입술 사이에 점을 찍었기 때문이다.
어머니는 페피타와 5년 계약을 맺었다.
하지만 그 전에 내가 발각되면, 우리는 더 일찍 떠날 것이다.
내가 미성년이기 때문에 우리가 고소당하면 페피타에게도 문제가 생길 것이다.

페피타는 내가 알몸으로 공연하기를 원했다.
하지만 나는 그러기에는 아직 너무 어리므로, 다리 사이
에 털이 달린 삼각형 천을 붙인다.
그건 어머니의 아이디어다.
진짜 같다. 게다가 뭔가를 입고 있다는 느낌도 든다.
어머니는 예전에 자신의 의상을 직접 재봉질해 만들었
던 것처럼, 내 의상을 만들어 준다.
안무가 바르가스가 내게 공연 내용을 연습시킨다.

내 최고의 프로그램은 「전화」다.
무대 위 침대.
나는 투명한 네글리제를 입고 침대에 누워 있다.
전화가 울린다.
뱀처럼 몸을 비비 꼬면서 수화기를 집어 들고, 나직한 음
성으로 내 이름을 수화기에 노래하며, 귀를 기울인다.
오.
천천히, 거의 눈에 띄지 않게,
여전히 노래하면서,
수화기로 다리를 쓰다듬고,
네글리제를 손으로 가다듬는다.
객석에서는 휘파람과 외치는 소리.
침대에서 미끄러지듯 내려와
무대 앞쪽으로 춤추는 동작으로 걸어 나온 후
내 사진을 나누어 준다.

다리를 조금 만지게 해 준다.

페피타는 이 프로그램을 위해 특별히 입장권 1만 장에 내 사진을 인쇄했다.

어머니는 항상 가운 차림으로 무대 뒤에서 날 기다린다. 내 딸은 아직 처녀야, 내가 딸을 그렇게 키우니까! **그렇게**라고 말하는 부분에서 어머니는 주먹을 불끈 쥐고 미소를 지어 보인다. 아직 어릴 때 내가 영화제작자에게 강간당할 뻔했고 바로 직전에 자신이 뛰어들어 나를 구출해 냈다는 말을 할 기회가 생기면, 어머니는 그 기회를 절대로 놓치지 않는다.

사고 이후 어머니에게는 피부가 여러 겹 자라났다. 피부 각각은 저마다 다른 여자의 것처럼 보인다.

내 소중한 부위를 건드린 남자는 아직 한 명도 없다. 나는 다른 생각은 전혀 하지 않는다. 나는 동시에 두 명에게 강간당하고 싶다.

버라이어티쇼의 최고 스타 마리 미스트랄은 진짜 음모를 보여 주는데도, 사람들은 내게 더 많이 박수 치고 휘파람 분다. 내가 훨씬 어리기 때문이다.

합동 피날레 전에 마리 미스트랄이 의자에 한 발을 올리면, 그 어머니가 음모를 가지런히 빗는다. 마리 역시 어머니와 함께 공연 여행을 다닌다. 그 어머니는 성모마리아 앞에서처럼 그 앞에 무릎을 꿇고는 말한다: 내 딸의 음모는 우리의 가장 큰 자산이랍니다. 숱이 얼마나 많고 긴지, 한번 보세요!

나는 완전 나체로는 절대 쇼에 나가지 않을 거예요, 그러느니 차라리 굶어 죽고 말겠어요, 나는 기자에게 말했다. 그 말은 신문에 크게 실렸다.

그러나 기자에게 삼각형 천에 대해 밝힐 수는 없었다.

그날 저녁, 마리 미스트랄은 자기 다리 사이로 손을 뻗어 음모를 잡아당기면서, 다음에 또 자기를 모욕하면 얼굴을 그어 버리겠다고 위협했다.

얼마나 이상한 여자인지! 피부는 가죽 가방 같고 가슴은 인위적으로 발달해 있다. 어떻게 움직이든 상관없이, 가슴의 종 모양 치즈 덮개 형태는 조금도 변하지 않는다.

만약 내가 발각되면, 마리 미스트랄의 협박을 계약 파기의 이유로 제시하려 한다.

거의 매주 우리는 장마당 행사장의 커다란 텐트에서 공연한다. 때로는 오래된 영화관이나 우리가 탁자에 올라가 춤추는 허름한 술집, 지붕이 무너진 폐허에서도. 한창 공연하던 중에 무대로 비가 떨어지기도 했다.
대도시의 극장은 멋지고 난방이 되며 심지어 화장실도 있다.

공연과 공연 사이 우리는 수도에서 산다.
그런 때면 나는 홍보를 준비한다.
타자기.
스타킹.
플라멩코 스커트.
가슴 탄력 연고.
페피타가 내 일을 주선한다.
내가 자신의 최고 작품이라고 페피타는 말한다.
어머니는 항상 그 자리에 함께 있다.
영화에서도 똑같을 거라고 어머니는 말한다. 조명이 환하게 밝혀지고, 우리를 돌봐 주는 많은 사람들이 있을 거라고.

페피타에게는 어린 딸과 남편이 있다. 남편은 뭔가를 생각하는 눈으로 나를 지그시 바라본다.
기회가 된다면, 나는 그의 입에 키스하고 싶다.

수도에 머물 때 우리가 지내는 곳은 서커스 시절부터 드나든 마드리드 여관이다.

호텔에서는 완전히 풀지 않은 가방을 장롱에 얹은 채 그곳이 마치 기차역인 듯 살지만, 여기서 우리는 거의 모든 짐을 다 꺼내 놓고 지낸다.

마드리드 여관은 나이 든 곡예사들을 위한 일종의 합숙소다. 대부분은 이미 몇 년째 거주하는 중이다. 댄서, 마술사, 비싸게 나가던 여자들이.

여관 주인은 바싹 마르고 나이 많은 도냐 엘비라인데, 직접 객실을 정돈한다. 하루 종일 흰색 시트를 가득 싣고 복도를 살금살금 돌아다니며 문마다 귀를 갖다 대고 소리를 엿듣는다.

그러다가 언젠가 한번 내게 들키자, 엘비라는 말했다: 아무도 안 죽었는지 살피는 거야. 하지만 넌 그런 일을 신경 쓸 필요는 없어, 그러기에는 너무 어리고, 어차피 때가 되면 저절로 일어나니까.

댄서인 토니 간더는 하루 종일 머리에 그물망을 쓰고 실크 가운 차림으로 돌아다닌다. 여관 밖으로는 한 발짝도 나가지 않는데, 다리 하나가 뻣뻣하기 때문이다.

작은 공동 주방에서 그는 자신과 고양이 세 마리를 위해 음식을 만든다. 그들은 접시 하나에 담긴 음식을 다 같이 나누어 먹는다.

마술사의 방에는 비둘기가 날아다닌다.

어머니는 마술 프로그램 때문에 그의 비둘기를 사려고
했지만, 그러기에는 비둘기들이 너무 늙었다.
한때 비싸게 나가던 여자는 방에서 뱀을 키운다.
지금은 뱀이 내 남편이야, 여자가 말한다.

자정이 지나면 마드리드 여관 인근은 죽은 듯이 인적이
끊긴다.
우리가 여관에 들려면, 문 열어 주는 사람이 올 때까지
손뼉을 쳐야 한다. 그는 길 끝에 있는 작은 오두막에 앉
아 땅속으로 뿌리를 내리고 자란다. 밤새도록 그가 문에
서 문으로 발을 질질 끌면서 녹슨 열쇠 뭉치를 절렁거리
는 소리를 들을 수 있다. 걸음을 옮길 때마다 그는 자신
의 발을 순무처럼 땅에서 뽑아 올린다. 그는 흰색 눈을
가진 뿌리처럼 보인다.
모든 사람이 이 도시에서 살고 있지, 열쇠가 맞는 곳이면
어디나. 그가 이렇게 웅얼거린다.
그는 만나는 사람마다 자기가 조국을 지켰노라고 말하
면서 손을 내밀고 팁을 기다린다.
평화를 위한 팁!

마드리드 여관은 우리가 항상 되돌아오는 유일한 장소
다. 도시에서 공연을 하거나 일 사이에 잠시 쉬는 중이거
나, 아니면 실업자일 때.
그곳은 어느새 약간은 내 집이 되었다.

우리 가족이 모두 함께였을 때는 아버지, 언니, 이모도
여기서 살았다.

마리 미스트랄은 낮에도 가발을 쓴다. 마리의 머리카락은 아래만큼 숱이 많지 않다.

얼굴이 신체 나머지 부위보다 빨리 노화되는 이유는 무엇일까?

마리 미스트랄은 뒷모습이 정면보다 더 젊어 보인다.
내가 신문에 실리기 전에, 그리고 이렇게 자주 무대에 출연하기 전에 마리 미스트랄과 나는 약간 친하기도 했다.
나는 마리에게 달걀 프라이 만드는 법을 배웠다.
먼저 팬에 기름을 넣은 다음, 기름이 뜨거워지기 전에 얼른 달걀을 깨 넣는다.
어머니는 그렇게 간단한 요리를 하지 않는다.
그런 음식을 먹지도 않는다.
달걀 프라이와 함께 마리 미스트랄은 남자의 어느 부위를 유심히 보아야 하는지도 가르쳐 주었다.
남자의 아랫도리가 튼실한지를 봐야 한다고 마리는 말한다.
남자는 아랫도리가 튼실한 게 최고다.
어머니도 그렇기는 하지만, 내게 그런 말을 해 주지는 않는다. 어머니의 새 남편에 앞서서 내게 선물을 사 주었던 남자들이 몇 있었다.

4

나는 거꾸로 자란다.
어머니는 매년 나를 더 어리게 만들려 애쓴다.

나는 여전히 보호받아야 하는 어린아이라고 어머니는
말한다.
아이라고! 아이가 이런 모습이야?
나는 마리 미스트랄이 남자를 어떻게 보는지 관찰했다.
마리는 눈을 가늘게 뜨고 이빨을 지그시 다물며 입술을
뗀다. 그러면서 머리를 뒤로 젖힌다.
나도 그렇게 해 보지만 아직 썩 자연스럽지가 않다. 남자
가 오래 바라보면 창피하다. 그건 너무 뻔뻔한 행동이기
도 하다. 나는 그 남자들의 아내가 이런 일을 싫어하지
않는다는 것이 이상하다.

어머니의 남편은 교육을 받았으며 책을 읽는다. 나는 그 말고는 책 읽는 사람을 알지 못한다.

그는 내게 늘 난처한 질문을 한다. 사람들이 많은 곳에서 내게, 라디오를 누가 발명했는지 아느냐고 물었다.

내가 대답하기도 전에, 그런 걸 모르다니 부끄럽지 않느냐고 말했다.

나는 저녁 내내 한 마디도 하지 않았다.

어머니에게조차도.

어머니는 8년 동안 학교에 다녔다면서, 각 나라의 수도를 하나하나 호명했다.

어머니는 실제로 학교에 다녔을 수도 있다. 어머니의 필체는 아름답다.

친척들이 보내오는 편지도 아름다운 필체로 쓰였다.

어머니는 그들 모두에게 썼다, 내가 얼마나 많은 학교를 다녔는지, 그리고 내 가정교사에게 얼마나 많은 돈이 들어가는지. 나는 6개 국어를 말하고 쓸 줄 안다고.

네겔리 선생님 수업이 내가 배운 전부다.
하지만 어머니는 그 말은 들은 척도 안 한다.

고향에서 편지가 올 때마다 점점 더 당혹스러워진다. 친척들은 내가 답장을 쓸 필요가 없다고 생각해야 한다.
그래도 써라, 어머니가 재촉한다.
난 못 써.
어머니의 얼굴이 어두워진다: 네 모국어인데 어떻게 못 쓴다고 할 수가 있어? 사람들이 어떻게 생각하겠니? 기껏 구두장이에게서 탈출해 왔더니 고향에서보다 형편이 더 나빠졌다고? 남편은 날 버렸고 내 딸은 글을 쓸 줄도 모른다고? 친척들이 우리를 그렇게 생각해야겠어?
그런 말다툼 끝에 어머니는 어린아이처럼 울음을 터트린다. 그러면 나는 절대 어머니를 건드려서는 안 되는데, 몸을 휙 돌리면서 자기가 아파도 차를 끓여 줄 사람 하나 없다고 푸념할 것이기 때문이다.
좀 진정되면 어머니는 말한다: 모국어는 네 혈관을 흐르는 피란다. 그건 저절로 흘러가는 거야. 그러니 써라, 일단 쓰기 시작하면 풀리게 되어 있어!
그런 다음 어머니는 백포도주를 마신다.
그러면 기분이 매우 좋아지면서 시끄러워진다. 루마니아 음악을 틀고 춤을 춘다.
그리고 나를 완전히 빨아들일 것처럼 쪽 소리 나게 입을 맞춘다.

친척들이 내 편지를 기다리는지는 모르겠다.

그들은 의사의 처방전과 바라는 물건 목록, 그리고 맞는 신발 사이즈를 알려 주려고 실제 발 크기대로 오린 것을 보내온다:

우리에게 화내지 말아 다오.

우리는 너희를 사랑해.

너희가 우리에게 해 준 것들을, 신은 반드시 너희에게 되돌려 주실 거다.

그럴 능력이 있고 또 그래도 괜찮다면, 제발 더 많이 보내 다오.

내 궤양은 어린애만큼이나 커졌어.

우리는 너희와 그곳의 너희 친구들에게 최고의 건강과 행복이 깃들기를, 모든 소원이 성취되기를 기원한단다!

제발 화내지 말아 다오.

이곳은 살기가 어려워.

약품이 너무 비싸구나.

너희에게 입맞춤을 보낸다!

우리 어머니가 매우 걱정하고 있다는 걸 알아야 해.

제발 우리에게 화내지 말아 다오!

나는 매일매일 너희를 위해 선하신 신에게 기도하고 있단다.

혹시 거기 우리 아버지가 일할 만한 자리 좀 찾아 줄 수 있을까?

내 문제만 잔뜩 쓰고 너희에게 묻지는 않았구나, 잘 지내고 있는 거지?

너희에게 입맞춤을 보낸다.

우리는 고통받고 있어.

신은 너희의 모든 소원을 이루어 주어야 해, 우리를 도울 수 있도록 너희를 부자로 만들어 주어야 해!

산다는 게 똥 덩어리 같구나.

나는 네 외삼촌 파벨이야, 난 네가 태어나기도 전부터 너를 알았어.

네 영혼은 신의 빵과 같아.

아나가 학교에 갈 수 있도록 제발 돈을 좀 보내 다오.

새해 복 많이 받기를!

일레아나는 너무 굶어서 항상 구토를 한단다.

네 손에 입을 맞추마.

코르넬리아는 더 이상 걷지 못해.

네가 태어났을 때, 난 너를 처음으로 품에 안았던 사람이란다.

도이나는 너를 닮았어. 그 애는 벌써 네 이름도 말할 줄 알아.

우리에게 화내지 말아 다오!

우리는 네 가족이야.

나는 네 늙은 이모란다. 전쟁 중에 난 맨발로 네 어머니를 업고 산으로 달아났어.

언니들은 내가 돈이 없다는 말을 믿질 않아! 내 사정이

165

안 좋다는 말은 절대로 하지 말아라. 내가 불행하면 그들은 고소해할 테니까!

사랑하는 친척들에게, 이 편지를 읽고 나면 찢어서 없애 버려 줘!

나는 네 외사촌 조세피나야. 나는 너와 나이가 같고 집안일은 뭐든지 다 할 줄 알아. 내가 결혼할 만한 좋은 남자를 좀 찾아 줘!

너희들 모두에게 다정한 입맞춤을 보내.

나는 네 외삼촌 페트루란다. 내가 널 공원에 데려가 백조를 보여 주었는데, 기억나니?

나는 두 가지 마술 프로그램에 출연하는데, 파리 출신의 진짜 마술사와 함께한다. 그중 하나에서 나는 장롱에 들어가고, 문이 잠긴다. 내 얼굴, 손과 발이 밖으로 보인다. 마술사는 긴 칼 여러 자루를 장롱에 꽂아 관통시킨다. 마지막으로 그는 장롱의 가운데 부분을 서랍처럼 통째로 들어낸다.

두 번째 프로그램에서는 마리 미스트랄과 함께 무대에 올라 각자 바퀴 달린 상자에 눕는다. 머리, 손, 발이 밖으로 보인다. 톱이 우리를 두 부분으로 절단하고, 상자가 무대 전체를 한 바퀴 돈 다음 다시 합쳐진다.

마지막 인사를 하면서는 서로 상대방의 다리를 든다.

어머니의 남편은 그 정도의 고난도 트릭을 소화하려면 아직 많이 연습해야 한다.

어머니는 페피타가 그를 채용해 주리라 믿는다.

그는 나보다 고작 몇 살밖에 많지 않고 지금은 내가 돈을 벌어 우리 셋을 부양하는데도, 나를 어린아이처럼 대한다. 어떤 남자가 나에 대해 캐묻자, 그가 그 남자에게 나를 자신의 딸이라고 말하는 소리를 들었다. 그는 머릿속 나사가 하나 빠진 것 같다! 말도 안 되는 궁리나 하고 가뭄 난 밭에 물이라도 대듯 맥주를 마셔 댄다.

마리 미스트랄의 어머니는 나이가 매우 많고 인색하다. 찢어진 부츠를 철사로 꿰매 신고 다닐 정도다.
딸이 벌어 오는 그 많은 돈은 다 어디다 쓰는 걸까?
마리 미스트랄은 이미 그럴 나이가 충분히 지나 보이지만 결혼하지 않았고 아이도 없는 것 같다.

20년 후에도 나는 지금의 마리보다 젊을 것이다.
나는 젊어서 죽을 것이다.
마리 미스트랄은 내게 세상의 종말에 대해 말했다.
마리는 신자다. 예수그리스도가 마리의 거울 옆에 매달려 있다. 마리는 공연 전마다 그에게 입 맞추고, 성호를 긋고, 자신의 손가락에 입 맞추고, 음모를 쓰다듬는다.
나는 어머니가 서커스 공연 전에 성호를 긋는 건 이해하지만, 마리 미스트랄에게는 사고가 날 만한 일이 없지 않은가.
나는 성호를 긋지 않는다.

마리 미스트랄은 예수그리스도가 최고의 연인이라고 말한다. 자신이 해야 할 일은 단지 샤워할 때 눈을 감고 그가 마음대로 하도록 맡겨 두는 것뿐이라고 한다. 예수그리스도는 여자가 무엇을 원하는지 가장 잘 안다는 것이다. 샤워기를 밑에 대고 해 봐, 그러면 성령이 임하셔서 네게 행복을 안겨 줄 거야.

5

그 남자는 돼지라고 어머니는 말한다.

그는 네 아버지뻘이야!

어머니는 한 마디도 참지 않고 다 내뱉는다.

나는 어머니가 남편에게 말하는 것을 들었다. 어머니 말로는 내가 그 남자를 도발했다는 것이다. 아니라면 그런 일이 애초에 생길 이유가 없다.

너는 네 아버지 같구나!

그 남자와 그의 아내는 어느 날 갑자기 페피타의 극장에 나타났다.

내가 메릴린 먼로만큼 아름답다고 그들은 말했다.

어머니는 나를 한 조각의 케이크처럼 선보였다. 나는 빙빙 회전하면서 미소 지어야 했다.

내 딸을 영화배우로 만들 거예요! 이 아이는 천연의 아름다움 그 자체랍니다! 이 아이는 모나코의 알베르 왕자와 결혼할 거예요. 잘생긴 남자죠. 그가 내 딸을 보면 홀딱 반해 버릴 걸요! 이 애는 학구적이고 공부만 한답니다. 술도 마시지 않고 남자는 거들떠보지도 않아요. 헛짓거리도 저질스러운 행동도 절대로 안 해요! 말투는 얼마나 부드러운지 새의 깃털 같아요. 이 애는 내게 손자들을 많이 만들어 줄 겁니다. 그래서 할머니는 멋진 빌라에서 아이들을 돌보는 거죠! 나는 내 자식을 위해서만 살아요. 아이가 떠나 버리면 나는 죽어요! 루마니아의 가족은 항상 다 함께 지낸답니다. 얼마나 좋게요!

그러나 곧 그들이 나를 채용하러 온 게 아니라 단지 구경꾼일 뿐임이 밝혀졌다.

그의 아내는 임신 중이었다.

그들이 사는 도시 근처에서 공연이 열리면, 그들은 우리를 보러 왔다.
아들들을 데리고.
우리는 그들의 집에서 크리스마스를 보내게 되었다.

그 남자는 금세공사다.

어머니는 모두를 저녁 식사에 초대했고, 우리는 트레일러 앞의 큰 식탁에 둘러앉았다.
사진에서 우리는 가족처럼 보인다.
공연이 끝난 후 그의 아들들은 트레일러에서 잠이 들었고 우리는 춤을 추러 갔다.
그 남자는 나를 자기 딸처럼 대했다.
내 손을 잡고 무릎에 앉혔다.
어머니와 그의 아내는 웃었다.
어머니의 남편은 이상한 표정으로 나를 보았다.

그들의 집은 커다랗고 아름다웠다. 반짝이는 목제 가구, 리모컨이 있는 컬러 텔레비전, 진짜 유화, 도금한 유리잔, 값비싼 도자기와 책이 가득한 책장.

루마니아에 있는 우리 집은 훨씬 더 크고 더 좋았어요, 어머니가 말한다.

내게는 그런 기억이 없다.

어머니의 말에 따르면, 나는 그 집에서 언니의 색연필로 벽 가득 낙서를 했다고 한다. 나는 러시아산 빨간색 플라스틱 전화기를 가지고 있었고 백조에게 전화를 걸었다. 우리에게는 베타라는 이름의 가정부가 있었고 메르치쇼르라고 불리는 커다란 개가 있었다. 나는 개 바구니에서 메르치쇼르와 함께 잠자고 같은 밥그릇에서 식사를 하려고 했다. 베타는 메르치쇼르의 털로 내게 스웨터를 떠 주기도 했다.

나는 페트루 외삼촌을 **아빠**라고 불렀다. 그의 집에서 유리잔을 깨도 됐기 때문이다.

아버지 기억은 나지 않는다.

이모는 말했다, 자신이 없었다면 아버지는 결국 어머니가 나를 낙태하도록 만들었을 거라고. 갓난아기를 달고 어떻게 공연을 다니고 외국으로 탈출까지 하겠느냐고 아버지가 말했다고 하므로.

내가 태어난 후, 어머니가 아버지와 함께 서커스 공연을 다니는 동안 이모가 나를 돌봐 주었다.

어머니가 공연에서 돌아오자 나는 어머니를 **이모**라고 불렀다.
렀다.
그리고 이모를 **어머니**라고 불렀다.

그러다가 어느새 바뀌었다.

그 남자의 두 아들은 각자 자기 방이 있다.
그리고 자기 책도.
나는 책이 한 권도 없다.

책은 사람을 어리석게 만든다고 어머니는 말한다.

그래그래, 요 술꾼, 어머니의 남편이 재미있어하며 놀린
다. 당신은 원래 남의 말을 들을 필요가 없으니까.

나는 남자의 아들들에게 우리가 아프리카에 간 적이 있
다고 했다. 그러자 그들은 아프리카는 다른 대륙이라고
한다.
그건 나도 알고 있다고 어머니가 대꾸한다.
대륙과 대륙 사이에는 바다가 있다고 아들들은 말했다.
그러자 네겔리 선생님 말이 생각났다.

바다는 스위스를 떠나 대륙 사이에 정착했다.

예정보다 일찍 우리가 마드리드 여관으로 돌아온 다음,
그 남자는 내게 전화를 걸어 말한다. 자신은 나를 사랑하
며, 그걸 두려워해서는 안 된다고.

전화는 복도에 있다.

어머니와 어머니의 남편과 함께 써야 하는 방에서, 나는
끊임없이 울리는 전화벨 소리를 듣는다.

어머니는 내가 그와 이야기하는 것을 금했다.

밤이 되자 나는 살그머니 복도로 나가 전화벨이 울리기
를 기다린다.

어머니의 코 고는 소리가 들리는 한, 아무 문제 없다.

그 남자의 아내는 어머니에게, 내가 자신의 결혼을 더럽
혔다고 말했다.

그들은 가톨릭교도다.

우리가 떠나기 전 아내는 울면서 맨살로 무릎을 꿇고 앉
아 돌바닥을 문질렀다. 자신의 남편과 내 죄를 속죄하려
는 것이다.

그 일은 어느 날 오후 텔레비전 앞에서 시작되었다.

어머니와 어머니의 남편, 남자의 아내가 바닥에 누워 있었다.

두 아들들은 우리 앞 바닥에, 남자와 나는 소파에 앉았다.

갑자기 남자가 바지 지퍼를 열고 그의 물건을 손에 잡더니 문질렀다. 하얀 액체가 뿜어져 나올 때까지.

나는 감히 움직일 엄두를 내지 못했다.

남자는 내 입술에 손가락을 댔다.

빨아, 그가 속삭였다.

어느 날 남자는 내 선물을 사 왔다. 테니스 스커트와 운동화였다.

어머니는 내가 테니스를 칠 줄 모르고, 어차피 곧 떠날 테니, 지금 배우는 건 의미가 없다고 했다.

그래도 남자는 나를 데려가겠다고 고집을 피웠다.

아들들도 함께 간다는 사실이 어머니를 안심시켰다.

하지만 어머니의 남편도 동행해야 한다고 어머니가 말했다.

그냥 가게 해 줘, 어머니의 남편이 끼어들었다. 저 애도 자기 몸 하나 지킬 수 있을 만큼은 컸잖아.

내 딸은 아직 처녀야, 어머니는 남자의 아들들에게 위협적인 어조로 말했다. 너희들 그 애에게서 한시도 눈을 떼어선 안 돼!

176

테니스장에 온 첫날에 벌써 남자는 아들들을 따돌려 버렸다.

그러고는 나에게 함께 탈의실에 가지 않겠냐고 물었다.

나는 고개를 끄덕였다.

우리는 화장실에 들어가 문을 잠갔다.

내 바지 지퍼를 열어, 남자가 말했다.

그의 팬티는 팽팽하게 부풀어 올랐고 축축했다.

전에 해 본 적 있어?

나는 아니라고 했다.

내 성기를 잡고 하고 싶은 대로 해 봐, 남자가 말했다.

나는 그의 팬티 위를 만졌지만 감히 안으로 손을 집어넣을 용기는 나지 않았다.

그걸 입에 넣어도 돼.

그 남자의 이름은 아르만도다.

어머니에게도 한때 아르만도라는 남자가 있었다. 그리고 그도 유부남이었다.

그러면서 왜 나에게는 그 일로 화를 내는 걸까?

어머니의 아르만도는 파리에 있는 한 나이트클럽의 소유주였다.

아버지와 어머니, 이모가 그곳에서 공연했다.

술집 위층에 있는 그의 아파트에는 궁전의 거울 방처럼 꾸며진 긴 거울 복도가 있었다.

우리는 캠프장의 트레일러에서 살았다.

아버지는 어머니가 혼자 외출하지 못하게 했으므로, 어머니는 정기적으로 나를 데리고 아르만도의 집으로 갔다. 도중에 나에게 미키 마우스 공책과 과자를 사 주었다.

어머니는 나를 병원 대기실처럼 보이는 방으로 데려갔다. 그리고 미소 띤 얼굴로, 소파에 누워도 되고, 책을 읽거나 잠을 자도 된다고 했다. 얼마나 아늑한 방인지, 아르만도도 내가 와서 매우 기뻐하고 있으며, 어머니는 잠시 중요한 얘기를 하고 오겠다고. 어머니의 눈동자가 병조림 속 양파처럼 빛났다.

기다리는 동안 나는 공책 페이지마다 미키 마우스의 눈동자란 눈동자에 모조리 구멍을 뚫었다.

그 일을 다 마친 다음에는 방 안을 이리저리 돌아다녔다. 과자를 먹었다.

심장이 내 머리에서 두근거리고 있었다.

밖이 어두워졌다.
방에서 눈이 내리기 시작했다.
소파가 얼었다.
벽이 얼었다.
내 손과 발이 얼었다.
내 눈동자도.
눈이 나를 덮었다.

아들들은 집에 와서, 자기들 둘이서만 테니스를 쳤으며 우리는 그 자리에 없을 때가 많았다고 말했다.
아르만도는 고객에게 줄 물건을 가게에서 가져오기 위해 실제로 한두 번 잠깐 나갔다 오긴 했다고 말했다.

얼마 지나지 않아 모두가 테니스장에 나타났다.
나는 어머니가 탈의실에서 고함치는 소리를 들었다.

내 딸 데려와! 안 그러면 콱 죽어 버릴 거야!

내 실수로 밤비를 죽였다.

그건 사고였다.

마리 미스트랄은 나를 **살인자**라고 불렀다.

그리고 웃으며 덧붙였다: 그냥 개가 죽은 건데 뭘 그래, 잊어버려!

밤비는 나를 믿었는데, 나는 밤비를 죽였다.

내 얼굴과 목에 발진이 생겼다. 피부 아래로 번지는 불처럼 그것은 계속 퍼져 나갔다.

나는 창피해서 무대에 나가고 싶지 않다.

모두가 거기를 본다. 어떤 사람들은 객석에서 그걸 가리키면서 웃기도 한다.

어머니가 시장에서 기니피그 한 마리를 사다 주었다.

밤비는 이제 천국에 있고 가난한 이들의 바다에서 목욕을 한다. 우리가 다시 만날 때면, 밤비는 황금 개가 되어 있을 거라고 어머니가 말한다.

하지만 나는 밤비를 내주지 않는다!

나는 밤비를 비닐봉지에 싸서 냉동실에 넣었다. 도시에

서 도시로 이동하는 동안에는 아이스박스에 담는다.

나는 밤비를 내주지 않을 것이다.

나는 밤비를 죽이지 않았다!

누군가 내게서 밤비를 빼앗으면 온 세상이 떠나가라 비명을 지를 것이다.

아이는 폴렌타 속에서 끓는다, 왜냐하면 돌덩이가 들들거리는 목소리를 내기 때문이다.

왜 밤비는 머리를 문틈에 집어넣었을까?

그건 금지된 일이다!

문틈에 머리를 집어넣는 것은 금지된 일이다!

그건 금지된 일이다!

금지!

신이 정말 신이라면, 지금 여기로 내려오거나 올라와서, 나를 도와 밤비를 살려 내야 한다.

나는 밤비가 살아나기를 원한다!

얼음이 없으면, 밤비는 썩는다.

그리고 밤비를 박제해 줄 사람을 찾지 못한다면, 나는 영영 밤비를 녹일 수 없다.

그건 사고였다.

고속도로에서.

밤비가 머리를 자동차 문밖으로 내민 찰나에, 나는 문을 닫았다.

나는 밤비의 피를 홍수처럼 뒤집어쓴 채 휴게소로 달려가 밤비를 아이스박스에 넣었다.

그 개는 죽었다고 누군가 말했다. 진정해, 그 개는 죽었어!

밤비는 죽을 수 없어. 내가 얼음으로 지혈해 주면 다시 회복할 거야!

어떻게 된 거야! 어머니가 외쳤다. 도대체 어떻게 된 일이야!

얼음 좀 더 주세요! 제발, 얼음이 더 필요해요!

내 개가 거리를 달려간다, 그는 살이 아니라 뼈이고, 나는 그 몸을 투명하게 꿰뚫어 볼 수 있다. 내 개의 뼈를 보는 자는 누구나 나를 처벌할 수 있다. 울면 안 된다고 입은 말한다. 그러면 어머니가 겁먹을 테니까. 입은 항상 허기져 있다, 입 허기, 허기, 입 꿰매 버려! 나는 인형을 좋아하지 않는다. 내 다리는 다른 사람의 것이고 방 전체에 가득 찬다. 내게 구멍이 하나 있고 거기서 피가 흘러 나온다. 걱정할 일은 아니야, 검은 머리 여자가 말한다, 네가 바지에 흘려 버렸구나, 여자가 말한다, 나는 네 어머니야, 여자가 말한다. 나는 내 구멍에 빵을 채운다, 바지에 피를 흘리고 싶지 않다. **하늘은 실핏줄이 터진 눈알처럼 보인다.** 나는 코미디언 **피퍼**가 나를 만지는 게 싫다! 나는 그걸 원하지 않는다! 나와 내 다리는 페피타의 극장에서 그와 함께 「유쾌한 과부」를 약식으로 공연하므로, 내일부터 아무것도 먹지 말아야 한다! 「유쾌한 과부」 공연에서 **피퍼**가 나를 만지면 내 가슴은 썩는다. 내일부터 먹지 말아야 한다, 무엇이든 플라스틱 맛이 난다. 이런 식으로는 곤란해, 페피타가 말한다, 먹지 마, 페피타가 말한다, 먹으면 안 돼, 넌 점점 뚱뚱해지고 있어, 넌 지금 포스터 사진과 영 딴판이잖아, 이런 식으로는 정말 곤란해! 개가 죽었다. 개를 구두 상자에 넣고 상자를 냉장고에 넣는다. 죽은 개의 털이 자라난다. 개와 상자, 냉장고, 나 자신과 방을 온통 뒤덮으면서 자라난다. 한 천사가 개로 변장했고, 개는 참수당했으며, 죽은 천사를 박제한다.

천사는 이빨을 번득인다. 나의 천사는 피로 웃는다.

우리는 좋은 삶을 살아야 한다.

나는 감사하다. 여기에 살 수 있어서 기쁘다.

나는 괜찮다.

페피타의 극장에서 나는 지금 매우 인기 있다.

공연마다 열네 번이나 무대에 선다.

시즌 중에 우리는 장마당 행사장에서 하루에 여섯 번이나 공연한다.

스타로 발굴될 나중을 위해서, 나는 많은 것을 배운다.

나는 매일 밤 꿈에서 밤비를 본다.

밤비는 발코니에서 떨어져, 바닥에 철퍽하고 부딪힌 다음 달아나 버린다.
설탕은 밤비라고 불리며 내 입안에서 뱀으로 변한다.
엄마가 내게 개를 선물한다. 개는 신문지에 싸여 있다.
내가 포장을 풀려고 하자 개는 내 손가락을 물어서 뜯어낸다. 손가락이 말한다: 너는 왜 내 목을 자른 거야?

더 이상 자고 싶지 않다.
나는 서두르고만 싶다.
항상 서두르고만 싶다.
어머니는 내게 매우 다정하다.
나는 그게 싫다. 나는 자꾸만 **미안하다**고 말해야 할 것 같다.
어머니는 내 안에 들어왔다 나가기를 반복한다.
나는 사진 속 어머니를 닮았다.
나는 나 없는 나와 같다.

내 발진은 나아지지 않았다.
그리고 갑자기 공연 도중에 말이 나오지 않았다.

페피타는 휴양차 우리를 마드리드로 보냈다.
홍보 사진은 더 찍고 싶지 않았다.
그러면 나는 다시 무대 뒤편에서 다른 여자들과 춤을 추어야 한다.
어머니는 거절했다.

계약이 아직 만료되지 않았지만, 페피타는 우리를 해고했다.

4

1

이모가 우리를 받아 주었다.

우리의 비행기 값도 대신 지불했다.

우리 돈을 모조리 탕진하던 아버지는 이미 오래전에 떠났는데, 그럼에도 우리는 돈이 없다.

나는 페피타의 극장에서 돈을 많이 벌어 어머니에게 집을 사 주고 싶었다.

내가 상상하던 행복은 이런 것이 아니었다.

내가 돌아오자 슈니더 씨는 기뻐했다.

슈니더 씨는 곧바로 나를 외국인 대상의 어학원으로 보냈다.

어머니가 나를 학원으로 데려가고 학원에서 데려온다.

학원에서 우리는 대화를 한다.

당신 이름은 무엇입니까?

내 이름은 무엇입니까?

이웃 사람 이름은 무엇입니까?

내 이름은 아무개입니다.

9개월간의 어학원 코스를 마치자 슈니더 씨는 나를 직업 상담 센터로 보냈다.

그곳에서 일반 교양 테스트를 받았다.

상담원과 나는 마주 앉아 서로 당혹스러워했다.

내가 대답할 수 없는 질문이 하나씩 쌓여 갈 때마다 그들은 더욱 친절해졌고 내가 귀라도 먹은 것처럼 한 마디 한 마디 점점 더 또박또박 강조했다.

상담이 끝나자 한 여자가 조심스러운 태도로 나를 슈니더 씨가 있는 방으로 데려갔다. 여자는 마치 소포를 전달하듯 나를 인계했다.

세상에 태어나서 그처럼 수치스러운 경험은 처음이었다.

넌 그따위 것은 다 몰라도 돼! 어머니가 외쳤다. 그들이 저글링을 할 줄 알아? 머리카락으로 매달릴 수 있어? 다리 일자로 찢기가 가능해? 이렇게 계속하다가는 내 딸이 미쳐 버리고 말 거야! 페피타네 극장에서도 이보다는 더 잘 지냈어!

어머니와 나 사이에는 구덩이로 가득 찬 공기가 있었다.

넌 할 수 있을 거야, 슈니더 씨가 말했다.
슈니더 씨는 나에게 책을 한 권 선물했다:

컬러 청소년 백과.

나는 매일 컬러 청소년 백과를 한 페이지씩 찢어 내 전부 외웠다.

나는 이모의 장롱과 서랍을 끊임없이 뒤져야 했다.

나는 아직 단 한 번도 정수자들의 서랍에서 물건을 찾아
본 적이 없었다.

장롱 안에는 죽은 이웃들의 옷이 쌓여 있었다. 루마니아
로 보내기 위한.

침대 시트, 수건, 행주, 보온용 속옷.

아파트에는 봉제 인형이 가득했다. 아주 작은 것부터 사
람 크기만 한 것까지. 소파 가장자리에, 침대 옆 탁자에,
침대에.

가격표가 붙어 있는 금도금 꽃병.

카펫, 또 카펫, 큰 카펫 위에 작은 카펫, 또 다른 카펫.

안락의자 팔걸이에는 수놓인 작은 덮개.

문에는 엘비스 프레슬리 포스터.

화장대 위에는 엘비스 거울 접시, 조화, 조명이 들어오는
성모마리아상, 팔이 일곱 달린 촛대, 바람을 불어넣어 만
드는 커다란 샴페인 병, 빗자루가 든 여자 주철 인형, 야
생동물의 이빨.

벽에는 예수, 마리아, 마터호른, 루마니아 마을의 윤무,
크리스마스트리 앞에 선 이모, 할아버지의 품에 안긴 나,
페디큐어 자격증, 전등갓 위에는 보호 필름으로 덮인 할
머니 사진.

어머니와 나는 초콜릿 공장에서 일했다.

어머니의 남편은 일할 수 없었다. 그는 정기적으로 나라를 떠났다가 다시 거주 허가를 신청해야 했다.

그와 어머니는 돈을 벌 수 있는 방법을 항상 궁리했다. 우리는 공장에서 초콜릿을 밀반출해 직접 팔고자 했다. 하지만 이모에게는 그 말을 할 수 없었다. 이모와 그 남편은 완전히 다른 사람이 되었다. 저녁 열 시만 되면 우리는 이웃을 방해하지 않도록 아파트에서 발끝으로 걸어야 했다.

어머니는 서커스 의상 일부를 수선해서 댄서들에게 팔았다.

내가 페피타네 극장에서 입었던 의상들은 오늘날까지도 그대로 남아 있다.

몸이 회복되면, 넌 이곳 어느 극장 무대에서라도 공연할 수 있어, 어머니는 말한다. 사람들이 네 발아래 엎드릴 거야! 저 댄서들이 하는 것 정도야 너는 예전에 전부 다 마스터했잖아!

내가 원하는 것은 오직 영화뿐이라고 나는 슈니더 씨에
게 말했다.
슈니더 씨는 걱정스러운 표정이 되었다.
그러러면 최소한 연기 학교라도 다녀야 한다고 슈니더
씨는 말했다.

그렇지 않으면 난민 지원 단체에서 돈을 받을 수 없다고
한다.

슈니더 씨가 나를 연기 학교 입학시험에 등록해 주었다. 어머니는 사진이 든 주머니를 갖고 가서 내가 얼마나 재능이 많은지, 여러 언어로 팔을 크게 흔들면서 설명했다. 나는 마치 서커스 퍼레이드에 온 것 같았다.

나는 페피타의 극장에서 했던 침실 장면과 「유쾌한 과부」 연기를 했다. 하지만 옷을 벗을 필요는 없었다. 고전 영역 시험을 대비해 슈니더 씨가 나와 함께 「세인트 존」을 연습해 주었다.
장면 연기가 시작되기 전에 교사가 우리와 함께 단체 연습을 했다.
모든 학생들이 원을 그리고 서서 동물처럼 움직이고 소리를 냈다.
나는 다리를 일자로 찢고 플라멩코를 추었으며 라파엘라 카라의 노래를 불렀다.
그런 다음 각자 책을 소리 내어 읽고, 읽은 것을 자신만의 언어로 다시 풀어서 설명해야 했다.
나는 머리에 산사태가 난 것 같았다.
한 마디를 입 밖으로 꺼내기가 무섭게, 뇌 전체가 미끄러지며 무너져 내렸다.

최종 면접을 위해 교장이 지원자들을 한 명씩 교장실로 불러들였다.

교사들이 탁자 뒤에 앉아 있었다. 그들은 머리가 거의 천장에 닿을 만큼 매우 커 보였다.

교상의 입이 열렸다. 거기서 말이 흘러나왔다.

그리고 나는 들었다: 죄송하지만, 우리 학교는 서커스가 아닙니다.

2

내가 아버지를 마지막으로 보기 전, 그는 자신이 신으로
나오는 영화를 찍고 있었다.
어머니는 신의 할머니 역할이었고 나는 수호천사였다.

나는 흰색 레이스 드레스에, 무릎까지 오는 흰색 양말과
검은색 에나멜 가죽 구두를 신었다. 내 손톱은 분홍색이
고 뺨은 붉다.

천사들은 항상 뺨이 붉은 법이지, 아버지가 말한다. 왜냐
하면 신선한 공기에 많이 노출되어 있거든.

신 역할의 아버지는 검은색 낡은 연미복을 입었다.
어머니는 루마니아의 시골 노파처럼 수건을 머리에 감
고 커튼 천으로 만든 꽃무늬 가운을 입었다.

영화의 시작 부분에서 아버지는 빨간 연미복 차림의 서커스 단장으로 나온다.

시골에 있는 할머니의 정원에는 항상 비가 내리는 나무가 있다고 아버지는 말한다.

그다음 장면에서는 나무 아래 앉아 있는 신인 아버지를 볼 수 있다.

신은 슬프다.
그는 바이올린으로 헝가리 노래를 연주한다.

할머니가 창가에서 손을 흔든다. 할머니는 신을 위해 폴렌타를 끓였다.

바이올린 선율은 너무도 슬퍼서 정원의 풀밭과 꽃, 나무들조차 슬퍼진다. 서커스 단장이 다시 나타나, 정원 울타리, 유리창과 문들, 그리고 심지어 폴렌타까지도 울기 시작했다고 말한다.

할머니는 고개를 저으며 뭐라고 말하지만, 집 안에 있기 때문에 사람들은 그 말을 들을 수 없다.

그다음 복시가 풀밭을 가로질러 달려간다.

복시는 주둥이에 분홍색 천사 날개를 물고 있고 덤불 앞에서 뒷발로 선다. 그러면 내가 그 안에서 튀어나온다.

나는 날개를 달고 복시와 함께 비 내리는 나무를 향해 깡총깡총 뛰어간다.

빗물은 화분용 물뿌리개에서 떨어진다.

수호천사와 복시는 신의 슬픈 선율에 맞추어 춤을 춘다.

그러나 신은 기뻐하는 기색이 없다.

서커스 단장이 나타나 말한다: 가난한 이들을 사랑하는 마음으로 신은 폴렌타를 먹는다. 신 자신이 이 나라 저 나라를 떠돌아다니는 외국인이다. 신은 슬프다. 이제 곧 다시 먼 길을 떠나야 하기 때문이다.

할머니가 운다.

복시가 운다. 꼬리를 말아 넣으며 귀를 부채처럼 펼치고 운다.

수호천사는 계속해서 뛴다.

수호천사는 결코 슬퍼하지 않는다, 서커스 단장이 말한다, 수호천사는 오직 기쁨을 전파하는 존재이기 때문이다.

다음 장면에서는 신과 할머니, 수호천사가 식탁에 앉아 작별의 폴렌타를 먹는다.

마지막에 할머니가 문 앞에 서서 손을 흔든다.

끝

옮긴이의 글

아이는 폴렌타 속에서 끓는다, 왜냐하면

하나의 풍경. 베를린 집에서 도서관장은 복도에 사다리를 놓고 천장 가까운 곳 선반의 책들을 정리하면서 다른 곳으로 옮길 책들을 골라낸다. 나는 바닥 가득 쌓인 책들을 뒤적이면서 제목을 구경했고, 그러면서 우리는 위대한 문학에 대해 잠시 이야기를 나누었다. 나는 여러 가지 이유로 위대한 문학을 의심하는 편이지만 도서관장은 위대한 문학의 존재를 부정하지 않는다. 예를 들어 달라고 하자 그는 주저 없이 조이스와 프루스트를 꼽았다. 그러자 십수 년 전에 신기하게도 이와 똑같은 질문을 다른 도서관장에게 건넸던 것이 기억났다. 그때 들은 대답은 괴테와 셰익스피어였다. 위대한 문학을 의심하는 이유는 위대한 작품이나 작가의 존재를 부정한다기보다는 위대함이라는 성질이 문학과는 애초에 어울리지 않는다는 생각 때문이라고 내가 말했다. 도서관장은 들뢰즈와 가타리의 책 『카프카: 소수적인 문학을 위하여』의 독일어 번역본 제목이 그에 대한 모종의 답이 될 수도 있을 거라고 했다. 나는 그가 말하는 제목 'Kafka: Für eine kleine Literatur'를 반사적으로 '카프카: 작은 문학을 위하여'로 이해했다. 당연히 작다는 것은 부피를 의미하지는 않는다. 도서관장은 고향 집으로 보낼 책들을 골라내

205

는 중이었다. 집이 책으로 넘치다 못해 터져 나갈 지경이었기 때문이다. 나 역시 작은 집과 점점 늘어나는 책들로 문제를 겪고 있다고 말했다. 물론 도서관장의 책보다는 비교할 수 없이 적은 양이기는 하지만 그래도 정해진 분량 이상 쌓이지 않도록 하려면 정기적으로 책들을 정리해야만 한다. 고향 집으로 보내지 않는 책들은 책 나무 아래 갖다 두겠다고 그가 말했다. 책 나무는 사람들이 더이상 갖고 있을 필요가 없는 책들을 가져다 두는 나무다. 책 나무 아래에는 그런 책들이 항상 몇 권씩 쌓여 있으므로 살펴보다가 원하는 책이 있으면 가지고 올 수 있다. 당연하게도 도서관장의 산책 길은 동네의 모든 책 나무를 거치는 코스다. 그는 단 한 그루의 책 나무도 그냥 지나치지 못한다. 새로운 책을 발견하겠다는 마음도 있지만, 그보다는 다른 사람들이 무슨 책을 읽는지 본능적으로 관심이 많기 때문이다. 그가 세상에서 가장 사랑하는 일은 헌책방 방문인데, 새 책을 파는 서점들은 모두들 최근 출간물을 팔지만 헌책방에서 우리가 발견하는 책은 훨씬 다양한 시간과 역사로부터 오기 때문이다. 그곳에서는 종종 망각된 것들이 망각되지 않는다. 그는 또 친구들에게 편지를 쓸 때, 사람들이 날씨 이야기를 하듯 자신과 내가 무슨 책을 읽고 있는지 전하기를 좋아한다. 도서관장은 책뿐 아니라 책에 관한 화제를 좋아하는데, 그건 사람들이 빨간색이나 베네치아나 흰 소시지를 좋아한다고 말할 때의 그런 취향 문제가 아니라 인생을 송두리째 설명하는 유일한 성분을 대하는, 바로 그런 식이다. 언젠가 나는 한 여자 친구에게서 편지를 받았고, 최근 새로운 독서 모임에 가입했다는 소식을 접했다. 그 말을 들은 도서관장은 친구의 독서 모임에서 어떤 책을 읽는지 물어봐 달라고 내게 특별히 부탁하기도 했다. 친구는 친절하게도 모임에서 읽은 책 목록과 간략한 감상까지 보내 주었지만 그중에는 우리가 아는 책이 아쉽게도 단 한 권도 없었다. 그 모임은 회원들이 차례로 책을 선정한다고 들었다. 우리는 광범위한 취향의 독자가 아니거나, 시대에 뒤떨어진 독자일지도 모른다.

어떤 책에 대해 결정을 내리기 어려운 경우도 종종 있었다. 베를린 집에 두어야 할지 고향 집으로 보내야 할지 아니면 주로 봄부터 가을까지 머무는 정원 하우스에 갖다 두어야 할지. 도서관장은 베를린 집과 정원 하우스를 오가며 끊임없이 책들을 옮겨 나른다. 책들의 지속적인 재배치는 그의 숨길 수 없는 열정이기도 하다. 어느 해 여름 그가 정원 하우스에서 히치콕의 모든 필름을 보겠다고 결심했다면, 독일 표현주의에서 할리우드 누아르로 이어지는 역사와 프리츠 랑, 무르나우 등과 관련한 많은 영화 서적들이 베를린 집에서 정원 하우스로 옮겨져야만 한다. 모로코 여행을 앞두고 있을 때는 미국의 비트 작가들부터 장 주네의 작품과 관련 서적, 모로코를 무대로 쓰인 무수한 시와 산문을 정원 하우스로 가져갔다. 반드시 읽기 위해서만은 아니다. 물론 그러려면 정원 하우스를 채우고 있던 다른 책들을 베를린으로 다시 옮겨야 한다. 뿐만 아니라 집 안에 있는 책들도 마치 스스로 움직이듯 주기적으로 재배치된다. 나는 욕실과 책상, 식탁, 트램펄린 위, 주방과 현관에 아무렇게나 가득 쌓여 있는 책들이 어느 순간 미묘하게 교체되어 있음을 알아차린다. 우리가 어떤 테마에 관해 대화를 나눈 다음 날, 욕실 바닥에는 평소와는 다르게 그 테마와 관련된 책들이 우연인 듯 흩어져 있는 식이다. 이 집에는 미묘한 관찰자가 있다. 서재의 주요 책장에는 도서관장이 현재 관심을 두고 연구하는 분야의 책들이 놓인다. 몇몇 책들은 책장 밖으로 전시되기도 한다. 책은 읽히기 위해서뿐만 아니라 설사 보이지 않더라도 거기 있어야 하는 영혼이다. 책이 삶이다! 단지 읽기 위한 자료로서의 텍스트라면 이미 킨들에 들어 있다. 도서관장은 자신의 집-도서관 책이 너무 빈약하다고 한탄한다. 그는 일생 동안 책 나무와 헌책방을 단 한 번도 지나치지 못했다. 세월이 흐를수록 점점 더 많은 책이 필요하다. 그가 가진 책 중 가장 오래된 것은 성녀 카타리나 에머리히의 비전을 기록한 클레멘스 브렌타노의 『예수그리스도의 처절한 고통』(1833)이다. 도서관장은 그 책을 어머니의 삼촌 혹은 작은할아버지에게서· 물려받았다. 시골 마을의 은둔 철학자이던 어머니의 삼촌 혹은 작은할아버지는 농가 하나를 가득 채울 만큼 책이 많았다. 평생 독신이었던 그가 사망한 후 책들은 일주일에 걸쳐 대부분 불태워졌지만 책의 가치를 알

208

아본 한 친구에 의해 소중한 책 일부가 살아남을 수 있었다. 19세기 인쇄본 상당수와 카프카를 비롯한 20세기 초반 작가들의 작품 초판본, 라틴어를 포함한 4개 국어 사전, 성서 사전 등이다. 아주 어린 시절부터 도서관장은 고서와의 삶을 당연하게 여겼다. 그가 월세를 지불하는 이유는 거기 책들이 살기 때문이다. 일과 틈틈이 책을 읽고 책장을 정돈하고 책을 골라내고 재배치하고 그러는 중에 서서 몇 쪽을 읽고 문득 생각난 듯 내게 이런저런 책들을 추천한다. 예를 들어 내가 허영에 대해 말을 꺼내면 그는 책장 이곳저곳에서 허영과 연관된 책들을 여럿 가지고 온다.

도서관장은 늘 내게 여러 권을 추천한다. 우리의 독서 취향이 아주 일치하는 편은 아니지만, 그는 적어도 내가 무엇을 읽고 싶어 하는지에 대해서는 가장 잘 아는 사람이다. 그는 사다리 위에서 책 한 권을 아래로 건네며, 방금 이 책을 발견했는데 어쩌면 이것이 나를 위한 책일지도 모른다는 생각이 든다고 말했다. 그 책은『아이는 왜 폴렌타 속에서 끓는가』였다.

폴렌타는 이탈리아 등의 남유럽과 루마니아, 몰도바, 발칸 지역 등에서 주로 먹는 옥수수 죽을 일컫는 명칭이다. 기억이 맞는다면, 나는 미국 뉴올리언스를 여행하던 중 한 케이준 식당에서 폴렌타를 처음 먹었다. 뉴올리언스는 마르디 그라(Mardi Gras) 축제 기간이었다. 그때 나는 페터라니를 읽기 전이었으므로 폴렌타라는 낯선 이름에서 아무것도 연상하지 못했다. 도서관장은 오스트리아에서 처음 폴렌타를 먹었다고 한다. 폴렌타는 국제적인 음식이지만 지역마다 명칭이 다르다.

루마니아의 폴렌타는 머멀리거(mămăligă)라고 한다. 오래전 로마의 침략을 받은 루마니아인들은 고산지대로 대피한다. 그곳에서 그들은 밀을 대신할 곡물을 찾아야만 했다. 그래서 처음에는 척박한 토양에서 자라는 기장으로 죽을 끓였고, 머멀리거라는 명칭은 트라키아어(mam-mulo, 굶주림을 달래 줌)에서 유래했다. 이후 유럽에 옥수수가 들어온 뒤 기장은 옥수수로 대체되었다.

머멀리거는 옥수숫가루와 소금과 물만으로 만든다. 더 이상 단순해질 수 없는 가장 단순한 음식이다. 루마니아에는 "머멀리거조차 먹지 못할 만큼 가난하다"라는 표현이 있을 정도다. 필요한 물의 양은 옥수숫가루의 네 배다. 끓는 소금물에 거칠게 빻은 옥수숫가루를 붓고 약불에 오래 끓여 만든다. 여기서 옥수숫가루를 천천히 조금씩 넣으면서 중간중간 잘 저어 주는 것이 중요하다. 쉽게 타 버리는 데다가 조금만 잘못하면 폭발하듯 넘쳐서 주방 벽 전체가 걸쭉한 죽 범벅이 될 수 있다. 젓는 도구로는 주걱이나 숟가락이 사용되지만 무조건 손잡이가 아주 길어야 한다. 뜨거운 증기로 화상을 입을 수도 있기 때문이다. 한참 저어 주다가 죽이 솥 가장자리에 달라붙기 시작하거나 죽을 접시에 떨어뜨렸을 때 60초 이내에

젤리처럼 굳어진다면 밝은 노란색 머멀리거가 완성된 것이다. 루마니아 농민들은 머멀리거를 굳혀서 잘랐는데 이탈리아식으로 자른 폴렌타보다 훨씬 두꺼웠다. 루마니아 농민들은 머멀리거를 빵처럼 손에 들고 먹었기 때문이다.

세계 각지에서 폴렌타를 먹는 방법은 수없이 많다. 샌드위치처럼 층을 만들어 치즈를 곁들이거나 버터, 올리브유, 수프와 함께 먹거나 우유, 설탕 등을 첨가할 수도 있다. 끈끈하게 익은 죽을 나무판자에 올리고 넓적하게 편 다음 실로 잘라 내 버터에 구워 먹기도 한다. 마늘 소스와 함께 먹어도 맛있다. 굴라시나 라구 등 고기 스튜나 생선 요리에 빵 대신 곁들여 먹는다.

장작 화덕 위에 손잡이가 달린 커다란 무쇠 솥이 걸려 있다. 솥에서는 옥수수 죽이 끓는다. 대가족이 며칠 동안 먹을 많은 양의 폴렌타다. 멀리서 양치기 개가 짖는다. 손잡이가 긴 나무 주걱으로 할머니는 죽이 타지 않도록 계속해서 솥을 저으면서, 들판에서 일을 마친 가족들이 돌아오는지 간혹 창밖을 살핀다. 이것이 남유럽의 시골에서 폴렌타를 만드는 전통적인 장면이다.

그들은 루마니아 국립 서커스단의 인기 곡예사 가족이었다. 어머니 조세피나와 아버지 탄다리카, 그리고 어머니의 언니인 레타 이모가 함께 공연했다. 그리고 조세피나와 탄다리카 부부의 딸인 모니카와 (아버지가 이전 결혼에서 데려온) 언니 안두자가 있다. 1966년 스위스의 코끼리 조련사이자 크니 서커스 단장인 롤프 크니는 브라티슬라바에서 광대 탄다리카와 조세피나 자매의 공연을 보고 이들 가족을 스위스로 데려와 공연시키고 싶어 한다. 그의 도움으로 가족은 냉전 시대 철의 장막을 넘어 서방으로 망명하게 된다. 가족은 난민이 된다. 그들은 세계 이곳저곳으로 공연 여행을 다니며 임시 숙소나 호텔, 컨테이너, 심지어 기차에서 산다. 모니카 지나, 이후 아글라야 페터라니로 불리게 된 딸의 어린 시절은 어머니의 표현대로 "국제적"이었다.

> 크라쿠프에서 잉태되고 부쿠레슈티에서 태어났다. 나를 받은 산파의 손은 독일에서 왔다. 나는 맹장을 체코슬로바키아의 한 군 병원에 남겨 두었으며 내 편도선은 마드리드에 있다.
> ― 아글라야 페터라니, 『마지막 숨의 선반』 중에서

모니카는 정규교육을 거의 받지 못하는 대신 서커스 곡예를 배우고 어린 나이로 성인 대상의 쇼 무대에 선다. 차우셰스쿠의 폭정과 궁핍에 시달리던 가족은 서유럽에 온 후 행복한 생활을 꿈꾸었으나 현실은 그들의 기대와 달랐다. 루마니아와 서커스, 그들은 이중의 난민이다. 부모의 이혼으로 가족은 해체되고, 머리카락 공연으로 인기를 누리던 어머니 조세피나는 서커스 홍보용으로 기

획했던 크레인 곡예에서 사고를 당해 더 이상 공연할 수 없게 되어 36세의 나이에 새로운 직업을 찾아야만 했다. 1977년 어머니와 딸은 스위스에 정착한다. 열다섯 살 딸 모니카는 서커스를 따라 전 세계를 여행하며 많은 것을 경험했고 알고 있지만, 믿을 수 없게도 문맹이다. 스페인어와 루마니아어를 말할 줄은 알았으나 읽을 줄도 쓸 줄도 몰랐다. 조세피나가 곡예사로 키우고 싶어 했던 모니카는 독학으로 독일어를 배웠고, 어머니의 희망과는 다르게 가족을 떠나 자신의 삶을 찾기를 원한다. (페터라니는 어린 시절 자신의 삶은 처음부터 바깥세상에서 살기 위해서가 아니라 전적으로 서커스에서 일하도록 준비되는 과정이었다고 말한 적이 있다.) 홀로 서기 위해서 딸은 어머니와 거리를 두기 원한다. 딸은 배우 수업을 받고 독일어로 글을 써서 발표하기 시작한다.

1999년 『아이는 왜 폴렌타 속에서 끓는가』가 출간된다. 이전부터 수많은 문학잡지에 글을 발표했지만 이 책은 아글라야 페터라니의 데뷔작이자 생전에 출간된 유일한 단독 저서다. 서커스, 곡예사, 루마니아, 망명, 난민, 유년기 폭력, 이중의 소외 등 강렬한 소재로 넘치는 페터라니의 책은 독자와 매체의 큰 호응과 주목을 얻고 많은 상을 받는다. 그러나 페터라니 자신은 문학계가 현시대의 '이민 문학'에서 기대하곤 하는 상투적 요소들을 끈질기게 거부했으며 그보다는 20세기 아방가르드에서 자기 문학의 계보를 찾고자 했다. 시민계급의 보수적인

213

문학 개념을 뛰어넘으려는 시도로 1992년 실험 작가 동맹 '망(網)'을 설립했고 1993년 작가인 레네 오버홀처와 함께 그룹 '말펌프'를, 1996년에는 생의 동반자이기도 한 작가이자 배우 옌스 닐젠과 더불어 퍼포먼스 극단 '천사의 기계'를 결성하여 스위스 국내외에서 다수의 낭독 퍼포먼스를 펼친다.

2002년 2월 페터라니는 취리히 호수에서 자살한다. 사후에 미완성 작품인 두 번째 소설 『마지막 숨의 선반』이 같은 해 출간된다.

"어쩌면 이 책이 너를 위한 것일지도 모른다는 생각이 들어." 도서관장은 사다리 위에서 말하며 한 손을 뻗어 아래에 있는 내게 책을 건네준다.

아마도 대화 중에 내가 "어린 시절은 내가 생각하는 문학의 원형이야. 하지만 나는 내 글이 유년기 키치가 되어 버릴 것이 두렵고 혐오스러워. 회고하고 고백하는 것. 변명하고 반추하는 것. 되새기고 전달하는 것. 우리가 아방가르드로 탈출하는 건 아무것도 고백하거나 전달하지 않기 위해서일지도 몰라. 자기 자신의 스파이가 되지 않기 위해서 말이지."라고 말했기 때문일 것이다. 그때 나는 주인공의 자아 일부가 어린 시절의 상태로 다시 깨어나는 단편소설을 쓰고 있었다.

도서관장은 내게 많은 책을 추천하는데, 그중 대부분은 추리소설이다. 내가 그렇게 해 달라고 부탁했기 때문이다. 그런데 그가 추천하는 추리소설을 나는 거의 읽지 않았다. 내 기준에 그가 권하는 추리소설들은 대개 추리라기보다는 스릴러에 가까워 보인다. 나는 할리우드식 서스펜스가 아니라 좀 더 정통적인 추리소설을 원한다.

고국에서 온 자들은 모두 스파이다.

오직 스스로 탈출한 자들만이 예외다.

벽 속에는 스파이가 다니는 길이 있다.

이런 이야기는 좋아하지 않아, 하고 내가 말하면 도서관장은 하지만 이야기의 피부는 언어 자체이지, 하고 대꾸한다.

그와 마찬가지로 나 역시 "이야기의 피부는 언어 자체이지."라고 말할 수 있는 작가들을 좋아한다. 자기 자신에게서 스스로 탈출하는 자들.

문학 매체는 페터라니를 동유럽에서 온 극락조처럼 다루었다. 그러나 페터라니의 이야기는 천국과는 거리가 멀다. 비록 이 책이 천국으로 시작해서 천국으로 끝나기는 하지만.

페터라니는 일반적으로 문학에서 기대되는 것—즉 위대한 작품—을 충족시킬 생각이 없는 작가에 속한다.

페터라니는 급진적으로 생략한다. 언어를 단순화하고 축소한다. 필요하다고 보여지는 정도보다 항상 덜 말하려 한다.

독자들은 그 어떤 사실이나 맥락에 대해서도 충분히 명확한 설명을 듣지는 못한다.

머멀리거, 굶주림을 달래 줌.

그 태도는 러시아 아방가르드 작가 다닐 하름스의 소설 속 선언을 연상시킨다.

"이로써 나는 원고를 일단 끝마치려 한다. 어차피 너무 길게 쓴 것 같기 때문이다."(다닐 하름스, 소설 『늙은 여자』[1939] 중에서)

모든 말은 어차피 너무 많이 말해졌다.

부족함과 생략의 언어를 통해 증폭되는 효과.

책 나무 대신 비 나무.

말해지지 않아야 하는 말, 그럼에도 텍스트 안에 머물러야만 하는 말.

"상세한 것이 곧 진실은 아니다."(앙리 마티스)

페터라니의 글은 두 번의 탈출에서 나온다. 첫 번째는 국가라는 감옥에서의 탈출, 두 번째는 가족이라는 게토에서 자신의 삶을 향한 탈출. 그러면 언어는? "혈관을 흐르는 피의 언어"에서 배워서 익혀야 하는 외국어로, 가족과 고향의 언어에서 학교와 국가의 언어로, 말하는 언어에서 쓰는 언어로의 이주. 어머니의 언어에서 외국인들의 언어로의 이주.

다수의 언어로 발화되는 소수의 언어.

씀으로써 거리를 유지하는 언어.

"어머니가 외국어를 제대로 이해하지 못하면 외국어를 배우는 것이 나에게 무슨 소용인가?"(이 책 110쪽)

자기 자신이 되는 길이 곧 배반의 길임을 안다.

그런데 작게 축소된 언어는 축소된 존재인가?

나는 쓴다.

"나는 삶을 위해서, 마치 미친 여자처럼 썼다."(아글라야 페터라니, 한 인터뷰에서)

메데이아의 아이들은 어머니를 위해서 희생한다. 어머니의 나라는 어머니의 언어와 어머니 자신으로 가득하다.

"아이는 폴렌타 속에서 끓는다, 왜냐하면 아이가 어머니 얼굴에 가위를 꽂아 버렸기 때문이다."(125쪽)

집시와 서커스는 오래전부터 문학에 등장하는 대표적인 유랑자였다. 이제 그 자리를 차지하는 것은 태생 외국인, 혈통뿐 아니라 정신까지, 문화와 기억 모두 타고난 외국인이며 모태 외국인인, 영원히 동화되지 못하는 존재들이다. 특히 불안한 신분과 언어를 가진 이방인들.

"한 태생 외국인이 신발을 잃어버렸다."(64쪽)

여러 가지 두드러진 특징으로 인해, 페터라니를 이민 문학의 작가로 범주화하기는 쉬울 것이다. 21세기에는 새로운 유형의 유랑인들이 문학의 장으로 들어올 것이 기대되고 있으며, 그들이 가공해서 내놓는 지구 곳곳의 로컬 문화와 사회 이야기는 문학계의 식탁을 더욱 풍성하게 만들어 줄 것이다. 신문 문화면은 항상 그래 왔듯이 그들을 이국의 극락조인 양 환영할 것이다. 태생 외국인으로서의 독특한 경험과 이방인 의식, 아웃사이더 감수성, 그리고 소수 언어. 한 작가가 태생적 기반 때문에 영구히 고정된 범주에 갇힌 채로 분류된다면 작가는 그로 인해 동시에 상반되는 명성을 얻는다. 어떤 독자는 그의 작품을 키치의 반열에 놓고 싶어 하며, 어떤 독자는 그에게서 키치를 읽고 싶어 한다.

작가는 자신의 이야기에서 해방될 수 있는가.

운명이라는 가장 강렬한 경험에 사로잡힌 작가는 그 운명과 작별하기 위해 더욱 깊이 그 운명을 응시하는 지도 모른다.

그러면서 유머를 잃지 않기, 이것이 중요하다.

그들은 작별의 폴렌타를 먹는다.

지금 나는 이 책의 번역을 다 마쳤다. 책을 덮은 뒤에도 길게 남아 있는 것은 책의 마지막 대목, 어린 페터라니가 마지막으로 아버지의 영화에 출연하는 장면이다.

신 자신이 외국인이다. 신은 슬프다. 이제 곧 다시 먼 길을 떠나야 하기 때문이다.

할머니가 운다.

우리는 식탁에 앉아 작별의 폴렌타를 먹는다.

덧붙임: 취리히에 대해서.

　　2018년 여름부터 겨울까지 나는 취리히에서 6개월을 머물렀다. 매우 아름다운 도시였다. 뿐만 아니라 곳곳에 놀라운 예술가의 흔적들이 있었다. 그들의 집, 그들의 공원, 그들의 레스토랑과 카페, 그들의 무덤. 취리히 예술가들의 놀라운 점은, 모든 이가 모든 이를 안다는 것이다. 거기서 나는 아글라야 페터라니를 개인적으로 알았다는 작가 두 명을 개인적으로 만났다.

　　당시 나는 한국 출판사 두 군데에 페터라니의 책을 추천했지만 예상했던 대로 긍정적인 답변을 듣지는 못하고 있었다. 도서관장의 집에서 이 책을 처음 건네받은 후 몇 년이 흘렀다. 무엇이 나로 하여금 페터라니의 책을 번역하고 싶다고 느끼게 만들었을까. 나는 늘 아방가르드 작품을 번역하고 싶어 했다. 하지만 천재적인 언어유희는 내가 좋아하는 분야는 아니고 잘 번역할 자신도 없다. 대신 나는 축약된 언어에, 시-산문의 형태에 흥미를 느낀다. 다른 무엇보다도 번역자로서의 나를 끌어당기는 언어가 있다.

　　나는 매일 취리히 호수로 갔다. 해가 진 이후, 완전한 밤이 내리기 전까지 취리히 호수와 림마트 강 주변에 머물렀다. 구 시가지의 언덕과 골목길을 걸었다. 호수와 강의 물은 내가 보았던 그 어떤 도시의 물보다 더 맑고 깨끗했다. 다리에서 가만히 내려다보면 호수 바닥에 왕관 모양으로 자라난 짙은 녹색의 거대한 수초, 강물 아래

219

가라앉은 자전거의 형체가 거울처럼 자세히 들여다보였다. 나는 행복에 대해서 많이 생각했다. 아마도 내가 살아 본 도시 중에서 취리히는 가장 아름다운 도시에 속할 것이고 그곳에서 나는 비교적 좋은 처지에 놓여 있었으며 계절은 눈부신 가을의 한가운데였다. 취리히 산의 색채는 지금도 잊지 못한다. 산 위에서 내려다본 도시 저지대의 풍경. 그러나 당시 행복했느냐고 묻는다면 그건 아니다. 내가 취리히에서 행복하지 않았던 이유는 지금도 나 자신에게 수수께끼로 남아 있다.

서울이나 베를린과 달리 취리히에는 부랑자, 노숙자, 걸인 등이 전혀 보이지 않아서 처음에는 당황했다. 강변 구시가지 언덕길에서는 날씬하고 우아한 백발노인들을 흔하게 마주쳤다. 내 경험상 취리히는 노인들이 가장 아름다웠던 도시다. 노인들의 아름다움은 내가 어떤 도시를 느끼는 하나의 지표이기도 하다. 나는 그곳에서 만난 사람들에게 불행에 대해서 묻고 싶었다. 이 아름답고 부유해 보이는 도시에 불행이 있다면 그건 어떤 종류일지 궁금했다. 불행 역시 어느 도시의 느낌을 위한 하나의 지표일까? 그러나 친절한 취리히 친구들 앞에서 그런 질문은 무례할 것 같아 입 밖에 꺼내지 못했다. 한번은 길에서 브루노 간츠와 스치기도 했다. 매우 쇠약해 보이는 그는 부축을 받으며 걷고 있었다. 아마도 그가 죽기 몇 달 전이었을 것이다. 단 한 번 나는 강을 건너 내가 살고 있던 구역 반대편의 레스토랑으로 친구를 만나러 갔다. 레스토랑 앞은 나무나 풀이 거의 없는 황량해 보이는 공원인데, 그곳에 외국인들이 많이 모여 있었다. 취리히에서 그처럼 많은 외국인들이 한꺼번에 모여 있는 광경은 처음 보았으므로 나는 좀 놀랐다. 마치 단체 소풍을 온 듯, 여러 그룹으로 흩어져 잔디밭에 앉아 음식을 먹거나 자신들의 언어로 이야기를 나누며 쉬고 있는 그들은 대개 청년이거나 어린아이들이 딸린 젊은 가족이었다.

취리히의 친구 A는 말했다. 유대계 시인 엘제 라스커쉴러는 전쟁 중에 취리히로 와서 역 앞에서 노숙을 했다고. 그 말은 내게 또 다른 시인 파울라 루트비히를 떠올리게 했다. 파울라 루트비히 역시 취리히는 아니지만 전쟁 이후 독일에서 노숙자로 살았다. 나는 라스커쉴러와 루트비히 모두 좋아한다.

취리히에서 어느 날 받은 편지가 있다. 누군가 나를 만나고 싶어 했다. 독일 예술가 M이었다. M은 말했다. 어린 시절 M의 양육자는 독일어를 할 줄 몰랐고 그래서 늘 어린 M에게 자신의 모국어로 속삭였다고. 그것이 자신이 배운 최초의 언어였다고. 세월이 흐른 뒤 M은 한국에 갔고, 그곳에서 이미 오래전에 잊어버린 최초의 언어를 다시 들을 수 있었다고. M은 귀를 기울였고, 그 언어를 알고 있다고 느꼈으며, 해독할 수 없는 그 언어가 자신의 육체 내부에서 살고 있음을 알았다.

그 속삭임이.

이해할 수 없는 언어가 핏속을 흐른다.

취리히의 작가 일마 라쿠자의 책에서 읽었다. "내게는 취리히 호수에서 자살했고 끝내 시신이 발견되지 않은 한 친구가 있다." 나는 그 구절에 밑줄을 그었다. 나는 일마를 여러 번 만났지만 끝내 그 친구에 대해 묻지 못했다. 어떤 하나의 사실을 구체적으로 끝까지 파고 들어가 마침내 최종적인 명확함에 도달하기. 아마도 그건 내가 잘할 수 있는 일이 아닌 것 같다. 6개월을 머물면서 단 한 줄도 쓰지 못했던 도시 취리히에서 나는 자신을 제외하고는 아무에게도 질문하지 않았으며 그 질문과 관련된 몇몇 편지에는 영영 답장하지 않았기 때문이다.

아이는 폴렌타 속에서 끓는다, 왜냐하면

> 매일 나는 자살한다. 난방기에 목을 매거나 발코니에 대롱대롱 매달려 죽는다. 나는 어둠으로 죽는다. 여름으로, 슬픔으로, 혹은 기다란 피부로 인해. 하지만 무엇보다도, 내 얼굴에서 자라난 어머니로 인해 나는 죽는다.
> — 아글라야 페터라니, 『마지막 숨의 선반』 중에서

배수아

아글라야 페터라니 연보

1962년 — 5월 17일, 루마니아 부쿠레슈티에서 태어남. 세례명
모니카 지나. 어머니는 루마니아 국립 서커스단의 곡예사
조세피나였고, 아버지는 서커스에서 찰리 채플린 스타일
코미디 연기로 인기를 끌던 헝가리 출신 광대 알렉산드루(예명
탄다리카)였다.

1966년 — 가족의 재능을 보고 감탄한 스위스의 크니(Knie)
서커스 단장 롤프 크니의 도움으로 부부와 두 딸 안두자와 모니카,
조세피나의 언니 레타는 브라티슬라바와 빈을 거쳐 스위스로
탈출함. 1967년 이들 부부와 레타 3인 공연은 크니 서커스단의
최고 인기 프로그램이 된다. 어머니 조세피나의 머리카락 곡예가
유명해지며 가족은 크니 서커스단의 일원으로, 혹은 전 세계
서커스단의 초청을 받아 유럽의 여러 도시와 브라질, 미국,
아르헨티나 등을 여행한다. 아글라야 역시 아주 어린 나이에
버라이어티쇼 무대에 서는 등 보편적이지 않은 삶을 경험한다.

1976년 — 어머니 조세피나가 스페인의 그란카나리아 섬에서
서커스의 홍보 행사로 선박 크레인에 매달리는 공연 도중 합선으로
크레인이 갑자기 멈추는 바람에 40분이나 공중에 매달려 있게 된다.
이 사고로 어머니는 더 이상 머리카락 곡예를 할 수 없게 된다.

1977년 — 그사이 부모가 이혼해 아글라야는 어머니와 함께
스위스에 정착한다. 루마니아어와 스페인어를 구사했지만
정규교육을 받지 못했던 아글라야는 15세의 나이에도 문맹이었다.

독일어 쓰기와 읽기를 독학으로 공부한다.

1982년 — 취리히 연기 학교에서 연기 수업 과정을 마치고 프리랜서 배우이자 작가로 활동하기 시작한다.

1992년 — 실험 작가 동맹 '망(網, Netz)' 설립.

1993년 — 작가 레네 오버홀처(René Oberholzer)와 실험 문학 그룹 '말펌프(Die Wortepumpe)'를 결성하고 산문, 희곡, 시 등 발표.

1996년 — 동반자였던 작가이자 배우 엔스 닐젠(Jens Nielsen)과 극단 '천사의 기계(Die Engelmaschine)'를 결성해 낭독 퍼포먼스를 다수 펼친다.

1998년 — 베를린 문학 콜로키움 장학금 수령.

1999년 — 자전적 경향이 짙은 소설『아이는 왜 폴렌타에서 끓는가』로 잉게보르크 바흐만 대회에 출전. 심사 위원들의 의견은 극단적으로 갈렸으며 이 작품은 수상하지 못한다. 같은 해 첫 번째 소설로『아이는 왜 폴렌타에서 끓는가』발표.

2000년 — 데뷔작 출간 후 대중과 비평가 모두에게 호평받았으며 베를린 문학 지원금, 아델베르트 폰 샤미소 문학 지원금, 취리히 문학상 등 수상.

2001년 — 가을부터 심각한 정신적 장애에 시달린다.

2002년 ─ 2월 3일, 취리히 호수에서 스스로 익사한다. 데뷔작이 출간되기 진부터 쓰고 있던 두 번째 소설 『마지막 숨의 선반』이 미완성 유작으로 출간된다.

2004년 ─ 마지막 프로젝트를 모은 미완성 컬렉션 『치워진 바다, 임대한 양말, 그리고 버터 부인의 이야기(Vom geräumten Meer, den gemieteten Socken und Frau Butter)』 출간.

2018년 ─ 조각 글 모음 『카페 파파』, 추가로 발견된 유작 모음 『가구 대신 단어들』, 30장의 엽서 모음 『여기 천국』이 출간된다.

워크룸 문학 총서 '제안들'

일군의 작가들이 주머니 속에서 빚은 상상의 책들은 하양
책일 수도, 검정 책일 수도 있습니다. 이 덫들이 우리 시대의
취향인지는 확신하기 어렵습니다.

제안들 36

아글라야 페터라니
아이는 왜 폴렌타 속에서 끓는가

배수아 옮김

초판 1쇄 발행. 2021년 4월 5일
3쇄 발행. 2022년 10월 20일

발행. 워크룸 프레스
편집. 김뉘연
제작. 세걸음

ISBN 979-11-89356-51-4 04800
978-89-94207-33-9 (세트)
15,000원

워크룸 프레스
03035 서울시 종로구
자하문로19길 25, 3층
전화. 02-6013-3246
팩스. 02-725-3248
메일. wpress@wkrm.kr
workroompress.kr

옮긴이. 배수아 — 소설가, 번역가. 『철수』, 『붉은 손 클럽』, 『동물원 킨트』,
『이바나』, 『일요일 스키야키 식당』, 『당나귀들』, 『독학자』, 『훌』, 『에세이스트의
책상』, 『북쪽 거실』, 『올빼미의 없음』, 『서울의 낮은 언덕들』, 『알려지지 않은 밤과
하루』, 『뱀과 물』, 『멀리 있다 우루는 늦을 것이다』 등을 썼고, 사데크 헤다야트의
『눈먼 부엉이』, 페르난두 페소아의 『불안의 서』, 프란츠 카프카의 『꿈』, W.G.
제발트의 『현기증. 감정들』과 『자연을 따라. 기초시』, 로베르트 발저의 『산책자』,
클라리시 리스펙토르의 『달걀과 닭』과 『G.H.에 따른 수난』 등을 옮겼다.

사뮈엘 베케트의 말 없는 삶

나탈리 레제
사뮈엘 베케트의 말 없는 삶

김예령 옮김

work
rk
ro
om

일러두기

이 책은 프랑스 알리아 출판사(Éditions Allia)에서 출간된 나탈리 레제(Nathalie Léger)의 『사뮈엘 베케트의 말 없는 삶(Les Vies silencieuses de Samuel Beckett)』(2006)을 한국어로 옮긴 것이다.

본문의 주(註)는 옮긴이가 작성했다.

원문에서 이탤릭체로 강조된 부분은 방점을 찍어 구분했다.

차례

작가에 대하여

현대 저작물 기록 보관소(IMEC) 부소장, 전시 기획자, 그리고 소설가. 파리 출신의 나탈리 레제(Nathalie Léger, 1960-)는 오랜 시간 고급 문헌을 다뤄왔다. 이를테면 롤랑 바르트(Roland Barthes)와 사뮈엘 베케트(Samuel Beckett)의 글들을. 2002년과 2007년, 파리 퐁피두 센터에서, 레제는 두 작가의 대규모 기획전을 준비했었다. 바르트가 콜레주 드 프랑스에서 한 마지막 두 강의를 토대 삼은 『소설 준비 I, II(La Préparation du roman I et II)』(쇠유[Seuil]-IMEC, 2003), 어머니를 잃은 다음 날부터 바르트가 쓰기 시작한 쪽지 모음으로 국내에도 출간된 『애도 일기(Journal de deuil)』(쇠유-IMEC, 2008) 또한 레제의 손을 거쳤다.

첫 책으로 베케트에 대한 독특한 전기이자 탁월한 산문인 『사뮈엘 베케트의 말 없는 삶』(알리아, 2006)을 쓴 후, 레제는 19세기 귀족이자 고급 창부였던 카스틸리오네 백작 부인의 삶을 그린 소설 『노출(L'Exposition)』(P. O. L., 2008)을 썼다. 뒤늦게 당도한 소설은 프랑스 지식인들의 잔잔한 호평을 얻었다. 이어 발표된 두 번째 소설은 그해 리브르 앵테르 상(Prix du Livre Inter)을 받은 『바버라 로든의 생애에 대한 부기(Supplément à la vie de Barbara Loden)』(P. O. L., 2012)이다. 영화감독 엘리아 카잔(Elia Kazan)의 아내이자 그 자신 또한 감독이며 배우였던 바버라 로든에 대한 이 작품은, 일전에 같은 출판사에서 배우 앙투안 비테즈(Antoine Vitez)의 연극론 다섯 권을 편집하고 그에 대한 전시를 기획한 바 있었던 레제의 관심사가 향하는 지점을 드러낸다.

이 책에 대하여

오랫동안 어디선가 문서를, 그것도 매우 높은 수준의
문서들과 지식을 끈기 있고 조신하게 다뤄온 사람. 수많은
지성의 충실한 동반자, 그들 그늘 아래의 조용한 그림자.
—「옮긴이의 글」에서

마흔여섯, 평생 높은 수준의 문서를 다루다 첫 책을 낸 이의 선택은
베케트였다. 이 책 『사뮈엘 베케트의 말 없는 삶』은 나탈리 레제의
얇은, 밀도 높은 작업물이다.

베케트의 문서들을 다루고 베케트의 전시를 기획했던 이가
베케트의 전기(傳記)를 쓴 일은 당연해 보인다. 그러나 이 책은, 분
명 전기이지만, 일반적인 전기와는 확연히 다른 인상이다. 차라리
이렇게 불러야 제격일 듯하다. 사뮈엘 베케트라는 한 인간에 대한,
한 편의 산문.

애호하는 작가의 삶을 더듬는 저자의 손길은 섬세하고 면밀
하다. 유품을 만지는 사람이었던 레제는 삶이 남긴 흔적으로서의 사
물들, 그 있음과 없음을 고루 살핀다. 실낱 같은 말들과 사색의 편린
들을 듬성듬성 잇거나 자르는 가운데 조성된 크고 작은 침묵들. 침
묵의 공간마다, 언어의 구멍마다 고인 베케트의 면면은 쉬이 드러나
지 않는다. 잿빛 기운 속에, 어둑함 가운데, 조금 오래 거해야 한다.

"침묵과 말의 궁극적이며 유일한 결합."(89쪽)

사뮈엘 베케트의 말 없는 삶은 그렇게 말 없는 삶들이 된다.

편집자

9

남은 것들만 남은 자리 그 옛날 거기에 하나의
잔해가 있어 어둠 속에서 때때로 빛을 발했다.*
— 사뮈엘 베케트

* 사뮈엘 베케트의 단편「다시 끝내기 위하여(Pour finir encore)」(「다시 끝내기 위하여
그리고 다른 실패작들[Pour finir encore et autres foirades]」[미뉘 출판사(Les Éditions
de Minuit), 1976]) 첫 장에 등장하는 구절.

방은 매우 단출하다. 가구 몇 점이 무미건조하게 놓였을 뿐이다. 아무 장식 없는 침대, 방문객을 위한 소파 하나, 서랍장 하나, 서가 몇 개, 그리고 창가의 책상 하나. 새벽이면 안뜰에서 새들이 지저귄다. 저녁이면 천장에 달린 등의 갓 없는 전구 세 알에서 쏟아지는 불빛이 가차 없이 방을 밝힌다. 때때로 식당으로 향하는 재원자들의 발걸음 소리며 멀리서 희미하게 울리는 그들의 대화 같은, 원내(院內)의 소리들이 들려온다.

　　장소는 연옥을 떠올리는 이름을 지녔다. 티에르탕.* 파리 14구, 르미뒤몽셀 가. 사뮈엘 베케트는 이곳에서 조용히 자신의 나날들을 마감한다. 이곳은 제3의 장소이자 유폐의 자리, 기다림의 구덩이이다. 시간은 여기서 간호를 받거나 산책을 하면서 지나간다. 때로 한두 페이지 책을 읽으면서 보내는 시간, 때로 힘을 내어 글을 쓰는 시간. 아마도 책상 앞에 꼼짝 않고 앉은 채 오래도록 안뜰의 나무를 바라보며 흘러가는 시간도 있으리라. 그리고 오후가 끝나갈 무렵, 집에 들러 근황을 묻는 친구들과 잠깐 잡담을 나누며 위스키를 홀짝이는 시간도. 마침내 날이 완전히 저물고 은둔의 시간이 다시 찾아들면 저녁의 어스름 속에서 예이츠의 목소리가, 아니 어쩌면 그가 그토록 애호한 토머스 모어(Thomas Moore)의 음성이 속삭인다. "오프트 인 더 스틸리 나이트(Oft in the stilly night)…

* Tiers Temps. 즉, 제3의 시간. 베케트와 그의 아내 쉬잔(Suzanne)은 이 요양원에서 생의 말년을 보냈다. 쉬잔은 1989년 7월 17일에, 베케트는 같은 해 12월 22일에 죽었다.

그리하여 조용한 밤이면 / 부드러운 잠이 나를 붙들어 매기 전에 / 서글픈 추억은 내 곁에 / 지나간 옛날의 빛을 불러 모은다네." 혹은 그것이 슈베르트 가곡의 마지막 구절일 때도 있다. "복된 밤이여 다시 오라 / 부드러운 꿈이여 돌아오라."

책상 위에는 몇 안 되는 문구의 잔해들이 참을성 있게 기다리고 있다. 언제나 똑같은 물건들이다. 종이, 그리고 만년필 한 자루. 아무 꾸밈 없는 정물. 생각의 경미한 투명 무늬. 사뮈엘 베케트는 한 손으로 얼굴을 감싼다. 그러자 어둠이 더욱더 짙어진다. "다시 끝내기 위하여 머리만이 어둠 속 닫힌 자리 한 장 널판에 이마를 대고 시작을 위해서."* 오후에 그는 또다시 단테를 읽었다(아득한 더블린의 학창 시절 이래로 어디서나 그와 함께했던 바로 그 판본이다). 그는 「지옥 편」을 읽다가, 내려놓았다. 「천국 편」을 읽다가, 그만두었다. 그리고 종이가 거무스름하고 빳빳하게 변한 「연옥 편」을 다시 집어 들었다.** 산란하는 불빛 아래에서, 출몰과 소멸과 이동하는 몸과 지나가는 목소리들을 위한 이 장소의 수수께끼를 두고, 어쩌면 베케트는 연옥이란 이런 것이리라 생각하지 않았을까. 우리로 하여금 향수에 잠기라고 처단하는 곳, 어슴푸레한 빛 속에 집요하게 떠오르는 영상들을 씻어내기 위한 말들

* 베케트의 단편 「다시 끝내기 위하여」 첫 문장.
** 트리니티 대학교에서 프랑스 문학과 이탈리아 문학을 전공한 베케트에게 단테는 평생 곁에 두고 읽고 돌아보아야 할 생각의 원천이었다.

을 찾아내라고 강요하는 곳.

무언가가 모호하게 무너져 내리면서 추억의 희미한 빛이 모습을 드러내고 유령들이 가벼운 신호를 보낸다. "어둠 속에 이 무슨 빛의 영상들인가!", "그림자조차 없는 어둠 속에 이 무슨 빛과 그늘의 환영들인가!"

추억이 불러일으키는 연민을 견디기 위해, 수그런 저 얼굴들과 어둠으로부터 떠오르는 빛나는 그림자들의 아름다움을 겪기 위해 필요한 것은 먹줄을 친 책상 상판, 필요한 것은 사물들이 이루는 검소한 선, 필요한 것은 단어들의 타이핑과 그럴 때 나는 조약돌 소리. 요컨대 글쓰기를 이루는 그 모든 것들이다.

운명의 무기인 '그런데'나 '그러므로'라는 말을 쓰지 않고, 추론에 기대지 않고, 결정의 가능성을 최소한으로 하고, 그 자신의 작품에 주석을 다는 사람들에게 종종 얘기했듯 "그 빌어먹을 놈의 논리"를 사용하지 않는 것. 대신 텅 빔과 충만이 교차하고 부분들이 이리저리 분산하는 몇 개의 시퀀스만을 남기는 것. 말하자면 달랑 가구 몇 점 딸린 방을 두서없이 방문하는 일을 떠올리자.

가까스로 하나의 '삶'이라 부를 수 있을 듯 말 듯한, 아무튼 분명코 '전기'는 아닌 것을 생각하자. 전기의 의미론적 연관은 하나의 고정관념 주변을 무미건조하게 맴돌며 삶을 의혹 어린 태도로 잘게 분쇄할 뿐 (쓰여진 몸인가 몸의 글쓰기인가, 또는 살아서 글을 쓴 자인가 글로 쓰

15

여진 산 사람인가? 하는 식으로) 결코 그것 자체를 다루지는 않기 때문에. 그보다는 차라리 세잔에 관해 언급한 릴케의 편지들 중 하나에서 그가 아내 클라라에게 건넸던 이 한마디 말로 만족하는 편이 나으리라. "세잔에 대해 내가 당신에게 하고 싶었던 이야기는 이런 것들이오. 이것은 우리를 둘러싼 많은 사물들과의 사이에, 또 우리 자신과의 사이에 맺어진 무수한 관계들과 결코 동떨어진 것이 아니니 말이오."

오랫동안 이중 언어의 사용을 경험한 사뮈엘 베케트가 유일하게 번역의 어려움을 느꼈던 경우가 있었다면 그 계기는 아마도 '탄생(naissance)'이라는 말이 제공하였으리라. 세상으로 나오는 일, 그 긴 광기의 여정을 말하면서 입과 혀가 부드럽고도 단호한 방식으로 '*birth*'의 발음을 만들 때 잇새로 살그머니 그리고 찰나적으로 미끄러져 들어가는 혀의 움직임을, 같은 말의 프랑스어 발음 '네상스'는 허용하지 않는 것이다.

세간의 말을 따르자면 그는 "잠시 멈춰 서서 '나의 삶'이라 불리는 속임수를 관조"하는 행위를 거부했다 한다. 그러나 그 많은 우회로에도 불구하고 텍스트 안으로 들어가면 들어갈수록 "그 속임수", 삶이라 불리며 구멍들로 이루어진 채 속수무책으로 무장 해제되어 있는 그것을 관조하는 일은 얼마나 빈번해지는가. 마치 한데 모아 묶어야

16

할 몸짓들이나 그러모아 수집해야 할 돌과 종이들처럼 주어지는 그것 말이다.

차가운 조명 속 테이블 위에 드러나는 것은 창백한 몸 하나, 충족되었거나 제지된 몇 가지 욕망, 이러저러한 만남, 그리고 침묵하거나 혹은 가장 평정한 상태에서 환희를 느끼는 몇몇의 혼란된 방식들이다. 사뮈엘 베케트라는 이름 아래 조직되었다가 이내 사라지고 마는 이 말 없는 삶들의 일시적인 장면을 어떻게 구현해낼 것인가. 그처럼 몇 안 되는 잔해들, 재의 가루들, 잔존하며 글쓰기에 대해 말하고자 기를 쓰는 그 작은 더미를 어떻게 배열해낼 것인가. (비록 베케트 자신은 텍스트만이 자신의 존재를 나타내는 유일한 지표라고 누누이 말하곤 했지만) 단지 텍스트뿐만 아니라 글을 쓴다는 그 특정한 제스처, 탐구와 노력, 쓸 때의 의구심, 또는 심지어 그것이 주는 기쁨과 같은 것들을 과연 어떻게? (에밀 시오랑[Emil Cioran]은 긴메르 가에서 베케트와 마주쳤던 일화를 회상한다. 베케트는 그 거리의 보도 위에 서서 그에게 자신이 맛보는 "글쓰기의 기쁨"을 이야기했다. 그 순간 시오랑의 머리를 스쳐간 것은 클로즈리 데 릴라에서 베케트와 우연히 마주쳤던 이전의 기억이었다. 그러니까 그때 베케트는 그에게 "말들로부터 더 이상 아무것도 끌어낼 수 없다"고 고백했던 것이다.)

"가장 순수한 작가들은 자신들의 작품 속에 고스란히 녹아들어가지 않는다. 그들은 한때 존재하였고 심지어 살기까지 하였으므로, 그 사실은 감수할 수밖에 없는 것이다." 이 무슨 빈정거림인가 싶으리라. 하지만 이 말을 하는 모리스 블랑쇼(Maurice Blanchot)는 결코 그와 같은 문제를 두고 농담하는 게 아니다. 바르트가 저자의 친구 같은 귀환이라 부른 것, 다가와서 우리의 삶을 건드리는 저 "매혹의 복수형(複數形)"*(샤를 푸리에**가 향신료를 넣은 작은 고기 파이를 좋아했다는 사실을 기억에 담는 것, 사드가 로즈 켈러***에게 접근할 때 흰색 토시를 착용하고 있었다는 사실을 알게 되는 것…)에 의한 쾌감이 블랑쇼에게는 없다. 그에게 해당되는 것은 쾌가 아니라 차라리 평범한 일상이 주는 몽상적인 광채가 끈기 있게 문학적 기념물을 구축하는 데 위협이 되지 않을까라는 — 정신 대 물질이라는 해묵은 대립의 변용에 해당할 — 두려움이다. 하지만 일화가 됐건 작은 일부가 됐건 부차적인 사건이 됐건 그것들에는 하나의 구조에 관한 단서가 있기 마련이다. 아주 많은 경우 우리는 사소한 사물들을 통해, 그 사물들 사이의 빈 공간을 통해 타자와의 내연 관계에 들어간다. 그것들은 남는 것의 흔적, 결여된 것의 양감이다.

---

* "저자의 친구 같은 귀환(retour amical de l'auteur)"이나 "매혹의 복수형(pluriel de charmes)"과 같은 표현은 롤랑 바르트의 『사드, 푸리에, 로욜라(Sade, Fourier, Loyola)』(1971) 서문에 등장한다.
** François Marie Charles Fourier(1772-837). 프랑스의 공상적 사회주의자.
*** Rose Keller. 가학적 성행위와 그에 따른 추문으로 수차례 감옥에 갇혔던 사드가 부활절 일요일에 파리에서 만나 학대한 창녀.

그것들은 때때로 이미지의 형태로 존속하는 단순한 세부들이다. 때로는 짤막한 에피소드들, 때로는 하나의 대상으로부터 슬며시 태어나는 서로 짝이 맞지 않는 광경들, 사진 한 장, 문서 보관소에 보관된 기록물 하나… 예를 들어 1930년 11월, 짤막한 연설을 위해 베케트가 프랑스어로 타이핑해 작성한 몇 장의 원고가 그렇다. 명망 높은 더블린의 트리니티 대학교에 갓 강사로 임명된, 빛바랜 금발에 키 큰 소녀처럼 신중해 보이는 아름다움을 지닌 스물네 살 청년은 호리호리한 몸에 지나칠 정도로 꼭 끼는 프랑스식 양복을 입고 현대언어협회 앞에서 장 뒤 샤(Jean du Chas)라는 작가의 생애와 작품을 소개한다. 직업은 프랑스 시인, 부당하게도 대중에게 제대로 평가받지 못한 『출구론(Discours de la Sortie)』과 아직 출판되지 않은 내면 일기의 저자 장 뒤 샤. 사뮈엘 베케트는 종이 네 장 분량에 완벽한 프랑스어로 작성한 이 가상의 인물 장 뒤 샤의 예를 가짜 문학사에 비추어 소개한다. 그런데 의심할 나위 없는 몇 가지 점에 의해 샤는 곧 베케트 자신의 분신임이 드러난다. 가령, 베케트처럼 샤 또한 1906년 4월 13일에 태어났다. 샤 역시 유년기의 방학을 "예전에는 피서지였으나 이제는 넘실거리는 전나무들의 물결 아래 질식해 무너져 내린 지붕들의 어정쩡한 무더기일 뿐인" 크라겐호프에서 보냈다. 샤는 데카르트를 읽었다. 또 프루스트를 읽었다. 그리고 베케트가 그런 것처럼 그도 완벽하게 감지할 수 있으나 동시에 완벽하게 설명 불가능한 것을 사랑한다.

    장 뒤 샤는 자신이 짊어진 사명에 걸맞는 실천의 일
환으로 집중주의(Concentrisme)라는 문학 운동을 창안하
였다, 라고 사뮈엘 베케트는 청중에게 설명한다. 샤는 자
신의 내면 일기장에 집중주의 선언문을 작성한 후 마르세
유로 떠납니다, 그리고 항구의 한 작은 호텔에 딸린 더럽
기 짝이 없는 방에서 생을 마감하지요, 『출구론』은 그곳
에서 배태된 것입니다…. 모여 있던 청중들은 베케트-샤
가 경도된 형이상학의 초석이라 할 수수께끼 같은 구절을
제외하면 집중주의 자체에 대해 그다지 많은 설명을 듣지
못한다. "집중주의는 계단 위의 프리즘입니다." 아니면 수
위*에 대한 찬사 정도 — 잊혀진 작은 방에서 죽은 사람
들을 발견해내는 이는 언제나 그들이니까. "수위들, 빈번
히 수위들이 언급되는 바 장 뒤 샤는 이 점에 관한 한 진
정한 강박증을 앓고 있었습니다." 이것은 얼핏 쥘 로맹의
일체주의(Unanimisme)와 『어떤 이의 죽음』**에 등장하는
수위에게 공개적으로 바치는 뻐딱한 경의로 보일 수도 있
을 것이다. 자신의 개별적 영혼이 커다란 사회체 안에 용

* '수위(concierge)'. 청년기의 베케트는 이 명사가 양성구유처럼 남녀 성기를 가리키는
두 은어 'con'과 'cierge'로 이루어졌다는 데에 흥미를 느껴, 종종 그것을 써먹곤 했다.
** 쥘 로맹(Jules Romain, 1885~972)은 시인이자 극작가, 소설가로 시인 조르주
셴비에르(Georges Chennevière)와 함께 1908년경 일체주의를 창안하였다. 그의
가장 잘 알려진 작품으로는 28권 분량의 『선의의 사람들(Les Hommes de bonne
volonté)』(1932~46)이 있다. 일체주의는 집단주의의 초월적 힘과 보편적 인류애에 대한
믿음을 강조한 문학 운동이다. 사회적으로 미미한 존재인 등장인물 자크 고다르가 죽음
후 수많은 타인들의 기억과 회상에 의해 생전보다 더 큰 존재감을 확보하는 과정을 그린
쥘 로맹의 청년기 작품 『어떤 이의 죽음(Mort de quelqu'un)』(1911)은 작가의 이러한
신념을 적절히 반영하고 있다.

해되기를 염원한 당시의 모든 젊은이들과 마찬가지로 베케트 역시 그 책을 탐독했고, 아직 학생이었던 시절엔 심지어 쥘 로맹을 주제로 논문을 쓸 생각을 하기도 하였으니까. "우리가 들이마시는 공기에는 정신의 맛 같은 것이 배어 있다"라고 쓴 사람에게 어찌 경의를 바치지 않을 수 있으랴마는. 하지만 그는 망설였다. 쥘 로맹을 택할 것인가, 아니면 역시 일체주의자였으나 모순적이고 고집이 셌으며 궁극적으로는 그것을 버린 피에르 장 주브(Pierre Jean Jouve)를 고를 것인가? 최종의 타결로서 베케트가 고안한 것이 이 집중주의이다. 그리하여 그는 용해에 맞서 집중을, 토로에 맞서 제거를 이야기한다. 그리고 좀 더 상세한 설명을 듣기를 원하는 청중들에게 무뚝뚝하게 "집중주의요? 그것은 제거의 소용돌이(spirale éliminatoire)입니다"라고 요약하고 말아버린다. 눈썹 하나 까딱하지 않는 이 젊은 선생은 마치 중고생을 연습시키듯이 지극히 세련된 프랑스어로 속사포처럼 자신의 말을 이어 내려가고, 온갖 이름이 서로 뒤섞인 채 그의 입에 오르내린다. "자기 자신을 바쳐 삼위일체를 시류에 맞는 방식으로, 그러니까 부등변삼각형이든 팔루스(phallus)의 상징이든 그 외 뭐가 됐든 동료 여러분이 부르고 싶은 말로 폭로하는" 이들인 르낭,* 지드, 말라르메, 발레리, 여기에 라스콜

---

* Joseph Ernest Renan(1823-92). 프랑스의 종교사가, 작가, 철학자. 7권에 달하는 『기독교 기원사(Histoire des origines du Christianisme)』(1863-81)를 썼으며 그중 1권인 『예수전(Vie de Jésus)』이 특히 유명하다.

리니코프, 라스티냑, 소렐까지.* 한편 그는 얼마간의 양해도 구한다. 저는 파리에서 왔습니다. 그곳에서는 울름 가의 고등 사범학교에서 2년 동안 외국인 강사로 근무하면서 제임스 조이스(James Joyce)에 대한 논문을 한 편 썼고요. 데카르트 주변을 맴도는 시적인 공상 덕택에 문학상 하나를 탔으며** 최근에 프루스트에 관한 연구 논문을 완성했습니다. 논문은 런던의 채토 앤드 윈더스(Chatto and Windus) 출판사에서 출간되었습니다…. 하지만 대학에서 이력을 쌓기 위해 아일랜드로 돌아온 이후 그의 가슴을 조이는 것은 권태. 본질적인 것이 불가능하게 되고만 이상 몇 시간이고 그저 아무것이나 하면서 시간을 보낼 수밖에 없다. "흘러가는 나날들이 우리가 느끼는 적의감을 비천한 것으로 만들고 분노를 신경질과 조급함으로 변형시키고 마는데 어떻게 이곳에서 글을 쓸 수 있을까요?" 글을 쓸 수 없음으로 해서 빈정거리게 되고, 무례해지고, 신경질적이 되고, 친절을 증오하는 동시에 파리에서 막 시작된 삶이 더블린에서 그대로 멈춰버리지 않을까 두려워하고….

창밖에서는 도시 위로 해가 진다. 하늘은 하늘대로 제가 으레 띠어야 할 색깔을 띠고 있으리라. 아일랜드

---

* 라스콜리니코프, 라스티냑, 소렐은 각각 도스토옙스키의 『죄와 벌』, 발자크의 『고리오 영감』, 스탕달의 『적과 흑』 속 젊은 등장인물들이다.
** 뒤에 등장하겠지만 낸시 커나드(Nancy Cunard)의 디 아워즈 출판사(The Hours Press)에 응모하여 당선, 출간된 시편 『호로스코프(Whoroscope)』(1930)를 가리킨다.

에는 언제나 하늘이 있고 또 언제나 석양이 있다. 자연의 투명한 찬란함, 넘쳐흐르는 초록 속 점점이 비치는 붉음. 이런 것들은 아직 지극히 새로운 아일랜드 정체성의 본질 그 자체다. 아일랜드에서 시인이 되기 위해선 광대한 목가풍의 몽상을 표현하거나 강력한 국가적 신화를 가동시켜야만 한다. 그러나 1934년 8월, 베케트는 『더 북맨(The Bookman)』지에 앤드류 벨리스(Andrew Belis)라는 가명으로 그 모든 기작을 고발하면서 그것들에 "마치 빅토리아 왕조화한 게일 족처럼 오만한 아첨을 해가며 자신들의 오시안*풍 상품을 팔아 넘기려는 고가구상"이라는 비판을 가한다. 좀 더 나중에 그는 1938년 라우틀리지(Routledge) 출판사에서 마침내 빛을 본 『머피(Murphy)』의 최초 판본 표지에 우아하게 초록색 천이 입혀졌을뿐더러, 그에 관한 보도 자료가 이 젊은 작가를 두고 "아일랜드 정서의 정수"와 "매혹적인 동시에 쉽게 포착할 수 없는 켈트 족의 기발한 상상력"을 높이 평가한 사실을 알고 격분할 것이다. 적어도 자기 고유의 언어를 찾으려는 거라면 그 시간 동안 마지막 남은 힘은 바로 그와 같은 유산을 거부하는 데 쏟아야만 하기에, "유일하게 풍요로운 탐색이란 땅파기, 잠수, 정신의 수축, 하강이다." 하강, 길고도 고통스러운 침입의 과정, 진정한 제거의 소용돌이. 단테가 밟은 여정을 뒤집어 섬세한 불화를 향해 나아가는

* Ossian. 3세기 무렵 켈트 족의 전설적인 시인.

이 탐구는 채색 판화처럼 평화로운 천상의 낙원을 버림으로써만 이루어질 수 있다.

하지만, 그럼에도 하늘은 있다. 글쓰기의 도처에 하늘이 있다. 『메르시에와 카미에(Mercier et Camier)』에 등장하는 "투명한 사막의 더미", 『어떻게 되는지(Comment c'est)』의 "푸른 하늘의 알", 「오 행복한 날들(Oh les beaux jours)」의 호사스런 하늘, 『말론 죽다(Malone meurt)』 속 추억의 푸른 하늘 등, 사방에 "축복받은 푸르름의 시간", "…잊을 수 없는 하늘 아래 얼마간 머물렀다는 영광"이 있다. 하늘은 결코 돌이킬 수 없는 손실, 회한이나 양심의 가책, 그러니까 순간이나마 존재한다는 충만감에 혹하였다는 자격지심인 것을. 여러 해가 지난 후, 잔뜩 화가 난 에스트라공은 블라디미르에게 이렇게 소리치리라. "그놈의 풍경 타령일랑 집어치워! 내게 지하실에 대해 말해줘!"

1930년에서 1937년까지. 그 기간에 떠올려야 할 것들이란 이리저리 끊임없는 왕래, 한곳에 정주할 수 없음, 육체적 고통, 그리고 고문하듯 사랑을 쏟아붓는 어머니의 가차 없는 시선 아래 거의 끊임없이 내지르는 소리 없는 비명이다. 어머니의 그 시선. 그것이 아들의 것과 똑같다는 사실은 다 알려진 바다. "커다란 손, 같은 눈", "창백한 푸른빛의 날카로움 그 효과는 강렬하다", "그녀의 엄한 시선이 그를 괴롭힌다".

그러니까 그 무렵. 그는 대학에 자리 잡은 지 몇 달

되지도 않아 전보를 통해 두서없는 변명 한마디만 보낸
채 불쑥 선생식을 내려놓고 나온다. 그 전보는 남아 있지
않다(그러나 그 내용은 거의 '못 하겠소, 이만 끝'이나 다
름없는 수준이었으리라). 그 무렵. 그는 독일에 머무른다.
그러다 다시 더블린으로 돌아온다. 제 정신신체적 누관
(瘻管)을 이끌고 런던을 헤매 다니거나 마음과 두 발의 고
통을 겪으며 독일을 누빈다. 또다시 더블린에 되돌아온다.
멀어졌다가, 가까워졌다가, 어머니와 그녀의 독설과 지탄
에 맞선다. 다시 떠난다. 하지만 또 되돌아온다. 이곳저곳
을 떠돌며 아프거나 마음을 정하지 못한 채 불행에 몸을
맡기고, 아버지의 죽음과 사랑하는 젊은 여인의 죽음을
감내하고, 어머니의 시선에 갇힌 채 떠났다가 되돌아오기
를 반복한다. 그는 이렇게 쓴다. "이제 나는 더없이 빠른
속도로 피폐해지고 있다. 술과 담배, 그리고 여자 중독으
로 뭉쳐진 무감각한 더미. 아무 목적 없는 한 무더기의 내
장일 따름이다."

그 무렵의 베케트를 알고자 한다면 그로부터 여
러 해가 지난 후인 1964년에 그가 쓰게 될 「필름(Film)」
의 첫 장면에 나오는 버스터 키턴(Buster Keaton)의 모
습 — 방황하는 육신의 머리 위에서 마치 살가죽처럼 요
동치는 거대한 벽을 따라 머리를 숙이고 비밀스런 시선으
로 뛰어 달아나는 도망자의 실루엣 — 을 떠올리면 맞춤
이리라.

더블린 근교에 위치한 부르주아풍 주택. 잘 정돈된 자기 집 응접실에서 포즈를 취한 그녀, 잔디가 깔리고 통로 양쪽엔 공들여 전지한 잡목림이 심긴 커다란 정원 속의 그녀. 혹은 새끼 나귀 한 마리가 끄는 작은 달구지 위에 꼿꼿한 자세로 앉아 단단한 손아귀로 고삐를 쥐고 있는 그녀. 어떤 사진이든, 몇 장만 보더라도 쉽게 그녀를 알아볼 수 있다. 큰 키에 바짝 마른 체격, 검은 옷차림, 늘 엄격하며 완고한 우아함으로 다른 사람과 구분되는 태도. 어둠 속에서 반짝이는 푸른 눈 위로 비스듬히 얹힌 작은 모자, 손에는 담배, 목에는 길게 늘어진 목걸이를 한 메이 베케트(May Beckett)는 언제나 다리 사이에 개 한 마리를 데리고 다녔다. 때로는 또 다른 개가 그녀의 팔꿈치 아래에 무심하게 안겨 있기도 했다. 요컨대, 근사하고 시크하다. 이 몇 장의 사진에서도 사람들이 그녀에 대해 말할 수 있었던, 또는 전설 같은 일화가 전해주는 모든 것이 고스란히 드러난다. 잔뜩 화가 나서 집에 돌아왔다가 갑자기 명랑한 태도로 변하곤 했다든지, 느닷없이 너그러워지곤 했다든지, 규율이 몸에 배어 있으면서도 한편으로 우리의 정신적 긴장이 풀려 있을 때 마음에 얹히는 사소한 요소들 ― 일요일의 차와 아몬드 비스킷, 테니스 코트 부근이나 겨울철의 높은 벽난로 앞에서 맛보는 간식, 강철 같은 한쪽 손으로 식기를 받쳐 들고 화르르 펼치는 하얀 식탁보와 은식기와 온갖 훈계 ― 에 연연해했다든지. 집은 부유한 분위기를 풍긴다. 벽에는 어두운 색감의 육중한 천

26

벽지가 발리고 사방은 목재와 동판으로 마감되어 있으며 바닥엔 왁스를 칠한 원목 마루가 깔렸다. 벽에는 사냥 장식품, 구석 한켠에는 아치형 내닫이창이 있다. 밖은 어떤가. 잔디밭 위로 낙엽송이 보인다. 바람에 가지를 굽히는 낙엽송, 미모사와 마편초가 어우러진 화단, 채마밭과 꺾꽂이 재배를 위한 정원…. 집은 이렇듯 부유하며, 함성과 놀이와 꼬박꼬박 완벽하게 치러지는 의례들로 채워진 유년기는 행복하다. 하지만 이 사소한 요소들 중 그 어떤 것도 애먼 어머니를 한밤중에 침실들을 이리저리 떠도는 유령으로 만들어버리는 저 어두운 그림자의 승리를 막아내지는 못하리라. 무어라 부를 수 없는 음영이 한 아이를, 청년을, 아니 심지어 거의 서른이 되어가는 사내를 마음이 찢어질 듯한 내면의 혼돈을 겪으며 형의 침대로 숨어드는 젖은 걸레 조각으로 만들어버린다. 횔덜린이 그랬던 것처럼 베케트 역시 자신의 어머니가 고통과의 계약, 다시 말해 지나치게 사랑하고 과도하게 요구하는 어머니들의 어두운 침실 속에서 성사되는 저 난폭한 종류의 계약을 맺은 사람이라고 생각했을 수 있다("사랑하는 어머니, 만약 저 자신을 당신에게 온전히 이해시킬 만한 능력이 제게 주어져 있지 않다면, 용서해주세요." 횔덜린이 했던 이 말을 그는 자신의 어머니를 향해 하게 될 것이다. 좀 더 나중에, 그 나름의 말 없는 방식으로). 집이 넓어봤자 무슨 소용이랴. 모든 것이 하나의 어슴푸레한 침실에서 시작해서 거기서 끝나고 마는 것을. 후에 그는 바로 그 침실에

27

들어앉은 채 어머니의 침실에서 글을 쓰는 어떤 아들의 이야기를 쓰기 시작할 것이다. 그 방은 어두움과 패퇴의 방, 그리고 마침내 허용된 무지(無知)의 방이다. 언어의 헐 벗은 사면 벽에 둘러싸여 죽어가는 어머니들의 침실이다.

어쨌든 그 시기에도 잠깐의 휴지기는 있었던 듯하다. 1934년에서 1935년 사이에 베케트는 일주일에 세 번씩 태비스톡 클리닉을 찾았고 그곳에서 약 250회에 걸쳐 윌 프레드 루프레히트 비온 박사를 만났다.* 약간의 거리 두 기가 있은 후엔 아마도 베케트와 비온 둘 다 각자의 정체 성을 구축하는 데 상대방으로부터 도움을 받은 것으로 보 인다. 하나는 문학적 정체성을, 다른 하나는 정신분석학적 정체성을 말이다. 더블린을 떠나온 베케트는 분석 치료 기간 동안 런던에서 무위도식했다. 일주일에 세 번 비온 의 진료실에 들어가 장의자에 누운 채 말을 하거나 입을

* 비온(Wilfred Ruprecht Bion, 1897-979)은 1930년부터 1937년 사이에 태비스톡 클리닉(Tavistock Clinic)에서 분석 수련을 쌓았으며, 이 시기에 아버지와 사촌 누이이자 사랑의 대상이었던 페기 싱클레어를 잃고(1933년) 우울증을 비롯한 각종 정신신체의학적(psychosomatique) 증상을 보이던 베케트를 받아 융의 이론에 입각한 요법을 적용했다. 정신분석학의 시발점에는 그와 같은 정신신체의학적 이상 증세의 전형인 히스테리에 대한 프로이트와 요제프 브로이어(Josef Breuer)의 연구가 놓이며, 그들에게 영향을 끼친 피에르 자네(Pierre Janet)의 히스테리 환자의 행동에 관한 연구는 베케트의 관심을 끌었다(베케트는 자네가 기술한 히스테리 환자의 자세와 동작을 자신의 희곡 「발소리(Footfalls)」(1975)의 등장인물 '메이'에게 적용한다). 베케트는 런던에서 열린 융의 강연에도 참석한 적이 있다. 이때 융이 언급했다는 '결코 온전히 태어나지 못함(never been properly born)'이라는 주제는, '자궁(womb)-무덤(tomb)'이 그런 것처럼 그대로 베케트적인 주제이기도 하다.

닫았으며, 끝나면 비용을 지불하고 떠났다. 어머니가 했으면 하는 일들은 아무것도 하지 않는 대신 치료 사이사이에『머피』의 상당 부분을 기술한다(혹자에 의하면 이 책에서 글쓰기는 자가 치유의 방편이기도 했다).

비온의 진료실 사진 몇 장을 확보해 그 내부 구조를 재구성할 수 있다면, 그리하여 가구의 배치가 어땠는지, 책이나 그림 따위가 있었는지, 장의자는 어떤 형태였으며 그 머리맡의 좌석은 또 어떤 생김이었는지, 가구들과 벽, 문 사이의 거리는 어느 정도였는지 파악할 수 있다면 좋으련만, 그러나 그 장소를 재현하도록 도와줄 사진들은 오늘날 존재하지 않는다. 그 대신 우연은 어느 앨범으로부터 1975년에 텔레비전용으로 작성된「고스트 트리오(Ghost Trio)」의 인화물 몇 장을 슬쩍 흘려놓았다. 그에 딸린 텍스트는 이렇게 명시하고 있다. 위로 불쑥 솟은 회색빛 빈 공간의 정경. 긴 복도를 지나 그곳에 이르면 벽을 따라 나란히 배치된 일종의 병상이 보인다. 이 침상의 머리맡에는 거울 하나와 그와 동일한 크기의 녹음기 한 대가 달려 있다. 바로 그것이 아닐까. 그 공간, 그리로 이르는 길, 집기들의 배치, 말을 녹음하는 번쩍이는 표면, 특히 폭 좁고 회색빛이며 위에서 볼 때 지면과 거의 구분되지 않는 저 형태 — 장의자. 대체 장의자(divan)란 무엇일까. 충만일까 텅 빈 구멍일까. 과도한 말들이 쌓여 있는 병상? 혹은 말들이 다 비워진 채 바탕도 울림도 갖지 않는 직사각형? 그것은 구멍일까 무덤일까 혹은 차라리 문일까? 자기 자신의 문을 건너기 위한 문지방일까?

　　비온은 그의 이력에 점철된 숱한 사례 연구를 통해 꾸르륵거리는 소리가 난다, 말을 더듬는다, 땀이 난다, 귀에서 눈물이 흘러나온다, 몸이 푹 젖었다 갑자기 바짝 마르는 듯한 기분이 든다, 혀가 무척 크게 느껴지거나 반대로 너무나 텅 빈 듯한 느낌이다, 더 이상 농담을 할 수 없다, 뼈가 부서지는 것 같고 이가 딱딱 맞부딪고 머리카락에서 물이 배어 나온다 등등, 불행의 그 모든 항목 — 분석가의 삶이기도 한 이 항목의 삶 — 을 상세히 기록한다. 이 사례의 각각은 아마도 1934년의 베케트에 해당되는 것이기도 할 것이다(자연 비온의 기록에서 베케트의 사례를 추적하게 되기 마련이지만 따로 남겨진 베케트 관련 기록은 없다. 아니다. 모든 것이 같은 증세, 같은 고통, 동일한 진창의 베리에이션일 따름인 만큼 차라리 베케트는 기록의 도처에 존재한다). 비온은 이렇게 쓴다. "우리가 확인한 바에 의하면 그는 자신의 귀에서 흘러나오는 눈물에 대해 자기 살갗의 구멍들에서 흘러나오는 땀에 대한 것과 동일한 감정을 느끼고 있다." 이 대목을 상기시키는 베케트의 말은 몇 년 후 『이름 붙일 수 없는 자(L' Innommable)』에 등장한다. "내 눈물이 가슴 위에서, 옆구리에서, 혹은 등을 타고 내리며 나를 놀리는 게 느껴진다." 이 둘은 모두 동일한 것에 대해 말하고 있다. 말들 사이에서 자기 자신의 눈물을 찾고자 하는, 자기 자신의 목소리를 찾음으로써 암흑으로부터 헤어나고자 하는 거대

하고 이산된 몸이 그것이다. "나는 나 자신의 태아적 존재
(fetal existence)를 뚜렷이 기억한다. 그 같은 생존의 양태
속에서는 그 어떤 목소리도, 있을 수 있는 그 어떤 움직임
도 고통과 어둠으로부터 나를 해방시켜줄 수 없었다." 말
의 기나긴 복도를 기어서 지나가는 것, 요컨대 태어나는
것. 말론은 말한다. "탄생하는 것, 바로 이것이 지금 이 순
간의 내 생각인 것을."

　　상담과 상담 사이 빈 시간에 베케트는 이리저리 길
을 걷거나 오랫동안 공원에 머무른다. 그리고 가을의 가
벼운 안개 속에 (그의 표현을 따르면) 마치 한 편의 시나
기도처럼 떠오르는 연들을 유심히 바라본다.

크리켓 복을 입고 있든 골프 바지나 교복을 걸쳤든 그는
언제나 고개를 앞으로 기울이며, 다른 사람보다 머리를
몇 도 더 수그려 턱을 목에 파묻고 완고한 시선을 취한다.
그의 이목구비는 하나같이 제어된 듯 사진에 저항하는데,
그럼에도 그로부터 무어라 규정하기 불가능한 지고한 아
름다움이 발산되는 건 어쩔 수 없다. 일종의 신비스러움,
밀리미터 단위의 아주 미세한 의문, 또는 거부를 지향하
는 특별한 성향의 표지(標識)처럼. 행여 그것이 가식, 다시
말해 뒷문으로 도망치는 것을 허락하는 가면의 다른 이름
이 아닌 한 말이다. 그의 곁에 선 반바지와 짧은 재킷 차
림의 친구들은 지나칠 정도로 단순한 몸가짐과 똑바로 치
켜든 얼굴을 통해 천진하게 자신들을 드러내 보인다.

31

초창기 천덕꾸러기형 인물 중 하나인 머피에 관해 그는 이렇게 쓴다. "아폴론 유형의 평온한 무력증 덩어리, 정신 분열 증세를 동반한 경련증 환자… 그의 가장 두드러진 특성으로는 침묵이 있다." 1930년대에 낸시 커나드는 베케트를 두고 이렇게 묘사한다. "미처 입을 열기 전에는 대리석상으로 믿길 사람이다. 하지만 자신에게 우호적인 사람과 함께 있을 때면 활기를 띠며 다정해진다. 금발이며, 때로 투명한 푸른 눈 속에서 핀처럼 예리해지는 솔직한 시선을 갖고 있다. 그의 곁에 있으면 마치 사막의 간결함을 경험하는 느낌이 든다. 자기 자신에 대해 지극히 심오하고 침착한 방식으로 확신하는 사람이다. 태도에 허식이 없고. 그리고 사람들에게 관심을 가진다. 그를 두고 남과 거리를 취하는 사람이라고 할 수는 없을 것이다. 하지만 매우 신중한 건 맞다. 약간 엄격하다는 느낌을 줄 수도 있겠다. 하지만 이는 아마도 그가 방금 말해진 사실에 평가를 내리는 중이기 때문에 그렇게 보이는 것이리라. 사실 그는 소탈하게 웃고 금방 어색함을 떨쳐버린다." 그런가 하면 1938년 즈음 베케트의 목에 매달려 그를 사랑했고 한 해 동안 길고도 헛되이 그를 기다린 바 있는 페기 구겐하임(Peggy Guggenheim)은 오랜 시일이 지난 후에도 베케트를 여전히 이런 식으로 회상한다. "그의 커다란 초록색 눈은 결코 다른 이를 바라보는 적이 없었다. 그는 언제나 안경을 쓰고 있었고 마치 그 자리에 부재하거나 어떤 문학적 문제에 온통 정신이 팔린 것처럼 보였다.

그는 말수가 거의 없었다. 결코 쓸데없는 얘기를 늘어놓는 법도 없었다. 그리고 때때로 몹시 부자연스러운 태도를 취하곤 했다." 이 시기의 사뮈엘 베케트가 어떤 사람이었는지 떠올리려면 프랑스 문예계의 대담하고 열정적인 여성 인사였던 아드리엔 모니에(Adrienne Monnier)가 1953년에 그를 회상하면서 묘사한 내용을 참조하지 않을 수 없다. 그녀의 회고는 「고도를 기다리며(En attendant Godot)」가 성공을 거둔 것을 계기로 이루어졌으리라 짐작된다. 사람들의 질문에 그녀는 이 "도통 말이 없으며 다가가서 말 붙일 엄두라고는 나지 않는 새로운 스티븐 디달러스*"와 1930년대에 알게 되었다고 술회한다. 그녀의 말에 의하면 베케트는 젊은 시절의 조이스와 묘하게 닮아 있었다. 좀 더 나중에 알랭 보스케(Alain Bosquet)는 그의 "다리가 휜 것처럼 움직이는 몸짓"을, 샤를 쥘리에(Charles Juliet)는 "견딜 수 없을 정도로 강렬한 예지자의 눈빛"을 언급한다. 그리고 그보다 더 나중에 앙드레 베르노**는 "그의 주름들이 그리는 지도"라든가 "나무와 바위,

---

* 제임스 조이스의 『젊은 예술가의 초상(A Portrait of the Artist as a Young Man)』 속 주인공 이름. 조이스가 잠시 썼던 필명이기도 하다. 스티븐은 신약성서에 등장하는 최초의 순교자 이름이고, 디달러스, 즉 다이달로스는 손수 날개를 만들어 달고 하늘로 날아올라 역경을 탈출한 그리스신화 속 예인(藝人)의 이름이다.
** 앙드레 베르노(André Bernold)는 베케트와 고등 사범학교 동문인 동시에 (무려 50세 정도 나이 차이가 나는) 그의 친구였다. 베르노가 쓴 『베케트의 우정(L'Amitié de Beckett)』(1992)은 베케트를 다룬 전기 중에서도 상당히 흥미롭고 충실한 지침서의 하나로 평가된다. 『베케트 비평에 대한 비평(Critique of Beckett Criticism: A Guide to Research in English, French and German)』(P. J. 머피[P. J. Murphy] 등, 캠든 하우스[Camden House], 1994)에 의하면 베르노가 잡아낸 미세한 베케트의 단서들

굴절하는 힘과 먼지 속의 형상들에 대한 그의 친화력의 지표"의 흔적을 담는다.

1987년 스스로를 친구라 일컫던 한 무뢰한에 의해 도촬된 베케트의 영상물 몇 장면을 보면 그의 표정이 지닌 완벽한 우아함에 놀랄 정도다. 뉴욕 어느 호텔의 소파에 앉은 베케트는 카메라가 있는 줄 까맣게 모른 채 그 앞에서 말한다(전해지는 바에 의하면 카메라는 꽃 화분 속에 숨겨져 있었다고 하니 탄성이 나올 정도로 교묘한 배신이라 하겠다). 편집된 영상물의 분량은 몇 분이 채 안 되고 말소리는 들리지도 않지만. 처음에 그는 고개를 수그린 채 미동도 하지 않는다. 그러나 다음 순간 그가 몸을 일으키자 돌로 만들어진 듯한 그 커다란 몸이, 독수리 같은 시선을 한곳에 고정하는 것으론 가히 챔피언이라 할 사람이 돌연 무한한 섬세함을 발하며 활기를 띠기 시작한다. 머리의 축이 끊임없이 이동하고 목덜미가 기울면

중 하나는 바로 '목소리'에 대한 그의 집착에 가까운 탐색이었다. 베케트는 베르노의 스승인 데리다나 들뢰즈의 '철학적 목소리(philosophical voice)'가 어땠는지 대단히 궁금해했다는 것이다(같은 책, 69쪽). 이 단서는 베케트의 미학을 이해하는 데 중요할 뿐만 아니라 레제가 이 에세이를 마무리한 방식, 즉 베케트의 목소리가 과연 어땠는지 되돌아보는 수많은 목소리들을 동원한 이유를 가늠케 한다. 정작 베케트 자신은 생전에 자신의 목소리와 영상이 담긴 인터뷰나 기록물을 촬영하는 데 매우 유보적인 태도를 보였다. 덧붙여서, 흔히 참조되는 대표적인 베케트 전기 연구로는 드레이어드레 베어(Dreirdre Bair)의 『사뮈엘 베케트: 전기(Samuel Beckett: A Biography)』(1978)와 제임스 놀슨(James Knowlson)의 『명성을 누리도록 저주받은 삶: 사뮈엘 베케트의 삶(Damned to Fame: The Life of Samuel Beckett)』(1996)이 있다. 1978년에 처음 나온 전자는 베케트의 생애를 실제보다 다소 극적으로 그렸다는 평가를 받는다. 베케트의 오랜 지기인 놀슨 교수는 베케트가 말년에 직접 자신의 전기 작가로 지목한 저술가이다.

서 아름다운 선율 같은 궤적이 그 얼굴에 떠오르는 모든 상태를 하나로 조직한다. 이후의 또 다른 영상을 보면 역광 속에 거의 춤추는 듯한 자세로 성큼성큼, 어깨를 움직이며 느리지만 가볍고 자유로운 발걸음으로 멀어져가는 그의 긴 실루엣이 나타난다. 앞서와 마찬가지로 여기서도 내적인 공허의 통어, 그리고 반추의 완벽함 및 그것의 일시적 정지가 그의 모습에서 확인된다. 몽파르나스 대로에서 우연히 베케트를 본 사람들은 뭐라 말했나. 그들 역시 활기와 심각함이 공존하는 그토록 특이한 자질, 그리고 마침내 제 영혼과 합치된 몸의 은총을 그에게서 발견했노라는 증언을 남긴다.

1928년 10월 고등 사범학교의 개강일. 당시 진급 동기로서 한자리에 모인 사람들로는 모리스 바르데슈(Maurice Bardèche), 장 보프레(Jean Beaufret), 로베르 브라지야크(Robert Brasillach), 그리고 시몬 베유(Simone Weil)가 있었다. 사르트르는 6월에 학교를 떠난 참이었다. 그들은 거기서 2년에 걸쳐 사뮈엘 베케트라는 이름의 영어 강사와 가깝게 지냈다. 하지만 울름 가 건물들 사이의 안뜰에서 찍은 고등 사범학교의 단체 사진에는 그의 모습이 보이지 않는다. 문학 전공자들, 과학 전공자들, 교수진, 강사진, 심지어 간호사와 나머지 진급생 전원, 기타 군중까지 너 나 할 것 없이 전부 모여 있는데 그 자리에 베케트만 없다. 활기에 찬 이들 무리가 웅성대며 상투적인 최종 행

35

사를 준비하는 소리는 분명 자기 방에 남아 있는 그의 귀에까지 들렸을 것이다. 그리고 아마도 그날은 그가 조이스와 처음으로 만난 저녁의 바로 다음 날이었을 것이다.* 그는 고등 사범학교의 철책을 넘어 경내로 들어온 후 새벽녘에야 잠자리에 들었다. 그의 머릿속에는 온통 조이스와의 만남에 대한 생각뿐이었다. 아래로 내려가서 와자지껄 허세를 떨고 싶은 생각은 추호도 들지 않았다. 그 대가로 영원을 준다 해도.

그 유명한 1904년 6월 16일의 전통 행사 '블룸스 데이' 축제가 25주년을 맞게 된 1929년, 아드리엔 모니에는 행사일보다 약간 늦은 6월 27일에 제임스 조이스와 몇 명의 초대 손님들을 중심으로 '율리시스 오찬회'를 열었다. 이 내용은 익히 알려진 대로다. 주최측은 버스 한 대를 대절하여 모든 사람들을 오데옹 가에서 레보드세르네에 위치한 레오폴드 호텔까지 실어 날랐다(왜 하필 그 외진 곳이냐고? 그야 물론 레오폴드 블룸** 때문이다). 그 자리에 모인 이들은 필리프 수포(Philippe Soupault), 폴 발레리(Paul

---

* 베케트는 친구이자 시인인 토머스 맥그리비(Thomas MacGreevy)를 통해 당시 『젊은 예술가의 초상』과 『율리시스(Ulysses)』로 이름을 얻기 시작한 제임스 조이스를 소개받았다. 친구이자 대선배인 조이스가 베케트에 끼친 영향은 그 자신의 말을 따르면 "압도적인" 것이었다.
** 제임스 조이스의 장편소설 『율리시스』(1922)의 주인공 이름. 『율리시스』는 1904년 6월 16일, 더블린 시의 광고업자 블룸이 하루 동안 경험하는 외적인, 나아가 인간의 내부에 잠재하는 사건과 회상의 모든 것을 묘사한 실험소설이다.

Valéry), 쥘 로맹, 레옹폴 파르그(Léon-Paul Fargue), 폴 뒤자르댕(Paul Dujardin), 당연히 제임스와 노라 조이스(Nora Joyce), 아들 조지 조이스(Georges Joyce)와 그의 아내 헬렌 플라이슈만(Helen Fleischmann) 등이었다. 그들뿐만 아니라 다른 사람들도 아주 많았다. 친구들, 영국 언론을 대표하는 몇몇 기자들, 그 가운데 울름 가 고등 사범학교의 영어 강사로 함께 일하는 두 아일랜드 청년 토머스 맥그리비와 사뮈엘 베케트도 끼어 있었다. 이 오찬 모임의 사진을 보면 우리의 위대한 프랑스 작가들이 저명한 초대 손님의 자격으로 조이스 주변에 앉아 있고 다른 이들은 뒷줄에 촘촘히 모여 서 있다. 술을 곁들인 식사 후임에도 다들 매우 진지한 표정들이다. 그런데 여기서도 베케트의 모습은 보이지 않는다. 전하는 말에 의하면 그는 곤드레만드레 상태가 되면 식탁 밑으로 기어들곤 했다는데. 하지만 식탁 밑에도 아무것도 보이지 않는다. 다만, 흰색 테니스화를 걸친 제임스 조이스의 한쪽 발만은 조그맣게 눈에 띈다.

그는 「신명기」10장 16절을 읽는다. "그러므로 너희는 마음에 할례를 행하고 다시는 목을 곧게 하지 말라." 그리고 작은 갈색 수첩에 그 문장을 베껴 적는다.

"결연하게 반순응주의를 표방하는" 자신의 신생 출판사를 효과적으로 홍보하기 위해 시문학상을 제정하기로 한

낸시 커나드는 이 작은 문학적 시도의 주제를 어떤 것으로 잡을지 불안한 마음으로 고민하고 있었다. 문학적 재능의 각축전이 벌어지기를 바라고 앉아 있는 게 다가 아니다. 정작 먹잇감으로 뭘 들이밀어야 할지 생각이 나야 뭘 해도 하지. 그리고 그 모든 것이 그녀를 근심 걱정에 몰아넣었다. 그때 그녀의 친구 리처드 앨딩턴(Richard Aldington)이 천연덕스럽게 한마디 건넸다. "시간에 관한 시 한 편이면 어때? 뭐가 됐든 시간의 한 양상에 관한 시 말이야." 그리고 시의 분량은 총 100행을 넘어가면 안 되는 것으로 제한하고. 그 정도면 『일리아드』 전편의 현대판이나 그 비슷한 무언가에 도전하려는 모든 이들의 의욕을 상냥하게 진정시킬 "적절하고도 관대한" 한도라 할 만하지 않겠어? 그리하여 얼마 후 붉은 잉크로 인쇄한 공고문이 언론을 통해 발표되기에 이르렀다.

> 낸시 커나드와 디 아워즈 출판사는 리처드 앨딩턴과의 공동 작업하에 (수긍이든 반대든) '시간'을 주제로 한 최대 100행 분량의 영시 작품을 공모한다. 출품작 중 가장 뛰어난 것에는 10파운드의 상금이 수여된다. 원고는 1930년 6월 15일 전까지 제출할 것.

주최측이 판단컨대 10파운드란 100행 분량의 작품에 대한 상금으로는 미미한 금액일 수도 있다, 반면 재능을 갖춘 문인들이 정묘하게 운을 맞춘 풍자시를 통해 자신들의 찬반 견해를 십분 발휘한 경우에는 수상 폭을 크게 넓혀 완성도를 획득한 작품 네 편에 상을 부여하기로 한다는 것이었다. 머지않아 게네고 가 15번지로 원고들이 몰려들기 시작했다. 디 아워즈 출판사의 뒷방은 이내 수십 명 영어권 시인들의 절절한 시적 열망의 결과에 걷잡을 수 없이 파묻히고 말았다. 대다수 작품들이 흐르는 물이나 점점 커지는 그림자, 늘어만 가는 모래알들에 대해 읊고 있었다. 날이 흐를수록 원고 더미는 쌓여만 갔고, 의기소침해진 후원자들은 자신들이 애시당초 왜 이런 기획을 시도하려 했던 건지 어쩐지 후회스런 기분이 들었다. 그들은 그 진부한 시들 중에서 그나마 제일 덜 진부한 것에 상을 수여할 채비를 했다. 그런데 6월 15일이 되던 밤이었다. 누군가가 사무실 문 밑으로 몇 장의 수고 묶음을 밀어넣고 갔다. 아침이 되어 '호로스코프(Whoroscope)'라는 대단히 박식하고도 기묘한 제명의 98행짜리 시를 발견한 순간, 조직 측의 놀라움은 대단히 컸다. 서명은 사뮈엘 베케트라는 이름으로 되어 있었다. "진정 괄목할 만한 시다. 이미지와 유추가 놀라우며, 처음부터 끝까지 어조가 대단히 활기차고 기법 또한 뛰어나다!" 그들은 이것이 꿈인지 생시인지 싶었다. 하마터면 시라는 것에 절망하려던 참이 아니었던가. "우리는 대단히 열광했다. 더욱이 이 응모자가 최후의 순간에 도착했다는 사실이 사건을 한층 더 황홀하게 만들어주었다." 후에 수상자는 자신이 이 상이 존재하게 될 당일이 다가와서야 그 사실을 알게 된 바람에

단 몇 시간 동안 시를 준비해야 했다, 저녁 무렵 잠시 손을 내려놓고 샐러드와 포도주를 정신없이 먹었으며(그는 이 부분을 정확하게 밝혔는데, 식당은 코르네유 가 오데옹 극장 부근의 '코숑 드 레[Cochon de lait]'였고 마신 포도주는 샹베르탱이었다) 새벽녘에 가까스로 원고를 마쳤다는 얘기를 그들에게 했다.

그런데, 그가 털어놓지 않은 얘기는 이런 것이다. 그 자신이 한 해 내내 데카르트를 탐독했으며, 시계와 천체와 생각하는 몸들의 시간을 꽤나 웃기는 혼합체 속에 몰아넣는 나름의 방식을 통해 하룻밤 사이에 그 경험을 토해냈다는 사실. "이게 뭔가? / 달걀이냐?(What's that? / An egg?)" 죽어버린 알들을 게걸스레 먹는 데카르트, 푹파인 냄비에 담긴 제 아이들을 집어삼키는 진정한 철학계의 크로노스라 할 그의 주위에 휘저어 발아 상태의 알갱이들처럼 된 레퍼런스들의 오믈렛이 있다. "베이컨의 이름으로 저 달걀을 숙성시켜주겠나. / 동굴의 환영들은 내가 삼킬까?(In the name of Bacon, will you chicken me up that egg. / Shall I swallow cave-phantoms?)"* 모든

* 청년기 베케트의 첫 출판작인 『호로스코프』(1930)는 르네 데카르트(René Descartes, 1596–650)를 매개로 현란한 비유와 박식의 징표들을 선보인 시다. 일화에 의하면 데카르트는 갓 낳은 신선한 달걀을 싫어해서 열흘 이상 묵은 달걀을 먹곤 했다. '베이컨의 이름으로'는 (물론 영국인의 아침 식단에 흔히 달걀과 함께 오르는 가공육 제품과 동시에) 프랜시스 베이컨(Francis Bacon, 1561–626)을 떠올리게 한다. 미신과 비이성적인 것을 경계하였으며 데카르트와 더불어 근대 철학의 시조로 일컬어지는 이 경험철학자의 용어 '동굴의 환영(유령)'으로부터 위의 구절이 나왔다고 미루어 생각할 수 있다.

40

생각의 싹인 알에 대한 예찬. 완벽한 타원형의 구 속에 온전히 담긴 경탄스런 과학의 기초들. 그 구 속에서 기하학적, 계보학적, 시적 수수께끼 일체가 풀리는 것이 아닌가. 유용한 벗 앨링턴은 슬쩍 T. S. 엘리엇(T. S. Eliot)이 「황무지(Waste Land)」에 그랬던 것과 비슷하게 이 시에 작가 자신이 손수 작성한 작은 주석 자료집을 첨부하는 것도 한 방법이 될 거라고 했다. 그러나 주석이 붙건 그렇지 않건 다음과 같은 사실을 잘못 짚어낼 사람은 아무도 없으리라. 이 작품에서 데카르트는 후에 베케트가 「필름」과 관련, 버클리*를 언급하며 한 말과 마찬가지로 "순전히 그 형식적, 연극적 가능성들을 위해서만 차용된" 것일 뿐이라는 점. 한편 '시간'에 관해 말하자면, 그것 또한 그 자체의 본질을 따르고 있어서 절대적으로 현존하면서도 완벽하게 포착 불가능하다. 다시 말해 그것은 주제로서는 포착 불가능하되 구조와 리듬으로서는 엄연히 현존하고, 이미 베케트의 젊은 작가 시기부터 두드러지는 특징인 절분법(syncope)과 중간 휴지, 단절과 중단의 사용을 통해 스스로의 흐름을 드러낸다. 낸시 커나드는 틀리지 않았다. 그녀는 그러한 특징들로부터 오로지 청년기에게만 있을 수 있는 이 절대의 단호한 칼날을 즉각적으로 간파해냈다. 그녀는 자신이 그토록 찾았던 현대성의 그윽한 향기

* George Berkeley(1685-753). 아일랜드의 철학자, 성공회 주교. 그의 철학은 '존재하는 것은 지각되는 것이다(Esse est percipi)'라는 명제로 요약되곤 한다. 베케트의 「필름」은 인식(perception)에 관한 이 유명한 문구를 바탕에 깔고 전개된다.

41

를 마침내 호흡한 것이었다. "그것은 움직이지 않는다네, 그것은 움직인다네(That's not moving, that's *moving*)."

그는 1932년 9월에 창간된 『디스 쿼터(This Quarter)』지의 초현실주의에 관한 특집호를 위해 엘뤼아르의 「연인(L'Amoureuse)」을 영어로 옮긴다. 아마도 어느 날 저녁 술에 취해 쭈그린 채 어떤 여인의 귀에 그 시를 속삭였던 경험도 있었으리라. "그녀가 내 눈꺼풀 위에 서 있네 / 그녀의 머리칼은 내 머리칼 속에 있네 / 그녀는 내 눈의 색깔을 가졌네 / 그녀는 내 손의 모양을 지녔네 / 내 그림자 속에 그녀가 잠기네 / 하늘을 향해 던져진 하나의 돌처럼." 좀 더 나중에 그는 생글거리는 미국 출신 미녀 베티 S(Betty S.)와 마치 자신의 그림자에 부딪히고 만 줄타기 곡예사처럼 마주치게 된다. 그는 그레이스톤의 해변에서 몇 시간이고 바다를 향해 조약돌을 던지며 읊는다. "또다시 두려워지다 / 사랑하지 못해서 / 사랑하는데 너는 그렇지 않아서 / 사랑받는데 네 사랑은 아니어서 / 그런 척할 수 없다는 걸 알기에 / 그런 척할 수는."* 그는 그 후에도 마치 되밀려 오는 사랑의 파도에 지친 듯 애수 어린 리듬을 사용하여 균형감 넘치는 짧은 시를 한 편 더 쓴다. "그녀들이 오네 / 다르고 또 같게 / 매번 다르고 또 같네 / 매번 사랑의 부재는 다르네 / 매번 사랑의 부재는 같네."**

* 베케트가 1936년에 영어로 쓴 시 「카스칸도(Cascando)」 중에서.
** "Elles viennent..."으로 시작되며 프랑스어로 쓰여진 이 짧은 시는 다른 몇 편과 함께

42

전하는 말에 따르면 그에게는 세 명의 애인이 있었다고 한다. 하나는 아일랜드 여인, 또 하나는 미국 여인, 그리고 장차 그의 아내가 될 프랑스 여인 쉬잔. 그가 쥘리에트 드루에*가 빅토르 위고에게 보낸 편지들을 묶은 서한집을 읽고 작은 수첩에 한 구절을 베껴 적은 것도 대략 이 무렵의 일이라 추측된다. "자기 자신을 둘로 나누어 하나는 육체적 자질에 다른 하나는 마음의 정에 이끌리도록 하다니, 존엄성을 깎아내리고 영혼에 불쾌감을 불러일으키는 이런 종류의 타협엔 두려움과 혐오감이 일 뿐 제 마음이 내키지 않습니다."

유진 졸라스(Eugene Jolas)가 이끌던 『트랜지션(transi- tion)』지**에 실린 1932년의 선언문 「시는 수직이다(Poetry is Vertical)」 하단에는 1930년대 당시 현대 예술론의 거물 이자 괴물이었던 카를 아인슈타인(Carl Einstein)의 이름 과 함께 사뮈엘 베케트의 이름도 등장한다. 그러니까 그들 이 이런 문장들에 함께 서명을 했다는 말이다(심지어 단 어의 선택을 놓고 서로 의견을 조율하거나 하나의 아이

먼저 『레 탕 모데른(Les Temps modernes)』지 14호(1946년 11월)에 실렸다가 나중에 베케트 자신에 의해 영어로 번역되었다.
* Juliette Drouet. 1833년에 빅토르 위고(Victor Hugo)가 새 연극 「뤼크레스 보르지아(Lucrèce Borgia)」를 준비하는 과정에서 알게 된 배우. 이후 약 50년 동안 그의 정부로서 죽을 때까지 그에게 2만여 통의 편지와 메모를 보냈다.
** 파리를 거점으로 활동한 미국 출신 비평가 유진 졸라스가 1927년부터 1938년까지 이끈 동인지.

디어를 분명히 드러내기 위해 작업을 중단해가며 아예 그 글을 같이 썼을 가능성도 있다). "맹목적 실증주의가 지배하는 세계에서 우리는 시적인 비전의 자율성을, 그리고 외적 삶에 대한 내적 삶의 지배권을 주장한다"거나 "고전적 이상은 불가피하게 장식적이며 반동적인 순응주의와 결합하는 바, 우리는 그것의 부활에 반대한다", 또는 "미학적 욕망은 제1의 법칙이 아니다. 창조의 행위는 직관의 계시 속에서, 정신의 비합리적인 움직임 속에서, 그리고 시각적 통찰의 유기적 리듬 속에서 예기치 않게 도래한다."

여기에 우리는 여전히 이렇게 말할 수 있을 것이다. 그런 서명이 베케트에게 중요한 건 아니다, 그로서는 그 동인지를 위해 한두 번 번역 일을 하고 그 대가로 별반 의미 없는 참여를 한 것뿐이다. 아니면 이렇게도 생각해볼 수 있을 것이다. "장식적이며 반동적인 순응주의, 유기적 조화에 대한 가짜 감각, 상상력의 고갈"과의 전투는 분명 그에게 해당되는 장르이긴 할 터이나 단 이런 어법은 그의 것이 아니다. 아무러면 어떠랴. 같은 세기에 카를 아인슈타인과 사뮈엘 베케트가 서로 만났는데. 그 둘이 현실의 관례를 무너뜨리는 데 필요한 용기에 관해 얘기하면서 그것을 위해 사용할 단어들을 숙고하는 모습을 떠올려볼 수 있지 않은가. 아인슈타인은 말의 상실과 인격의 해리, 그리고 시간 감각의 분해에 대해 말한다. 베케트는 폭로할 수 없는 것, 아무것도 아닌 것, 그리고 그로부터 다시금 사물을 향하는 저 긴 폭로의 과정을 입에 올린다. 잠

44

시나마 우리는 베케트의 사유가 뛰어난 선배 아인슈타인
의 사유의 자취 속에서 움직이다 그로부터 갈라져 나오는
과정을 추적할 수 있는 것이다. 아마도 그들은 언어로의
망명에 대해 이야기를 나누었으리라. 아니면 그저 조약돌
에 관해서 이야기했으려나. 아인슈타인은 그에게 해변에
서 주운 조약돌 하나를 보여주었다.* 사람 얼굴을 닮았다
는 그 유명한 조약돌 말이다. 베케트는 조약돌들, 입에 넣
고 빠는** 그 작고 매끈한 것들에 대해서 말한 적이 있다.

그날, 사뮈엘 베케트는 어머니와 막 헤어진 참이었다. 그
의 어머니는 더블린으로 되돌아갔고 그 자신은 두 사람에
게 캔터베리, 워윅, 웰스와 브리스틀, 글로스터와 특스베
리를 돌아볼 기회를 마련해주었던 짧은 여행을 계속 이어
가고 있었다. 그들은 둘 사이에 끊임없이 이어지는 말다

* 유태계 독일인이자 방대한 학식과 비전을 가졌던 카를 아인슈타인(Carl Einstein, 1885–940)은 1928년부터 프랑스에 상주하며 당시 입체파와 아프리카 미술 양식 사이에 존재하는 미학적 유사성을 설파하고 유럽 아방가르드 운동을 확산하는 데 큰 영향을 끼쳤다. 고전적 모더니즘기, 다시 말해 현대미술이 전통적 모방론에서 탈피하여 새로운 시공간 개념을 바탕으로 한 추상 작업으로 선회하는 이론적, 실천적 과정의 한 켠에 그가 있다. 아인슈타인이 「도퀴망(Documents)」지(1929-30, 이 화보지의 창시자 중에는 바타유도 포함된다)에 다른 전위적인 조각가들(아르프, 브란쿠시, 자코메티, 로랑 등)의 작품 사진과 함께 실은, 그 자신이 그냥 "해변에서 주운 조약돌 하나(Caillou ramassé sur la plage)"도 조형예술에 관한 기존의 이해와 사유를 뒤집으려는 시도의 일환이었다. 이 예술지에서 아인슈타인이 지지한 전위예술가들의 조형 작품 및 그 사진의 배열 방식은 그 자체가 이질적이고 '구성'적인 도발성을 띠고 있었다(앙리 로랑[Henri Laurens]에 의하면 "구축[construction]"은 곧 "상이한 재료들로 구성된 조각[sculpture composée de différents matériaux]"을 의미했다). 아인슈타인은 나치에 의해 점령된 파리를 떠나 프랑스 남부로 피신하던 중 프랑코 파와 맞닥뜨리는 바람에 자살한다.
** 몰로이처럼.

툼을 가라앉히고자 평소 좋아하던 작가들의 자취를 답파하기로 하고 제인 오스틴이 살았던 바스, 그리고 그녀가 죽은 곳인 윈체스터를 돌아보았더랬다. 두 사람은 찰스 킹즐리*가 『서쪽으로!』의 대부분을 쓴 비드퍼드를 활보한 후, 셰익스피어의 도시를 답사하며 그곳의 성당들을 우러르거나 만을 따라 거닐었다. 베케트는 수영을 하거나 어머니와 함께 걸어 다녔다. 1935년 7월의 일이었다. 베케트는 스물아홉, 그의 어머니는 예순네 살이었다. 이제 그녀는 떠났고 그는 혼자서 새뮤얼 존슨(Samuel Johnson)의 고향인 리치필드로 발걸음을 옮겼다. 영국 문학계를 좌우했던 권력가이자 시인이고 사전학자, 모럴리스트면서 동시에 시체들로 둘러싸인 늙은 데모크리토스만큼이나 침울했던 이 작가가 약 두 세기 전 생애의 첫 스물일곱 해를 보낸 집에 기념관이 들어선 것이 1901년의 일이다.

그는 혼자서 그 집을 방문하고 혼자서 침묵에 잠긴 방들을 마음껏 헤매 다니는 편이 더 좋았다. 그는 거실임직한 방을 지나고 어느 추억의 침실을 가로질렀다. 그리고 그 커다란 공백을, 이런 작가의 집 특유의 공허감을 물

---

* Charles Kingsley(1819-75). 영국 성공회 사제이자 대학교수, 역사가, 소설가. 베케트는 킹즐리의 『서쪽으로!(Westward Ho!)』에 착안하여 영어로 『Worstward Ho』를 썼다(1982년 집필, 1983년 칼더 출판사에서 출간). 'Westward Ho!'는 뱃사람들이 뱃머리의 방향타를 바꿀 때 서로를 부르며(Ho!) 쓰는 말이다. 이 베케트 텍스트의 프랑스어 판본은 1991년 에디트 푸르니에(Edith Fournier)의 번역으로 미뉘에서 출간됐으며, '(뱃)머리를 가장 나쁜 것 쪽으로 향하라' 정도로 직역할 수 있을 그 제목은 절묘하게도 'Cap au pire'로 붙여졌다(85쪽 주 참조).

끄러미 관망하였다. 거기서 부재는 가구들 속에 스며들어 있다. 테이블과 소파 사이에, 또는 서가와 문구와 책받침 사이에 끼어든 저 의기양양한 공허. 근면한 문서 보관 담당자가 참을성 많은 손길로 어림잡아 모아놓은 한 줌의 지표들을, 냉혹하게 빈정거리는 커다란 공허가 눈 깜짝할 새 부숴버린다. 누군가가 정성스레 책상 위에 올려둔, 그가 좀 더 사실감을 주기 위해 살짝 삐뚤어지게 놓은 종이 한 묶음 주변에서 공허 하나가 이죽거리고 있다.

장부에 의하면 그해에는 호기심 많은 영혼을 가진 2천 136명의 방문객이, 다시 말해 평일 기준 하루 예닐곱 명의 사람들이 새뮤얼 존슨 기념관의 문턱을 넘었고, 그러면서 루소의 집을 방문하기 위해 레 샤르메트로 향했던 조르주 상드(George Sand)와 비슷한 생각을 한 듯하다. "내가 찾으러 가는 것을 그곳에서 과연 발견할 수 있을지, 눈으로 직접 확인한 사물들의 실상이 내가 막연히 품고 있던 생각과 어긋날지 어떨지, 나로서는 아무런 짐작도 할 수 없었다." 그리고 기념관을 떠날 때 그들은 아마도 르낭과 같은 생각을 품었던 듯싶다. "마침내 보았습니다. 주여 감사합니다."* "사물들의 실제 목도(vue des

---

* 장 자크 루소(Jean Jacques Rousseau, 1712-78)는 1736년에서 1742년까지 사부아 지방의 레 샤르메트 유역에 위치한 외딴 거처에 머무르며 그에게 어머니이자 연인의 역할을 한 바랑 부인과 함께 살았다. 그가 곳곳에서 고백했듯이 그의 인생에서 가장 행복하고 충만한 시절의 추억이 담긴 이 집이 이후 그의 기념관이 되었다. 낭만주의 시대에 루소의 집은 지식인과 예술인들 사이에서 반드시 방문해보아야 할 일종의 성지처럼 여겨지기도 했다. 상드와 르낭의 반응은 그런 맥락에서 이해될 수 있다.

choses)"가 책이 주는 관념을 다소나마 동요시킬 수 있기를 바랐던 이 2천 136명의 사람들. 하루 여섯 아니면 일곱 명의 사람들이 올 풀린 양탄자 끝이라든가 오래된 가죽에 훈영(暈影)처럼 밴 작은 땀자국을 통해 비밀스런 수수께끼를 시험하고 싶어 했다는 말이다.

사람들이 새뮤얼 존슨에게 유령을 믿느냐고 물으면 그는 이렇게 대답했다 한다. "아주 간단히 말하자면 그 질문은 죽은 사람들의 영혼이 스스로를 우리 앞에 감지할 수 있는 것으로 만들 수 있는지 묻는 것과 같소." 존슨은 책의 색 바랜 장정이나 초고를 더럽히는 얼룩을 떠올렸던 것일까? 아니면 밤에 부는 바람 소리, 마치 목소리처럼 부드러운 그 웅성거림에 대해서? 그는 문학에 대해서 생각했을까? 사뮈엘 베케트는 조명이 부실한 기념관의 내실을 이리저리 돌아다닌다. 그러면서 스스로를 향해 1747년의 『박물관(The Museum)』에 실려 있던 존슨의 시 몇 줄을 다시 읊어본다. "그대의 선물은 얼마나 큰 두려움과 공포를 자아내는가! / 불확실한 운명의 모호한 상징이여!" 그 낮은 천장 아래에서, 벽지를 족히 100번은 다시 발랐음 직한 그 벽들 한가운데에서 그가 찾고자 하는 것은 그 스스로 존슨의 "괴물성"이라 이름 붙인 것의 비밀스런 동인이었나. 그가 마치 나방처럼 주위를 맴돌고 있는 "그토록 격하게 요동치는 끈적한 정신세계", 불명확한 것을 극히 싫어했던 '박사'의 숨통을 조였던 저 "존재한다는 것의 경악스러움" 뒤에 숨은 원인 말이다. 알 수 없다. 베케트는

48

잡다한 가구 몇 점이 들려주는 말 없는 이야기를 위해 그
곳에 왔다. 그는 침묵을 위해 그 자리에 왔다. 후에 몰로
이는 이렇게 말할 것이다. "침묵을 다시 데려오는 것, 그
것이 사물들의 역할이다." 베케트는 빛을 바라보며 한때
이 "비천한 우울"을 가두었던 공간을 재어본다. 그런 우
울이 물론 그는 친숙하다. 그는 여러 개의 서가들을 주의
깊게 둘러보거나 글쓰기 도구를 모아둔 작은 진열장을 관
찰하기 위해 몸을 굽힌다. 그러면서 차츰차츰 하나의 삶
을 그것이 남긴 나머지로 연역하는 과정에 빠져든다. 그
렇게 잠시 영광스러운 유물들의 세계로 침입한다.

　　이 천재의 요람에는 어떤 것들이 모여 있을까? 1935
년의 관람객은 그곳에서 새뮤얼 존슨이 아버지의 서점에
서 사용했으며 그가 거기 걸터앉던 시절로부터 한 세기
도 더 지난 후 기념관 측이 취득한 작은 의자를 발견할
수 있었다. 호어*의 파스텔화, 피츠제럴드 경**의 석고 흉
상, 레이놀즈***가 그린 초상화, 그의 친우 개릭****의 부고장
등도 보였다. 또 그 유명한 그의 『영어 사전』과 『가장 뛰
어난 영국 시인들의 생애』뿐만 아니라 충실한 보즈웰*****이

* William Hoare(1707-92). 영국의 초상화가.
** Lord Edward FitzGerald(1763-98). 아일랜드의 귀족이자 혁명가.
*** Sir Joshua Reynolds(1723-92). 초상화로 유명했던 영국 화가. 왕립 아카데미의 설립자
중 한 명이자 초대 의장을 지냈다.
**** David Garrick(1717-79). 영국의 배우이자 극작가.
***** James Boswell(1740-95). 스코틀랜드 출신의 전기 작가, 일기 작가. 새뮤얼 존슨과의
나이를 초월한 우정과 전기 『새뮤얼 존슨의 생애(Life of Samuel Johnson)』(1787)로
유명하다.

쓴 『새뮤얼 존슨의 생애』나 면밀한 피츠제럴드*가 쓴 『제임스 보즈웰의 생애』의 각종 판본도 구비되어 있었다. 존슨이 『더 램블러(The Rambler)』지에 기사를 쓰던 기간 내내 이용했다는 작은 이동식 책상도 눈에 띄었다.** 그런가 하면 감정서와 함께 액자에 담겨진 존슨 박사의 머리칼 몇 올, (보즈웰의 『새뮤얼 존슨의 생애』에 그 물건들이 언급된 이상) 그가 매일 아침 사용했을 중국 도자기 찻잔과 토스트 접시, 진짜임이 엄숙하게 인증된 그 유명한 능수버들의 일부,*** 존슨이 마침내 『사전』의 집필을 끝냈을 때 그에게 증정되었다는 바로 그 은펜, 누르스름하게 바

---

* Percy Hetherington Fitzgerald(1834–925). 아일랜드계 영국인으로 비평가이자 화가, 조각가. 1891년에 『제임스 보즈웰의 생애(Life of James Boswell)』를 썼다.

** Samuel Johnson(1709–84). 흔히 존슨 박사라는 별명으로 불렸던 이 대가는 시와 에세이, 비평과 전기 등 다분야에서 영문학사에 깊은 족적을 남겼지만, 그중에서도 지대한 업적으로 평가되는 것은 그가 약 9년의 시간에 걸쳐 홀로 집필한 『영어 사전(A Dictionary of the English Language)』(1755)일 것이다. 본문에 거론된 『가장 뛰어난 영국 시인들의 생애(Lives of the Most Eminent English Poets)』(1779–81)는 17세기에서 18세기 사이 시인들의 전기와 작품평을 겸한 그의 만년의 역작이다. 52명의 시인들을 다룬 이 저술은 총 열 권에 달한다. 『더 램블러』는 1750년에서 1752년까지 존슨에 의해 출간된 정기간행물이다. 당시의 유사한 간행물들이 일상적이거나 학술적인 문체를 사용한 데 비해 존슨은 신고전주의에 속하는 '고상한 필치'로 『더 램블러』의 기사를 작성하였다. 새뮤얼 존슨 자신이 제임스 보즈웰의 전기 연구 대상이 되기도 한 바, 보즈웰의 『새뮤얼 존슨의 생애』는 근대 전기문학사에서 가장 중요한 저술 중 하나로 손꼽힌다. 베케트가 찾아 읽은 것으로 인용된 『더 아이들러』의 기사들 역시 보즈웰이 『새뮤얼 존슨의 생애』를 통해 이 시리즈 중 가장 훌륭하다고 평가한 글들이다. 이 두 간행물 및 존슨의 여타 간행물들은 토론토 대학교 출판부에서 제작한 전자책으로 읽을 수 있다(『더 램블러 앤드 더 아이들러[The Rambler and The Idler][1876], 토론토-로바트 대학 도서관[University of Toronto-Robarts library]).

*** 존슨의 고향인 리치필드의 성당 부근에는 그가 어렸을 때 직접 심었다는 능수버들 한 그루가 있다.

랜 종이 묶음 몇 개, 그리고 1758년에 존슨이 창간한 월
간지 『디 아이들러(The Idler)』의 낡은 판본들도(베케트
는 그것들을 트리니티 대학교의 도서관에서 찾아 읽곤 했
다. 가령 14호의 "시간의 상실"이란 주제를 다룬 기사, 41
호의 "친구의 죽음"이나, 51호의 "집안에서 위대함을 획
득하기 불가능한 이유에 대해", 혹은 "단념에 관하여" 작
성한 52호의 기고문들). 무엇보다도 그곳의 어느 진열장
에서는 — 상처받은 사랑의 편지란 문학의 모든 카드들
을 단번에 와르르 무너뜨리는 것이기에 — 베케트가 오랫
동안 몸을 숙이고 바라본, 아니 모든 방문객들이 오랫동
안 몸을 숙이고 바라보는 존슨의 연애편지 열한 장을 볼
수 있다. 그는 그 편지들을 1771년에서 1775년 사이에 자
신이 흠모하던 여인, 자신이 우러러 사랑한 동시에 증오
했던 스레일 부인(Mrs Thrale)에게 보냈다. 그 모든 것
을 거기서 볼 수 있는 것이다. 베케트는 그 편지들을 읽
으면서 스레일 부인을 향한 존슨의 불행한 사랑을 주제
로 작품을 쓸 계획을 세웠던 걸까? 그는 "존슨에 관한 장
난(truc)" 하나, 다시 말해 4막으로 이루어진 극작품을 쓸
생각을 한다.* 그리고 1장을 쓰다가 그만둔다. 베케트는
진열창 위로 몸을 굽혀 전기문학계의 성부라 할 존 오브
리가 "난파 속에서 건져낸 조각들", "가장 무거운 물건들
이 물에 가라앉아 사라질 때 남아서 수면을 떠도는 널판

---

* 1937년 봄에서 여름 사이에 구상된 「인간의 소망들(Human Wishes)」이 그것이다.
베케트로서는 최초로 진지하게 시도해본 극작이다.

이나 가벼운 사물들"이라 부른 것들을 천천히 하나씩 헤아려본다.*

그는 저녁에 그 작은 집을 나선다. 존슨은 지기들에게 "보시오 신사 여러분, 들어갔을 때와 정확히 똑같은 상태로 다시 나오게 되는 장소에는 가고 싶지 않은 법 아니겠소"라 말하곤 했다. 몇 달 후 베케트는 작은 수첩 세 권과 종이 여러 장을 새뮤얼 존슨의 생애에 관한 메모로 빼곡히 채운 뒤 가장 친한 친구에게 이렇게 생각을 털어놓는다. "그는 비극적인 인물이었네. 바꿔 말하면 글감으로 다룰 만한 가치가 있는 인물이야. 우리 자신이 한 부분으로 속해 있는 어떤 전체의 일부로서 말일세."

베케트는 이런저런 포부를 일시적으로 품어본다. 가령 1936년에 그는 세르게이 미하일로비치 예이젠시테인(Sergey Mikhailovich Eisenstein)에게 편지를 보내 그의 지도 아래 영화를 공부할 수 있겠는지 문의한다. 혹시 조이스나 실비아 비치(Sylvia Beach)의 중재에 의해 이미 파리에서 그를 만난 적이 있었던 걸까? 몇 해 전, 그러니까 1929년 12월에서 1930년 5월 사이에 이 구소련 출신 감독은 긴 연구 여행을 감행했다. 그리고 그 기간 중 2월부

---

* 존 오브리(John Aubrey, 1626-97)는 자연철학자이자 골동품 수집가, 고고학자이기도 했지만 2권으로 된 『약전(略傳, Brief Lives)』(1898)의 저자로도 이름을 날렸다. 약전은 엄밀한 의미에서의 전기라기보다 소문과 간접적으로 들은 이야기, 관찰 등을 통해 생생하고 때로는 신랄하게 잡아 그린 인물평에 가깝다.

터는 자신의 할리우드 행로를 잠시 중단하고 파리에 체류하면서 소르본에서 화제의 강연을 하고(강연실은 청중으로 꽉 찼고 경찰은 여차하면 달려들 태세였으며 항의와 환호 속에 「일반 노선[The General Line]」*의 배급은 금지되었다) 콕토나 데스노스, 아라공, 그리고 그가 익히 알고 작품을 칭송해 마지않던 제임스 조이스 등과 교류하고 있었다. 예이젠시테인이 실비아 비치의 서점**을 드나든 것은 당연한 일로, 그는 오데옹 가에 대해 이렇게 기록했다. "그 길은 꼭 민박 집의 넓은 복도 같았다…. 한쪽 끝은 응접실로 이르고 다른 한쪽은 부엌으로 다다르는 복도 말이다…. 나는 그 조용한 길을 무척 좋아했다. 평온하고 소박한 그 작은 서점도 매우 마음에 들었다…. 나는 종종 그 서점에 들러 뒷방에 자리 잡곤 노랗게 바랜 수많은 사진들로 뒤덮인 벽들을 오랫동안 둘러보곤 했다." 길 건너편, '책 친구들의 집(la maison des amis des livres)' 간판을 단 그녀의 친구 아드리엔 모니에의 서점에서도 역시 한쪽

---

* 흔히 「낡은 것과 새로운 것(Old And New)」으로 알려진 1929년 작 예이젠시테인 영화의 원제, 원기획. 농업의 집단화를 주제로 기획된 이 영화는 애초 이를 옹호하던 트로츠키의 실추에 따라 제목과 내용이 급히 수정, 재편집되어 제작되었다.
** 미국에서 건너온 실비아 비치가 1921년 파리 좌안의 오데옹 가 12번지에 연 영어 서적 전문점 '셰익스피어 앤드 컴퍼니(Shakespeare & Company)'를 가리킨다. 그녀의 조언자이자 친구, 문인이었던 아드리엔 모니에가 경영하던 인근의 '책 친구들의 집'이 프랑스 아방가르드 문학의 산실이었던 것과 마찬가지로 셰익스피어 앤드 컴퍼니는 어니스트 헤밍웨이, 제임스 조이스, 거트루드 스타인, 프랜시스 스콧 피츠제럴드, 에즈라 파운드, 서우드 앤더슨 등 당시 파리에 모여든 젊고 전도유망한 영미권 작가들의 아지트 역할을 했다. 무엇보다도 제임스 조이스의 「율리시스」가 외설 혐의를 딛고 출판될 수 있기까지에는 실비아 비치의 도움이 매우 컸다.

벽 책 선반들 위로 빛바랜 사진들을 걸어놓은 것을 볼 수 있었다. 왼편에서 오른편을 향해 당대를 대표하는 문인들의 주의 깊어 보이는 얼굴들이 배치되었으니, 라르보, 스베보, 아르튀르 퐁텐, 폴 발레리, 미오망드르, 지드, 슐룸베르거, 조이스, 릴케, 뒤아멜, 파르그와 마르탱 뒤 가르, 베르하렌, 폴랑, 지오노, 클로델, 장 프레보, 생 레제, 지로두, 로맹, 쉬페르비엘, 메테를링크, 잠, 베르그송… 사람들이 혼동하지 않도록, 또 후대에 어떤 착오가 일어날지 아무도 모르는 일이기에 아드리엔 모니에는 벽에 걸린 사진들의 아래쪽에 달필로 작가 각자의 이름을 정성스레 써넣었다. 당시 그 사진들을 찍은 이는 지젤 프로인트*였다.

예이젠시테인은 조이스의 집에 들러 『율리시스』를 영화로 각색하려는 자신의 계획을 설명한다. 아마도 감독은 이 만남에서 영상과 언어의 섬광 같은 결합의 전조를 떠올렸을 것이다. 작가의 파리 아파트를 채운 왁스 입힌 목재 가구들 위로 저녁은 느리게 흘러갔다. 두 사람은 벌집 조직으로 짠 벨벳을 씌운 소파에 몸을 파묻고 아마도 동시성과 배치, 충돌과 분해, 그리고 통사의 전환

* 유태계 독일인 지젤 프로인트(Gisele Freund, 1908-2000)는 나치의 탄압을 피해 프랑스에 망명한 이후 많은 프랑스 문인과 지식인들의 사진을 찍었다. 파리에 거주하던 제임스 조이스를 촬영한 사진 기록물을 모아 책으로 펴냈으며(『파리의 제임스 조이스: 그의 마지막 날들[James Joyce in Paris: His Final Years]』, V. B. 칼튼[V. B. Carleton]과 공저, 시몬 드 보부아르의 서문, 뉴욕, 하르코트, 브레이스 앤드 월드[Brace & World], 1965), 1981년 프랑스 대선 시에는 프랑수아 미테랑의 공식 사진가로 활약하기도 하였다.

과 분해에 대해 이야기했으리라. 아니, 둘 다 그저 침묵에 잠긴 채 쉬이 바스러지는 꿈이 저녁을 타고 피어오르도 록—빛의 질료로부터 불현듯 사유가 떠오르도록, 들어본 적 없는 어떤 목소리가 서로 반대되는 것들을 화해시키 도록 내버려 두었을지도 모른다. 후에 예이젠시테인은 이 만남에 대해 일종의 "환영 같은 경험"이라 할 추억을 간 직하고 있다고 말할 것이다.

요약하면, 1936년의 사뮈엘 베케트는 대학과 결별 하고 어머니의 집을 떠돌고 있었으며, 자기 인생을 가지 고 대체 뭘 해야 할지 몰랐고, 예이젠시테인에게 편지를 써서 그의 어시스턴트로 받아줄 수 있겠느냐고 요청했다. 답장은 오지 않았다.

30년 후 그는 「필름」을 연출했다. "전체가 무성인" 이 단편영화에서 우리가 읽어낼 수 있는 말은 딱 하나. 인 물의 입술 위에 침묵의 제사(題辭)처럼 떠오르는 그것은 "쉬이이이이이잇"이다.

그다음 그는 떠난다. 1936년 9월 말, 베케트는 함부르크 로 가기 위해 코크에서 상선한다. 이 여행에는 여러 가지 그럴듯한 이유가 있었다. 왜 독일인가. 회화에 관한 책을 쓰고 싶은데 그러려면 독일의 여러 미술관 가까이에서 공 부를 해야 한다. 왜 독일인가. 괴테와 횔덜린과 쇼펜하우 어를 책으로 읽은 만큼 그 언어를 한번 겪어봐야 한다. 왜 독일인가. 바로 그곳에서 사촌 누이 페기 싱클레어(Peggy

Sinclair)를 열렬히 사랑한 적이 있기 때문이다. 1930년대에 그곳에서 살다 거기서 결핵으로 생을 마감한, 초기 글 속의 초록 눈 주인공 바로 그녀, 페기 싱클레어. 그러니까 대체 왜 독일인데. 요컨대, 어디든 좋다. 아일랜드만 아니면 돼.

1937년 4월 1일까지, 베케트는 많은 이들이 피해 달아나려는 나치 치하 독일 땅을 천천히 밟아나간다. 그가 도착하기 며칠 전인 9월 8일에 히틀러는 대대적인 미술관 소탕을 명령했다. 그리고 그가 떠난 지 며칠 후 화형식이 시작된다. 그사이에는 괴벨스가 예술비평을 단죄했을 뿐만 아니라, 대형 미술관들이 현대 회화 구획을 비우고 보유 작품들에 접근 금지령을 내리는가 싶더니 아예 문까지 폐쇄하고 말았다. 베케트가 여행하는 내내 미술관의 작품들이 벽에서 떼내어져 압수되거나 팔리거나 파손되었다. 그리고 현대미술 화랑들은 봉쇄되었다. 베케트는 이 재앙에 대해 기록하면서 거기에 자신의 의견을 덧붙이고, 때로 격분하거나 경우에 따라 자신이 만난 예술가들과 공감대를 형성하기도 한 것으로 보인다. 그러나 무엇보다도 그는 다른 곳에 있었다. 그는 역사의 바깥에서 이 도시 저 도시를 기웃거리며 "그를 비틀거리거나 땀 흘리게 하는 정신적 침체기"에 빠져 있었다. 겨울철의 기나긴 여섯 달 동안 독일 땅을 이리저리 헤매 다닌 이 여정은 끝없이 우울한 여행이자 미리 세운 계획을 맹목적으로 완수하는 일에 지나지 않았다. "시작하기도 전에 이미 그 점을 알고 있었듯이, 이 여행이 어딘가에 이르기 위해서가 아니라 떠나기 위해서 도모한 것이라는 사실이 명백해져간다." 그는 함부르크를 떠나 하노버로, 이어 브라운슈바이크와 할레, 바이마르, 나움부르크, 에르푸르트, 라이프치히, 드레스덴, 프라이베르크, 밤베르크, 뷔르츠부르크, 뉘른베르크, 레겐스부르크 등으로 간다. 뮌헨에서 그는 교외의 한 카바레에 들렀다 카를 발렌틴*을 발견한다. "나는 아주 슬픈 기분으로 많이 웃었다." 그는 진종일 걸어 다니거나 도심을 둘러보거나 동물원(무척이나 중요한 이 동물원**)과 묘지, 그리고 미술관 등에 들렀다. 하지만 그것이 산책은 아님에랴. 이 휴양지에서 저 휴양지로 즐겁게 거니는 기분과는 거리가 멀다. 그는 쓴다. "무기력, 우울. 이제 여기엔 아무것도 없고 내 앞에도 남은 것이라곤 그저 서글픔과 가책뿐." 그는 몸을 질질 끌며 자신도 잘 알지 못한 채 지옥의 순환 고리를 따라간다. 나쁜 날들이란 생각이 고갈되고 혀가 달라붙은 채 냉랭하고 비참하게 떠도는 날들. "다른 나라의 언어로 침묵하는 법을 배우기 위해 전전긍긍하다니, 이 얼마나 자가당착적인 일인가! 나는 완전히 부조리하고, 완전히 터무니없다. 자신을 한 차례 더한 침

* Karl Valentin(1882-948). 뮌헨 태생의 극작가 겸 카바레 배우, 영화제작자. 독일의 찰리 채플린이라 불렸다.
** 가령 「추방된 자(L'Expulsé)」(「단편들 그리고 아무것도 아닌 텍스트들[Nouvelles et textes pour rien]」[미뉘, 1955])에서 '쫓겨난' 화자는 삯마차에 올라 다짜고짜 이렇게 주문하는 것이다. "동물원으로(Au zoo)!"

묵의 주인이 되도록 하기 위해 이토록 애를 쓰다니!" 가장 좋은 경우란 작업 계획이 있는 것. 회화에 발을 들여놓기 위한 방법론 탐색이나 비가시적인 것에 대한 면밀하고 계획적인 연구 따위. 그럴 때 그는 베데커판 가이드북을 손에 든 채 목록을 작성하거나 이미 방문한 장소들에 표시를 하고, 꼼꼼하게 계획서를 짠 뒤 카탈로그에 주석을 붙인다. "옛날식 역사 교본이 있었으면 좋겠다." 그는 수첩에 세심하게 온갖 이름과 날짜, 규모, 출처, 보존 장소들을 기입한다. "내가 원하는 건 단지 조각, 파편, 뭐 그런 것들, 그리고 이름, 날짜, 출생과 사망 정도다. 그 너머는 안다는 것이 전혀 불가능하니까." 그 너머. 거기에는 오직 작품들과 나누는 무언의 대화가 있을 뿐이다. 개관 시간이 되면 그는 비틀거리면서 작품들 곁으로 다가간다. 너머. 너머란 침묵과 빛 앞에서, 가장 난해하며 가장 내밀한 고백 앞에서 겪는 이 아연함(stupeur)인 것을.

정경 하나. 1936년 11월, 함부르크의 뒤리외 부인 집. 벽면에 슈미트로틀루프, 놀데, 키르히너* 등의 그림이 잔뜩 걸린 부르주아풍 응접실에서 돌연 여주인의 목소리가 자동 엽총이 발사되듯 그림과 벽지를 흔들며 울려 퍼진

---

* 이들은 드레스덴을 중심으로 뭉쳐 20세기 초반 독일의 주요 미술 운동인 표현주의를 이끈 다리[橋]파(1905–13)의 화가들이다. 다리파 결성의 주축이었던 카를 슈미트로틀루프(Karl Schmidt-Rottluff)의 첫 전시회 도록을 쓴 이는 예술사가 로자 샤피레(Rosa Schapire)였다.

다. 그녀가 쏟아내는 말은 대략 다음과 같은 종류의 것이었다. "자, 준비하시겠어요? 편하게 자리 잡고 포즈를 취하시면 됩니다. 오래 걸리진 않을 거예요. 자세를 약간만 흐트러뜨리세요. 이쪽하고, 저쪽도. 아주 좋습니다. 다리는 꼬지 마시고요. 그렇지, 완벽합니다. 왼쪽 무릎을 약간만 더, 네, 바로 그겁니다. 됐어요. 자, 숙녀 여러분, 시작합시다!" 수업은 네 시간 동안 진행된다. 여자들은 다리와 무릎을 그리고, 이어 한쪽 팔꿈치가 이루는 그리기 어려운 각도와 마주친다. 그다음엔 콧등, 또 그다음엔 이미 뼈마디가 굵게 불거진 한쪽 손. 그리고 나서 그녀들은 생각에 잠긴 듯한 표정을 포착해야 하는 위험도 그런대로 감행한다. 하지만 두 눈에 이르러서는⋯ 그녀들은 푸른색의 동그란 공허를 그려내는데, 검은 점으로 구멍을 표현하는 데 다다르자 주춤거린다. 한편, 어쩌다 실수로 이 일에 빠져든 그는 벽에 걸린 놀데의 풍경화나 비명처럼 강렬하고 커다란 저 누드화 한 점에 시선을 고정하고 있을 것이다. 아니면, 그 전날 로자 샤피레의 집에서 발견한 그림 하나, 예컨대 그가 본 그림들 중 가장 아름다운 것에 속하는(이라고 그는 자신의 여행 수첩에 기록한다) 뭉크의 작품을 자기 마음속에 다시 그려보는 중일지도 모른다. 그는 그보다 며칠 앞서 같은 여행 수첩에 이렇게 적기도 했다. "그 자체가 기도인 (회화) 예술은 기도를 이끌어낸다. 그것은 바라보는 사람으로부터 갇혀 있던 기도를 풀어낸다." 마침내 포즈 시간이 끝난다. 여자들이 재잘거린다.

그들은 차를 마시면서 방금 그린 그림에 대해 의견을 나눈다. 사뮈엘 베케트는 수첩에 자신이 영감을 제공한 그 데생들이 "형편없기 짝이 없다"고 기록한다.

세부 사항 하나. 드레스덴에서 그는 매일같이 츠빙거 궁을 찾는다. 궁의 첫 번째 전시실에 들어서자마자 안토넬로 다 메시나(Antonello da Messina)의 대형화 「성 세바스티아노(San Sebastiano)」가 걸려 있기 때문이다. 그는 흠 없이 완벽한 타일 바닥 위에 능란하게 노출된 그 거대하고 창백하며 침착한 몸뚱이를 향해 나아간다. 고통에 무심한 채 기하학과 한 몸이 된 그 살을 향해 가까이 간다. 그는 후에 이렇게 진술한다. "그것은 첫 번째 전시실에서의 일이었다. 나는 그 그림을 볼 때마다 꼼짝달싹할 수 없었다. 제가 지닌 수학적 힘으로 인하여 순수한 공간, 흑백 바둑판 무늬의 타일 아니 차라리 포석이라 불러야 할 것들로 구성된 길디긴 지름길을 보고 있으면 탄식이 절로 나왔다." 그는 안토넬로가 그림의 정중앙에 그려 넣은 저 아이러니컬한 선을 보았을까? 아마도 그랬겠지. 그는 세바스티아노의 배꼽이 중심으로부터 이탈해 있음을 보았을 것이다. 신체의 축으로부터 눈에 띄게 바깥으로 비껴나 있는 그 배꼽. 얄궂은 배꼽. 질서와 구획이 무너지는 순수한 힘. 인간 감각의 불확실성을, 그것의 측량 불가능한 멀어짐을 창출해내는 어떤 배꼽을.

어느 겨울 저녁, 뇌이에 위치한 마리아 졸라스(Maria Jolas)의 집. 테이블에 거대한 케이크가 놓였다. 케이크를 장식한 머랭과 설탕 입힌 과자의 형태는 조이스의 작품 일곱 권 장정을 본뜬 것이었다. 그날 저녁 사람들은 이 위대한 작가의 쉰일곱 번째 생일과 특히 그 전날 영국 출판사가 넘긴 『피네건의 경야(Finnegans Wake)』 교정본의 의기양양하고도 시끌벅적한 도착을 기념해 파티를 열었다. 이 1939년의 2월 2일에 그들은 그 전년도와 마찬가지로, 또 조이스가 파리에 온 이래 거의 매해 그랬던 것과 마찬가지로 피아노를 연주하고 노래를 했다. 마리아 졸라스가 고운 목소리로 「몰리 말론(Molly Malone)」을 부르고 나자 조이스도 파티 때마다 다들 입을 모아 부르곤 했던 스코틀랜드의 옛 노래 「그대 둑과 언덕들이여(Ye Banks and Braes)」 몇 소절을 그녀와 함께 불렀다. 뿐인가, 그는 여주인의 허리에 손을 감고 몇 번 춤 스텝을 밟기까지 했다. 사람들은 전쟁의 위협을 잊고 — 어쩌면 머지않아 모든 것이 다 묻혀버리고 말리니 — 예전처럼 웃음과 우정과 자기 망각에 빠지려고 애썼다. 선물도 많았다. 그 전해에 베케트는 조이스가 그토록 좋아하던 스위스산 포도주 한 병을 선물했다. 이번 해에 그는 조이스의 부탁에 따라 자신이 직접 프랑스어로 번역해 『비퓌르(Bifur)』지에 싣기로 한 『피네건의 경야』의 몇 구절을 리피 강가에서 주운 조약돌 하나에 새겨서 선물했다(아마도 문제의 구절은 "넘쳐나는 시간과 행복한 귀환[Teems of time and happy returns]"이었거나 꼭 책머리의 제사 같은 느낌을 주는 "애나는 있었고, 리비아는 있으며, 플루라벨은 있게 되리라[Anna was, Livia is, Plurabelle's to be]"였을 것이다). 전년과 다름없이 급조된 물건들로 마련한 테이블 장식은 아일랜드와 프랑스의 영광스러운 만남을 표현했다. 유리잔과 물병들 사이에서 구불거리는 은박지로 만든 긴 리본 장식은 아일랜드의 수도를 둘로 가르는 리피 강의 잔잔한 흐름을 연상시켰다. 물병은 에펠탑 구실을 했고 빈 술병은 넬슨 기둥 역할을 했다. 이 조악한 잡동사니들의 알레고리는 파리로부터 더블린을 향하며 런던을 조롱하는 기묘한 문학적 열광에 바치는 소박한 찬사였다. 『피네건의 경야』야말로 압제자의 언어를 해체하여 그것을 찬란하고도 도발적인 또 다른 언어로 대체하는 끊임없는 '진행 중인 작품(Work in Progress)'이 아니던가?* 제대로 이해받지 못한 이 위대한 '진행 중인 작품'을 변호하고 현양하려는 마음에 1929년 조이스 자신이 요청하여 작성된 텍스트들 중 하나에서 베케트는 이렇게 예고한다. "이 글은 읽히기 위해서 쓰이지 않았다. 혹은, 단지 읽히기 위해서뿐

---

* 유진 졸라스의 문예지 『트랜지션』은 『피네건의 경야』의 원고가 진행되는 대로 그것을 받아 'Work in Progress'라 이름 붙인 섹션에 실었다. 이 제목은 그대로 『피네건의 경야』의 첫 제호가 된다. 조이스가 이 작품의 집필에 착수한 해는 『율리시스』가 발표된 지 1년 후인 1923년이다. 그러나 작업은 그의 건강과 일신상의 이유로 인해 매우 힘겹게, 베케트를 위시한 몇몇 젊은 추종자들의 보조를 받아가며 이루어졌다. 조이스가 '피네건의 경야'라는 최종 제목을 확정, 발표한 것은 바로 위에 언급된 1939년의 기념 파티에서였다.

만 아니라 보이고 들리기 위해서 쓰였다는 편이 더 맞을 것이다. 그것이 어떤 것에 관해서 쓰는 게 아니라 이것이 바로 그 어떤 것 자체다." 그의 변론은 지암바티스타 비코에 기대어 있었던 바(조이스는 베케트에게 그의 책을 읽어보라고 일부러 추천한 적이 있다),* 비코는 일찍이 18세기 초반에 이런 말을 남겼던 것이다. "무릇 뛰어난 시인이 되기를 원하는 자는 자기 고향의 말을 잊어버리고 말들의 최초의 불행 상태로 되돌아가야만 한다." 다시 주조해야 할 재료인 이 말들. 조이스는 그 재료를 자기 모국어의 오래된 다이너마이트 단지에 넣어 다룬다. 그리고 도발적이다 싶은 박식함으로 문학 체계에 불을 지른 면에서 베케트는 조이스의 가장 뛰어난 제자임이 분명하다. 하지만 조이스에 관해서 쓸 수 있는 사람은 결국 조이스 한 사람뿐 아닌가. 사뮈엘 베케트가 그의 첫 텍스트들을 내놓았을 때 사람들은 그를 명민하다고 판단하긴 했다. 분명 그

* 조이스의 『율리시스』가 호메로스의 『오디세이』를 염두에 두었듯 『피네건의 경야』는 지암바티스타(또는 조반니) 비코(Giambattista Vico, 1668–744)의 『신과학(Scienza Nuova)』(1725)을 생각의 지침으로 삼고 있다(가령 시간 또는 역사적 사건들의 원환적 흐름에 대한 비코의 생각 같은 것). 베케트는 『피네건의 경야』를 옹호하는 그의 글 「단테…브루노. 비코··조이스(Dante...Bruno. Vico..Joyce)」를 통해 비코의 『신과학』이 수립한 철학 체계와 그것이 조이스에게 끼친 영향 관계를 요약한다. 제목의 두 번째 말줄임표에서 점의 수를 의도적으로 줄여 표기한 이 텍스트는 최초로 인쇄된 베케트의 글로 『'진행 중인 작품'을 진행시키기 위하여 그가 실행한 일에 대한 우리의 '과장된' 검토(Our Exagmination Round His Factification for Incamination of Work in Progress)』(파리, 셰익스피어 앤드 컴퍼니, 1929)에 다른 저자들의 글과 함께 실렸다. 본문에서 언급된 "'진행 중인 작품'을 변호하고 현양하려는 마음에 1929년 조이스 자신이 요청하여 작성된 텍스트들"이란 바로 이 희한하고 도발적인 제목의 글 모음집을 말한다.

건 그렇지. 다만 유감스러운 점이 있다면 "맹목적일뿐더러 상당히 일관성이 결여된 모방"과 스승과 동일한 유형의 저 "가증스럽고 부적절한 꾸밈"이라 할 것이다. 베케트 자신이 자신의 첫 텍스트들을 보내는 길에 예고한 바가 있다. "저로서는 이 글에 저만의 체취가 배어들게 하려고 무척 애썼지만, 그럼에도 불구하고 이것이 조이스에게 피해를 입히리라는 점은 확실합니다"라든가 "맹세컨대 죽기 전에 반드시 J. J.로부터 벗어날 것입니다. 예, 그럴 것입니다." 이 시기 내내 그는 자기 말들의, 자기 말이라는 질료의 불행을 찾아서, 혹은 불가능한 언어, 박탈당한 자의 언어라는 자신만의 언어를 찾아서 더블린에서 파리로, 또 런던에서 함부르크로 떠돌아 다닌다. 그리고 그로 인해 말 그대로 병자의 상태에 빠지고 만다. 드디어 자신의 불행을 발견하기에 이를 때, 그때 그는 고요한 원동력을 발휘하며 그 안에 정착하리라. 그리고 전과 전혀 다른 목소리, 마침내 찾은 자신만의 목소리가 낯선 언어, 자기자신에게 낯설어지는 것 외에 달리 방법이 없는 언어 속에서 들려오도록 하리라. "바로 이것이로구나, 너절함아, 내 곁에 자리 잡으려무나, 무너짐아, 그래서 더 이상 어느 누구도, 떠나야 할 세계도, 도달해야 할 세계도 문제가 되지 않도록, 그래서 세상들이, 사람들이, 말이, 불행이, 그러니까 불행이 다 끝나버릴 수 있도록."* 어떤 이들은 단테

---

* 『단편들 그리고 아무것도 아닌 텍스트들』(미뉘, 1955) 중에서.

를 따라 모국어만이 언제나 머릿속에 제일 먼저 떠오르는 유일무이한 언어, 언제나 본질적인 언어라고들 말한다. 혹은, 파울 첼란(Paul Celan)을 좇아 사람은 오직 자신의 모국어 안에서만 진실을 말할 수 있다고들 한다. 그들은 모두 낯선 언어 속에서 시인은 거짓말을 한다고 말한다. 그러나 우리는 때로 배신만이 진실을 말하는 유일한 방식임을 안다. 그렇다면 진실은 배반자라고 보아야 하리라. 오욕을 "명예로운 자격의 하나"로 만들어주는 것들 중 하나가 그것이다. 1937년 10월에 친구인 토머스 맥그리비에게 그런 말을 한 사람은 베케트 자신이다. 자기 조국에 대해, 자신의 언어에 대해, 요컨대 자기 어머니에 대해 배신자가 되는 것. 저것, 저 차갑고 푸른 눈 때문에, 그 치명적인 불투명성 때문에 죽고 싶지 않다면, 그 사랑의 과잉에 치어 죽고 싶지 않다면 말이다. 마땅히 배반자가 되어야 한다.

언어만 있는 게 아니다. 문체만 있는 게 아니다. 문제가 된 것엔 구두도 있다. 사뮈엘 베케트가 조이스를 흉내 내어 작은 에나멜 구두를 신고 다녔으며 그로 인해 지독히 고생을 했다는 얘기가 있다. "저속한 전기 중심주의에 빠지지 않고 오직 작품에만 귀착하고자" 고심하던 한 주석가는 「고도를 기다리며」에서 에스트라공이 너무 작은 신발 한 짝 때문에 발 아파하는 장면에 주목하고 그 대목에서 극작법의 인과관계를 설정하려 했다. 그에 의하면 그 부분이 작품의 주제에 대해 많은 것을 말해준다는 것이었다. 그로부터 여러 해가 지난 후, 이미 노랗게 바랜 조이스의 사진 한 장을 주의 깊게 들여다보던 베케트가 담담하게 한 말은 막상 이것이다. "조이스는 손발이 작았지."

어느 날 저녁의 뮤직홀. 무대, 의자들, 바닥, 심지어 입석 공간에 이르기까지 모든 것이 중앙의 커다란 조명에 의해 강렬하게 빛난다. 그림자나 그늘진 구석을 단 한 치도 허용하지 않는 눈멀듯 막강한 빛이 비할 데 없이 무미건조한, 그러므로 가장 효율적인 무대 디자인을 뚜렷이 부각시킨다. 그 무대 위에서, 이후 영원히 명성을 떨치게 될 연극의 등장 배우들이 서로 중절모를 주고받는다. 하나가 모자를 집어 가려는 다른 하나의 수중에 놓인다. 동시에 그 다른 하나도 제 머리에서 모자를 벗겨 가는 처음 하나의 손아귀를 벗어난다. 이 동작이 실시될 때마다 작은 북소리가 울린다. 처음 시작은 아주 느리다. 상대방이, 모자를, 집어 간다, 동시에 상대방으로부터, 모자를, 집어 온다, 북이 울린다. 그러나 이어지는 속도는 점점 빨라진다. 마치 보이는 건 동일한 한 개의 모자가 왔다 갔다, 내려갔다 올라갔다 하는 광경이라고 믿을 정도다. 그만큼 바꾸는 속도가 빠르다. 온다, 간다, 집어 간다, 동시에 집어 온다, 오는 동시에 뺏긴다, 가는 동시에 뺏어 온다… 북소리는 아예 단 하나의 울림 같다. 모자를 주고받는 이 전 과정은 어찌나 능란한지 견딜 수 없을 정도다. 관객들은 일체의 필연성과 절대적으로 분리된 채 최대치의 기량을 발휘하는 이 스펙터클 앞에서 숨을 죽이고 만다. 그들이 접한 것은 사유의 대단히 비상한 자기 수행인 것이다. 베케트는 어느 날 저녁 공연을 보러 왔던 사람들이 다음 날 다시 들르고, 그것도 모자라 그다음 주에 두 차례 더 찾아오는 것을 목도했다. 그는 거의 20년이 지나고 나서 『몰로이(Molloy)』를 쓸 때에도 불굴의 정확성을 지닌 예의 사소한 기교들에 변함없이 마음을 쏟는다. "외투의 오른쪽 주머니에서 돌멩이 하나를 집어 입에 넣은 다음, 그것을 대신하여 외투의 오른쪽 주머니에 바지 오른쪽 주머니 속의 돌멩이 하나를 넣고, 그것을 대신하여 그 자리에 입에 넣고 빨았던 돌멩이를 넣는다."

작은북 울리는 소리. 그다음 심벌즈 소리. 점점 더 빨리. 아무런 보람 없이. 끊임없이 계속. 그 외 다른 환상이라곤 눈곱만큼도 없이.

알베르토 자코메티(Alberto Giacometti)는 결코 말수 적은 사람은 아니었던 듯. 오히려 수다스러운 편이어서 당신을 붙들고 내리 몇십 시간은 대화를 나눌 수도 있을 사람이었던가 보다. 하지만 그의 사진들을 보면 그걸 어떻게 짐작하고 알아차릴 수 있을까 싶다. 그를 잘 알고 있던 사람들이 남긴 사소한 증언이 없었더라면 우리 머릿속에 떠올랐을 영상은 십중팔구 고운 석고 가루를 뒤집어쓴 말수 적은 자코메티와 화강암처럼 단단한 베케트가 1930년대의 바에서 만나 야간의 몇 시간 동안 무시무시한 두 종류의 침묵을 한데 섞고 있는 장면쯤이었으리라.

좀 더 나중에, 그들의 얼굴 사진은 실제 그들이 어떠 했는가를 확인시켜준다. 힘과 강렬한 아름다움에 관한 한 동질적이면서도 서로 반대편에서 상대방을 보완해주는 관계, 말단부까지 거칠게 깎아낸 듯한 공통의 윤곽선. 정 확한 입체감이라든가 자신들의 남다름에 대한 오만한 자 의식은 말할 것도 없다. 재와 먼지, 그리고 여기저기 널린 하얀 돌이나 흰 종이처럼 제거를 통해서 작업이 진행되 는 것들에 대한 취향도 같다. 게다가 자코메티가 그린 베 케트의 초상이 따로 존재하지 않는 것은 아마도 베케트가 천연 상태에서 이미 자코메티에 의해 그려진 것이나 다를 바 없는 얼굴에 도달해 있었기 때문이리라. 그게 아니라 면 그저 자코메티가 베케트에게 모델이 되어 달라고 부탁 할 엄두를 내지 못했던 것이었던가. 감히 부탁하지도 않 고, 굳이 그러고 싶은 마음도 없고… 상호적인 이끌림 혹 은 공통된 망설임이 낳은 결과이리라. 확실한 것은 전쟁 이 끝나고 난 시절에 그 둘이 잘 어울려 다녔고, 밤에 이 리저리 돌아다니다 다시 마주치기 일쑤였으며, 술도 같이 마시고 친구도 함께 나눴다는 점이다.

1933년 6월에 알베르토 자코메티의 아버지가 죽는 다. 1933년 6월에 사뮈엘 베케트의 아버지가 죽는다(그토 록 선의와 힘이 넘쳐나더니, 사람들 앞에선 그렇게 호탕 하고 아내 앞에선 그렇게 움츠러들더니, 유쾌한 표정으로 장담하거나 감탄하거나 산울타리 담장을 펄쩍 뛰어넘던

68

그 아버지가 죽다니). 같은 해 같은 달 두 사람은 각기 자신들이 그토록 사랑하던 아버지를 잃는다. 물론 당시 그 둘이 그에 관한 이야기를 서로 나눴을 리 없다. 당시 그들은 서로를 알지 못했으니까. 하지만 베케트에게나 자코메티에게나 자갈돌 하나만큼 눈물 한 방울을 닮은 건 없다. 그리하여 그 1933년의 여름 저녁 몽파르나스 대로의 두 사람은 추상이 위무의 형태 중 하나라는 생각에 제각기 도달할 수 있었다.

"정말로 추상적인 조각을 해본 적 있어?" 1960년대 초반에 제임스 로드*는 자코메티에게 그런 질문을 던졌다.

"한 번도 없어. 1934년에 커다랗게 「입방체(Cube)」를 제작했던 일 빼고는. 게다가 그때도 사실 나는 그것을 일종의 머리라고 생각하고 있었네."

1933년 6월에 그가 어렵사리 착수한 이 예외적인 대형 「입방체」에는 죽은 아버지의 머리라는 비밀이 숨겨져 있다. 그리고 자코메티가 그 상실의 형태를 석고 덩어리 속에서 찾고 있을 때 베케트는 같은 것을 말 속에서 찾고 있었다. 그 둘은 동일한 것을 목표로 모색을 거듭하고 있었던 것이다. 그들은 사유와 대상을 분리하는 거대한 공간을 어떻게 재현할 것인지, 그 길을 알고자 한다. 작가는 그 공간을 "그것이 원한으로 가득한 것인지, 향수 어

* James Lord(1922–98). 미국 태생의 작가. 프랑스에서 다년간 활동했으며 레지옹 도뇌르 훈장을 받기도 했다. 그가 쓴 『자코메티의 초상(A Giacometti Portrait)』(1980)은 그의 친구였던 자코메티에 관한 한 가장 권위 있는 책으로 정평이 나 있다.

린 것인지, 아니면 단지 우울한 것인지에 따라 일종의 무인 지대(no man's land)로, 가령 다르다넬스해협 같은 것으로, 또는 텅 빈 것으로" 나타낼 수 있다, 고 베케트는 진술한다.* 빈 것의 형태(forme du vide). 또는 사라진 사물들을 위한 묘비. "따라서 두개골 어둠 속에서 홀로 끝나기 위해 목도 윤곽도 없는 텅 빈 구멍 그냥 상자 어둠 속 마지막 장소 텅 빈 구멍."** 때로 그는 그것을 질서를 정돈하는 하나의 형태라고 부르기도 할 것이다. 혹은, 달린 손조차 없이 움직이지도 일어서 있지도 못하는 형태라거나 (아니면) 움직임 속에서 유지되는 형태, 계열들의 반복과 변이로부터 태어나는 형태라고 부르기도 할 것이다. 추상. 분리. 그리고 마침내 상실은 위로받는다.

한참 세월이 흐르고 난 후 뉘앙스와 악절과 "배음(倍音)을 가려듣는" 인간, 형상화의 인간이라 해야 할 로제 블랭***은 이렇게 지적한다. "그 지극히 선명한 구획들이라든가 기하학적 구분 또는 음악적인 기하학과 같은 특

---

* "소통선의 단절(the rupture of the lines of communication)"이 예술가와 "사물들의 세계(the world of objects)" 사이에 "무인 지대나 다르다넬스해협, 또는 텅 빈 공간(no-man's land, Hellespont or vacuum)"을 남긴다는 베케트의 생각은 「최근의 아일랜드 시(Recent Irish Poetry)」(「소편(小片)들: 잡문들 그리고 연극적 단편 한 편[Disjecta: Miscellaneous Writings and a Dramatic Fragment]」, 루비 콘[Ruby Cohn] 편집, 칼더, 1983, 70-6쪽)에서 확인할 수 있다. 나탈리 레제가 「밝혀두기」에서 명시했듯이 1934년에 베케트는 이 텍스트를 「더 북맨」지에 앤드류 벨리스라는 가명으로 발표했다.
** 베케트의 단편 「다시 끝내기 위하여」 세 번째 문장.
*** 배우 겸 연출가 로제 블랭(Roger Blin, 1907-84)은 베케트 작품 여러 편 ─「고도를 기다리며」(1953, 1961), 「마지막 승부」(1957), 「마지막 테이프」(1960), 「오 행복한 날들」(1963) ─ 을 무대에 올렸다. 1961년 공연된 「고도」 무대 장식은 자코메티가 담당했다.

성에 근거할 때, 베케트는「마지막 승부(Fin de partie)」를 몬드리안의 그림처럼 여기고 있었던 듯하다. 연습 때 나는 그 점에 좀 반대했다. 그로 인해 그와 나 사이에는 얼마간 열띤 토론이 벌어졌다."

1933년. 고통의 혼돈을 갈무리하기 위해 지나간 한 해. 입방체와 함께 흘러간 한 해. 빈 것에 관해 생각하며 보낸 한 해. 베케트와 자코메티는 제각기 말없이 바 한구석에 자리 잡았다. 그들은 술을 마시면서 여자들을 바라보았다. 자코메티는 이런 말을 할 수 있었다. "여자들에게서 마음에 드는 점이 있다면, 아무 데에도 소용이 없다는 점이야. 그냥 거기 있으면 그걸로 그만인 거지." 한편 베케트로 말하면, 그는 여자들을 쳐다보며 아무 말도 하지 않았다.

그들은 그로부터 15년 후에야 서로를 알게 될 것이다. 1933년 6월의 그들은 각기 혼자서 무덤의 검은 침묵 위로 몸을 굽히고 있었을 따름이다.

그는 페트라르카를 읽는다. "사람들이 말하기를 우울에는 여러 종류가 있다고 한다. 어떤 우울한 이들은 돌을 던지지만 또 다른 이들은 책을 쓴다. 글을 쓰는 것이 후자에게는 광기의 시작이지만 전자에게는 그것의 끝이다."

보르헤스가 처음으로 텍사스 오스틴 주립 대학교에 방문했을 때, 인문학 연구소장은 관내에 소장되어 있던 매우

71

아름다운 수고본 몇 편을 그 앞에 내놓았다. 호르헤 루이스 보르헤스(Jorge Luis Borges)는 마치 작품을 들이마시기라도 하려는 듯 심호흡을 하며 방금 소장이 지극히 조심스런 동작으로 테이블에 올려놓은 『와트(Watt)』의 수고 여섯 권 중 첫 권을 천천히 열었다. 마분지 상자 속에 보관된 이 특별할 것 없는 종이 뭉치를 두고 문서 보관소 직원 누군가는 가식적인 과장과 진짜 감정을 가려내기 힘든 감상평 한 마디를 남겼더랬다. "이건 마치 어둠 속에서 빛을 발하는 세속의 유물 같군요." 사뮈엘 베케트가 아직 사뮈엘 베케트이기 전에 쓴 이 대상 없는 탐구에 대한 소설, 체계와 착란의 책, 서사의 쇠진에 관한 위대한 오르가논(organon) 연구법의 육필 원고를 보기 위해 전 세계의 연구자들이 몰려들었던 것이다.

　　연구소장은 1941년에서 1944년 사이에 쓰여진 그 수고 노트들을 내놓으면서 그날의 초대 손님과 비슷하게 서가에 보관된 육필 원고들을 대양에, 『와트』의 원고를 흰 고래에 비유할 생각을 했다. 후에 그 비유를 사용한 이는 소장이 아니라 보르헤스 자신이라고 주장하고 나선 사람도 있기는 하다. 그는 자신이 그 장면을 직접 목격하기라도 한 듯 작가가 조심스럽게 그 여섯 권의 작은 공책 겉장들을 더듬으며 『모비 딕(Moby Dick)』의 몇 구절을 읊었다고 전했다. "내게 커다란 충격을 안기는 동시에 그럼에도 치명적이다시피 침착한 상태에 놓이도록 만드는 그것은 과연 무엇인가? 정작 나는 늘 그것을 고대하고 기다려

온 터인데. 미래의 사물들이 내 앞에서 마치 공허한 형태와 뼈다귀들처럼 떠다닌다. 과거는 전부 유령이 되고 말았구나!" 그러나 오늘날 우리는 당시 상황이 전혀 그렇지 않았으며 다만 소장만이 자신의 관장하는 광대한 수집본들에 대해 한마디 코멘트를 남겼을 뿐이라는 사실을 알고 있다. 아무려면 어떠랴. 그날 문서 열람실에 모여 있던 사람들은 서로를 평소보다 훨씬 더 가깝게 느꼈을 것임에 틀림없다. 그들은 베케트의 수고를 내놓기 앞서 보르헤스가 대단히 사랑하는 시인들인 보들레르나 포, 월트 휘트먼(Walt Whitman)의 원고도 그 앞에 가져다놓은 참이었다. 이제 차례가 지난 그 종이 뭉치들은 테이블 위에서 평화롭게 쉬고 있는 커다란 몸뚱이처럼 보였다.

보르헤스는 첫 번째 공책 위로 몸을 굽혔다. 그의 가까운 벗 하나가 그 곁에 붙어 서서 베케트의 가는 필체를 해독해나갔다. 그녀는 여백에 빼곡히 들어찬 그림과 도식, 그래프와 계산식이라든가 어느 한 부분에는 색깔이 사용되었으며 다른 쪽에는 이리저리 삭제 선이 그어져 있다는 점 따위도 일일이 묘사했다. 담당 관리자가 베케트가 이 원고를 쓸 무렵의 특별했던 상황을 설명하기 시작했다. 그는 베케트가 점령기 프랑스를 이리저리 헤치며 도망 다녀야 했던 일을 이야기하며 작가가 "41년 2월 11일 화요일 저녁의 시작"이라고 적어 원고 갈피에 끼워둔 작은 종잇장을 좌중에게 보여주었다. 그러면서 『와트』의 글쓰기가 그렇듯 스스로의 자취를 기입하는 데에 수고를 기울일 뿐 역사와 눈물, 두려움에 관해서는 아무런 흔적도 남기고 있지 않다는 사실에 회중의 이목을 집중시켰다. 아무런 흔적도 — 다시 말해 1941년 8월 파리에서 유태인 친구들이 체포된 사실에 대해서, 9월에 레지스탕스에 가입한 일에 대해서, 영국군에게 독일군의 포진 정황을 알리기 위해 몇 주 동안 남몰래 정보 수집 및 번역 임무를 맡았던 것에 대해서 그것은 아무런 언급도 남기지 않는다. 원고는 분명히 있었을 은밀한 접촉들에 대해서도, 1942년 8월 15일 한 비열한 배신자가 그들의 연락망을 누설한 사실에 대해서도 일절 암시하지 않는다. 그 뒤를 이어 줄줄이 이어진 체포와 처형에 대해서도, 마르셀 뒤샹(Marcel Duchamp)의 여자 친구 메리 레이놀즈(Mary Reynolds)의 도움으로 쉬잔과 함께 파리를 빠져나온 뒤 나탈리 사로트(Nathalie Sarraute)가 제공한 은신처에 몸을 숨긴 일도(사로트는 그로부터 오랜 시간이 흐른 후, 푸른색 벨벳을 씌운 자신의 소파에 앉아 위스키를 홀짝이며 반은 수줍고 반은 조소하는 듯한 태도로 당시 일을 회상했다), 이후 쉬잔과 함께 천신만고 끝에 루시용에 다다를 때까지 갖은 방식으로 그들을 원조한 (종종 이름 없는 형태로 행해진) 인간애에 관해서도 역시. 베케트는 보클뤼즈 지역의 이 작은 시골 마을에서 해방이 될 때까지 쉬잔과 함께 머물렀다. 그리고 그 기간에 소설의 세 번째 노트에 해당하는 원고를 완성하였다. 그리고 네 번째 노트의 맨 앞장 백지에 "불쌍한 조니 / 와트 / 루시용"이라 써넣었다. 그는 그런 식으로 1944년 12월이 될 때까지 영어로 꾸준히『와트』의 집필을 이어갔다. 마침내 육필 원고가 945장에 달했을 때 그는 다시 짐을 꾸리고 떠날 채비를 했다. 이 소설을, 전후 모든 영미권 출판사들은 거절하였다. 전쟁기를 거친 이야기치곤 생생함이 부족하다는 이유였다. 어떤 이들은 이 텍스트에 대해 "가히 환상적인 정신의 생명력, 지나치다 싶을 정도로 능란하게 전개되는 형이상학적 경향, 그리고 대단히 빼어난 필력"을 보여준다는 의견을 내놓기는 했으나 어쨌든 모두들 작품을 반려했다. 그럼에도 불구하고, 공허의 가장자리에서 스스로를 세워 유지하려는 사유의 집요성을 묘사하는 바로 그 일을,『와트』보다 더 잘해내기란 어렵다.

보르헤스는 수고 중 어떤 페이지들의 왼쪽 여백을 잔뜩 메우고 있는 도표와 확률 식들을 한 번 더 묘사해달라고 요청했다. 그것들이야말로 베케트로 하여금 양말이나 스타킹 한 짝이 장화나 구두 또는 실내화 한 짝과 결합할 수 있는 기본 경우의 수 전부를 그것들이 오른발에 신겨지느냐 혹은 왼발에 신겨지느냐에 따라 엄격하고 남김 없이 추적할 수 있도록, 순환적 치환을 적용하여 하나의 방에 가구들을 배치할 수 있는 모든 방법을 짚어가도록, 출발지이자 결국 도착지이기도 할 네 개의 점 사이에 성립 가능한 서른여섯 가지 도정을 누락이나 반복 없이 치뤄내도록 허용해준 것들이 아닌가. 보르헤스는 만년필을 꺼내 "비지셀티스 가의 수학적 직관"에 관한 논문 심사를 맡은 지원금 운영 위원회 동료 위원들의 각종 자세가 열거되는 대목을 도표의 형태로 옮겨 그렸다.* 넋이 나갈 듯 황감해하는 보관소 직원들의 물기 어린 시선 아래에서 보르헤스가 작성한 도표는 완벽한 오각형의 별 모양을 이루고 있었다. 이어 그가 로트레아몽을 인용하기 시작했다. "오 신성한 수학이여, 그대의 영원한 교섭에 의해 인간의 심술궂음과 위대한 전지자의 부당함으로부터 내 남은 날을 위로해 주겠는가!" 그는 또 『와트』가 위대한 위로와 기도의 작품이라고 덧붙이며, 질서와 균형이 무한으로 이끌리는 가운데 미완의 형태로 끝나는 소설의 종결 부분을 읽어달라고 부탁했다. 그 대목은 이렇다. 서로 교차되는 시선들에 관한 마지막 열거가 끝나갈 즈음, 그 마지막 시선들 중 맨 마지막의 것이 문득 지평선을 향한다.** 그러

* 베케트의 어떤 작품이 상식적인 수준의 줄거리와 사건을 담고 있을까. 1953년 발간된 『와트』 역시 기묘한 소설이다. 이 소설은 내용에 있어서나 문체에 있어서나 수학적 언어와 개념에 대한 베케트의 관심이 크게 반영되어 있기도 하다. 해당 에피소드는 아서란 인물이 와트에게 들려주는 상당히 긴 시퀀스에 등장한다. 아서의 친구 어니스트 루이트란 사람이 "비지셀티스 가의 수학적 직관"이라는 주제의 논문 연구를 위해 보조금을 탄다. 그리고 그 비용을 대준 위원회 앞에서 자신의 연구 결과를 검증하기로 한다. 그런데 그러기 위해서는 발표에 앞서 다섯 명의 위원들이 각기 한 번도 겹치지 않은 채, 또 한 사람도 빠짐없이 서로를 쳐다볼 수 있어야 한다. 이론적으로는 이들이 스무 번의 시선만 교차하면 되지만, 실제 상황은 그렇지 않다. 정해둔 규칙 없이 빠른 시간 내에 다섯 명이 서로를 바라볼 경우 그들의 시선은 끊임없이 이리저리 엇나가거나 중복되기 때문이다. 본문에서 보르헤스가 도표화했다는 내용은 이 묘사 부분을 가리킨다.

** 프랑스어판 『와트』(이 판본은 1968년 미뉘에서 출간됐으며, 뤼도빅 장비에[Ludovic Janvier]와 아녜스 장비에[Agnès Janvier]의 번역은 작가 자신의 협조하에 이루어졌다)를 참조하여 우리말로 옮기면, 문제된 대목은 다음과 같다. "놀런 씨는 케이즈 씨를 쳐다보았고, 케이즈 씨는 놀런 씨를, 고먼 씨는 케이즈 씨를, 고먼 씨는 놀런 씨를,

76

더니 그것은, 베케트의 서술에 의하면, "자기 앞을 직시한 채, 텅 빔의 한가운데에서, 자연의 매혹에, 하늘이 광활히 미끄러져 산에 가닿는 광경에, 산이 광활히 미끄러져 평원에 가닿는 광경에, 아침부터 저녁까지 꼬박 길을 간다 할지라도 만나기 힘들 저 동트는 하루의 보기 드문 아름다움이 광활하게 펼쳐지는 광경 앞에, 아득히 눈먼 채로" 남는다. 먼눈의 보르헤스가 그 구절에 미소 지었다. 그는 원고가 기록된 종이들을 어루만진 후 이윽고 그 작은 마지막 공책을 덮었다.

그는 수고 노트의 어느 한 면에 침묵의 분량을 계산해본다. 하루 단위, 한 달 단위, 한 해 단위로 계산하고 숫자표를 만든다. 724분의 침묵, 8만 6천 초의 침묵, 365번의 휴지, 한 해 당 2억 3천만 초의 침묵… 23초 단위의 침묵이 얼마나 있어야 총 24시간의 침묵이 되는가?

우리는 우리를 사로잡는 황홀에, 갑작스레 확신이 모습을 드러내는 그 순간들에 좀처럼 충실할 수 없기 때문에 정신의 돌이킬 수 없는 열광에 관한 이야기들을 사랑하는 것인지도 모르겠다(블레즈 파스칼[Blaise Pascal], 폴 클로

놀런 씨는 고먼 씨를, 케이즈 씨는 고먼 씨를, 고먼 씨는 다시 케이즈 씨를, 다시 놀런 씨를 바라보더니 이윽고 자기 앞의 텅 빈 공간을 쳐다보았다. 그들은 잠깐 그 상태로 머무르면서 케이즈 씨와 놀런 씨는 고먼 씨를 바라보았고, 고먼 씨는 (…)." 이하에 이어지는 것이 위 본문에 인용된 문장이다.

델[Paul Claudel], 사도 바울, 랑세*… 우리가 스스로에게 들려주는 건 항상 같은 얘기들이다). 우리가 늘 행위가 일어난 장소를 알고자 한다면(저런 기둥 아래서, 저런 외딴 길에서…), 혹은 그 행위의 궤적들을 파악하는 것을 좋아한다면(하나의 현현을 표시한 서투른 도표, 안감 속에 꿰매어 붙여놓은 꼬깃꼬깃 구겨진 종이, 또는 어떤 침묵의 밀도…) 그것은 작가의 사생활을 엿보기 위해서라기보다는 우리들에게는 도저히 허락될 것 같지 않은 어떤 신실성 — 이를테면 빛나는 계시가 있은 후 길고 어두운 길을 받아들이고 그 길의 어둠이 지닌 눈멀 듯한 광명에 스스로를 내맡기는 일 — 의 자취를 멀리서나마 따라가기 위해서이다.

사뮈엘 베케트는 자신의 작품 속에 바로 그런 종류의 황홀에 관한 이야기를 넣었다. 바람, 밤, 세차게 파도치는 바다, 등댓불의 간헐적인 깜박임, 그리고 진실의 작렬 등, 회심의 전율적인 속성들을 남김없이 보유하고 있는 저 유명한 이야기가 바로 그것이다. "정신적으로 그보다 더 어둡고 가난할 수는 없을 한 해를 보내고 마침내 그 기념비 같은 3월의 밤이 왔다. 방파제 끝에서 돌풍과 함께

---

* Armand-Jean Le Bouthillier de Rancé(1626–700). 무릇 성인과 심오한 신앙인들의 일생이 그렇듯이, 랑세의 생애 역시 방황과 계시, 그리고 전적인 회심의 과정을 담고 있다. 그는 라트라프의 시토(Citeaux)회 수도원을 개혁, 부흥시키면서 엄격한 고행과 극단적 청빈을 강조하는 트라피스트 수도원을 세웠다. 이 수도원은 찬송을 부를 때 이외에는 완전한 침묵을 실천하였다. 랑세에 관한 아름다운 텍스트로는 샤토브리앙이 쓴 『랑세의 생애(Vie de Rancé)』(1844)가 있다.

일순간 모든 것이 내게 환하게 밝혀진 일을 나는 결코 잊지 못하리라. 드디어 나는 본 것이다." 그리고 "— 거대한 화강암 바위와 등대 불빛 속으로 솟아오르는 거품, 프로펠러처럼 빙글빙글 도는 풍속계, 그와 더불어 마침내 나 자신이 항상 악착같이 눌러 막으려 했던 어둠이야말로 실은 나의 최선임이 내게 선명하게 드러났다." 뿐만 아니라 "— 마지막 숨이 멎을 때까지 결코 파기할 수 없을, 폭풍과 밤과 깨달음의 광명의 결합"도. 말하는 이는 베케트가 아니라 1958년 작 '마지막 테이프'에 녹음된 오래전 젊은 시절의 자기 목소리를 다시 듣는 크랩이다. 비록 화자가 베케트 자신은 아니지만 몇몇 가까운 이들이 질문을 던졌을 때 베케트는 이 이야기의 자전적 양상을 결코 부인하지 않았다. 다만 그는 해당 장소가 비바람 치는 부둣가가 아니라 어머니의 방이라고 밝혔다. 1945년 여름 동안 그는 어머니의 집에 들러 그녀 곁을 지키며 간호했었다.

그는 어머니의 방에 머무르고 있다. 그런데 느닷없이 바람이 불고 폭우가 쏟아지며 번개가 친다. 그것이 지나고 나니, 그는 안다. 사물들에 관한 일반 지식을 알게 되었다는 것이 아니다. 반대로, 얻은 그것은 자기 자신에 관한 아주 비좁은 지식이다. 이제 자신이 해서는 안 될 것이 무엇인지 자꾸 곱씹는 일(조이스처럼 하지 않는다, 그렇게 하지 않는다, 않는다…)이 끝난다. 대신, 죽어가는 어머니의 방에서 둥글고도 단단한, 마치 한 개의 돌멩이 같은 말이 떠오른다. 받아들이다(consentir). 자신의 취약함

79

을, 어리석음을, 한계를 받아들이자. 찰나의 계시. 언제 왔었던가 싶게 지나가는 빛. 그리고 그다음에 이어지는 길디긴 어둠에의 순명(順命).

그는 어머니를 팔에 안는다. 마치 아이를 안듯이 어머니를 품에 꼭 껴안는다. 부서진 어머니, 마침내 무장 해제된 어머니. "출구 없는 어린 시절 그토록 파랗고, 나를 놀라 꼼짝 못 하게 하고, 마치 내 가슴을 찢을 것 같았던 어머니의 두 눈을 살펴본다 (…) 내가 처음으로 제대로 쳐다보는 눈이다. 나는 이것 외에 다른 눈을 보고자 연연해하지 않는다. 사랑하고 울기엔 이 눈만으로 충분하다." 그는 어머니를 팔에 감싸 안는다. 그러모은 두 손으로 어머니를 송두리째 안는다. 어머니를 데려다 보호한다. 그는 글을 쓸 수 있다.

이제 그는 이리저리 다니는 일을 중단하고 자기 자신의 방에 틀어박힌다. 파리 파보리트 가에 위치한 작은 스튜디오. 1938년 이후로 그는 그곳에 거주해왔으며 1961년까지 그곳을 뜨지 않을 것이다. 그 8층 방에서는 몽파르나스 역으로 이르는 철도가 보인다. 모든 작가들은 저마다 하나의 방에 스스로를 유폐한다. 때때로 그 방은 카페의 형태를 띠거나 여객선, 또는 강가 오솔길의 형태를 지닌다. 그곳을 작업실이라거나 집필실이라고, 하다못해 확성기*라고 부를 수도 있으리. 어쨌든 그것은 언제나 방이다. 베케트는 방에 처박힌다. 그는 다시 한 번 쥘 로맹을 읽어 본다. "나는 들어서야만 하리 / 내 생각 아래의 피신처로 / 혼자 머무르는 나의 방으로." 자기 생각 아래의 피신처에서 베케트는 1947년에 『몰로이』를, 1948년에 『말론 죽다』를, 1949년에 『이름 붙일 수 없는 자』를, 그리고 1947년에서 1949년 사이에 「엘레우테리아(Eleutheria)」와 「고도를 기다리며」를 연달아 쓴다. 뿐만 아니라 그 외 여러 편의 단편과 시, 「아무것도 아닌 텍스트들(Textes pour rien)」도 쓴다.

한편에는 작가의 황홀, 그리고 방 속의 은둔과 글쓰기를 향한 몰입이 있다. 다른 한편에는, 마치 그 짝패처럼, 지하철 안에서 모르는 이의 원고를 읽다 그에 매료된 한 출판사 편집인이, 라 모트-피케-그르넬 역 즈음에서 그가 터뜨린 얕은 기쁨의 탄성과 새로운 발견에 대한 확신이 있다. 이 편집자는 자신이 하마터면 『몰로이』의 원고를 역의 승강기 안에 놔둘 뻔했으며, 그다음엔 자신이 방금 읽은 원고에 대해, 텍스트를 통해 이뤄진 그 우연한 만남에 대해, 그리고 그 발견물의 주인이 오직 자신만이라는 사실에 대

---

* gueuloir. 확성기 또는 (고래고래 소리 지르는) 주둥이. 아마도 이는 플로베르의 집필 방식을 암시하는 대목일 것이다. 플로베르는 자신이 쓴 글을 큰 소리로 읽어봐야만 잘못된 곳이나 제대로 되지 않은 부분을 가려낼 수 있다고 보고, 실제 그런 식으로 원고를 수정했다. 그 스스로 이러한 작업 방식을 확성기라 불렀다.

해 혼자 만족해 웃지 않을 수 없었다는 이야기를 직접 들려주기도 했다. 이것이 이른바 프랑스 출판 역사의 황금 신화에 해당하는 에피소드다. 1950년 10월의 그날에 지하철을 이용하던 한 줌의 승객들은 자신들이 알지도 못하는 사이에 제롬 랭동이라 불리는 어느 듣도 보도 못한 사내가 지극히 확고한 제롬 랭동 바로 그 사람으로 확연히 변신하는 과정에 참여한 셈이었다.* "오늘날의 미뉘 출판사가 있게 된 데에는 사뮈엘 베케트에게 빚진 바가 크다. 특히 바로 그날의 발견이 그랬다. 그날 이전에는 아무 일도 일어나지 않았고, 이후로 일어난 모든 일들은 전부 그날로부터 말미암은 것이니까."

그전까지 랭동에 대한 사람들의 평은 이랬다. 그냥 스물여섯 살짜리 선멋 든 애송이로 좀 더 엄격한 인상을 풍기고자 제 볼살을 일부러 안쪽으로 들이밀고 다닌다, 순전한 우연 아니면 계산속에 의해 그 자리에 들어앉혀진 응석받이 어린애다, 무슨 출판사를 꼬맹이에게 장난감 전기 기차 안기듯이 넘겨주었는고…. 그러나 이 책과 더불어 그는 프랑스의 출판인 중 가장 중요한 한 명이 된다. 장 폴랑(Jean Paulhan)은 랭동에게 이렇게 쓴다. "『몰로이』건에 갈채를 보냅니다! (…) 바로 그 책으로 귀사의 위

---

* Jérôme Lindon(1926–2001). 프랑스 미뉘 출판사(Les Éditions de Minuit)의 대표였다. 베케트를 위시하여 로브그리예, 뒤라스 등의 이른바 누보로망과 실험적이고 전위적인 작품들을 발굴해 오늘날 우리가 알고 있는 이 출판사의 성격을 구체적으로 세웠다.

상은 결정된 겁니다."

그러나 시작은 힘들었다.『몰로이』694부, 이어 나온
『말론 죽다』241부, 1953년에『이름 붙일 수 없는 자』476
부. 1951년의 프랑스에서는 241명이『말론 죽다』를 샀다.
241명의 사람들이 그 책을 펼치고 이런 식으로 말문을 여
는 목소리를 들었다. "어쨌든 머지않아 나는 마침내 완전
히 죽게 될 것이다."

정확히 밝혀둘 사실 한 가지. 랭동은 1947년부터 출
판을 시작하였으며 당시 베케트가 전혀 알려지지 않은 인
물은 아니었다. 1946년 5월에 시몬 드 보부아르는『레 탕
모데른』지에 프랑스어로 쓴 그의 첫 번째 텍스트인「계속
(Suite)」*을 실어주었다. 그러나 그녀는 작가가 그 단편의
2부이자 진정한 완결부에 해당한다고 판단한 원고의 게
재를 거절하였다. 이에 베케트는 보부아르에게 격렬한 어
조의 편지를 보낸다. "당신은 저에게 말할 권리를 준 후
그 말이 미처 무언가를 의미하게 되기도 전에 그것을 거
둬갑니다. 하나의 삶이 자기 해결책을 제시하려다 말고
그만 그 문턱에서 멎어버리도록 합니다. 이건 마치 악몽
과도 같군요." 시몬 드 보부아르에게는 아마도 글쓰기의
고뇌라는 문제를 받아들일 의향이 크게 없었을 것이다.
그녀는 "작업 안에서나 밖에서나 끝까지 방어해야 할 하
나의 불행이 있다"라는 단순하고 고집스런 단 하나의 생

---

* 이 텍스트의 제목은 나중에 'La Fin(The End)'으로 변경된다.

각만을 마치 절대적인 진리인 것처럼 되풀이해 표명하다니, 이건 베케트가 지나치게 나가는 것이라고 판단했음이 틀림없다.

베케트와 랭동. 이 둘의 관계는 상호적인 조명과 창안의 산물이라 할 수 있다. 따지고 보면 출판의 역사는 한쪽이 다른 한쪽의 이름을 빌려 움직이는 이 특별한 짝패 관계를 통해서만 이루어지는 것이다. 이는 디드로와 달랑베르 같은 친우들이 무게와 종이, 장정, 잉크, 판형 따위를 논하는 동안* 책의 출판이라는 문제를 그것을 탄생시킨 기이한 묶음 관계에 의거해 엄격히 정의한 칸트 이래로 우리가 알게 된 사실이기도 하다. "여러모로 볼 때 출판은 자기 고유의 이름을 통한 상품의 거래가 아니라 타인의 이름으로 이행하는 사업으로 간주하는 것이 타당하다고 본다." 반박의 여지 없이 베케트와 랭동, 이 둘은 칸트의 정의를 완벽히 충족시킨다. 타인의 이름으로 이행되는 이 사업이 둘 사이에서 어찌나 조화롭게 작동하였던지, 1969년 스톡홀름에서 사뮈엘 베케트를 대신해 노벨상을 받은 이는 제롬 랭동이었다.

사뮈엘 베케트가 1950년대 들어 위시에 지은 마른 강변 언덕배기의 집은 방문객을 받지 않는다. 좀 우기면 문은

* 프랑스 철학자 드니 디드로(Denis Diderot, 1713–84)와 철학자이자 수학자, 물리학자였던 장 르 롱 달랑베르(Jean Le Rond d'Alembert, 1717–83)는 1751년부터 1780년에 걸쳐 함께 『백과전서(Encyclopédie)』(35권)를 편찬하고 출판하였다.

열리기야 하겠지만, 막상 거기서 볼 수 있는 것은 아무것도 없으리라. 특히 정말로 중요한 세 가지는 절대 보이지 않을 것인데, 공허(vide), 어둑함(pénombre), 그리고 머리(tête)—지쳐서 손바닥에 기대 쉬는 머리—가 그것이다 (베케트 기념관 운영을 맡아 그것을 온전히 복원해낼 관리인이 과연 있을까? 집은 두개골의 장소, 검은 상자, 『최악을 향하여[Cap* au pire]』 몰두하기로 제 갈 방향을 잡은 이후로 글쓰기가 겪게 될 고집스런 집념[entêtement]의 자리인 것을…).

프랑스어의 교차로—몰리앵, 아베른, 보발, 제뉴, 탕크루와 같은 아름다운 이름들로 향하는 도로들이 서로 마주치는 지점에 사뮈엘 베케트는 밋밋한 덩어리 하나를 설계해 넣는다. 그리고 거기에 균형의 문제조차 따지지 않은 채 거의 아무렇게나 문 하나와 창 몇 개를 덧붙인다. 이렇게 해서 일드프랑스 지방에서 가장 아름다운 풍경 중 하나 앞에 그의 집이 마치 한 개의 차가운 입방체처럼 자리잡는다. 안락함을 이유로 섬세한 뉘앙스와 아늑한 정리 정돈에 마음을 쏟는 이들에겐 도무지 이해되지 않을 이 집은, 그의 말을 따르면 "그 주인과 마찬가지로 회색빛을 띤 벽을 가진" 멋없는 덩어리일 뿐이다. 마침내 은신이 가능해지자 그는 2마력 자동차를 몰고 와 그곳에 처박힌다. 그가 글을 쓰는 곳은 거기이다. 거기서 정원 일을 하고 걷고

* cap은 '머리'의 옛말. 그로부터 뱃머리, 선수, 곶 등의 의미가 파생되었다(46쪽 주 참조).

일에 열중하거나, 반대로 아무것도 하지 않고, 아무 말도 하지 않는다. 그는 그곳에서 "후에 돌 틈새로 풀들이 돋아나려 애쓰는 광경을 바라보며 살고" 싶다고 말한다.

그는 무례한 사람들로부터 자신의 은둔을 지켜내기 위해, 또 어쩌면 글쓰기로부터 스스로 놓여나기 위해 집을 빙 둘러 시멘트 블록 담을 쌓는다. 높고 살풍경한 벽이 마른 강가의 아늑한 구릉 쪽 조망을 완전히 막아선다. "문학 쪽으로는 계속 무기력. 펜을 들고 싶은 마음 전무. 모르타르를 반죽하거나 가시철조망을 팽팽하게 손보는 편이 더 좋다. 이런 정신 상태가 계속되어 주기만 한다면!" 그는 위시에 틀어박혀 레오파르디*의 「무한(L'Infinito)」을 읽는다. "내겐 늘 정다워라 이 쓸쓸한 산이여, / 둘러친 울타리여, 그 가두리에 / 먼 지평선은 시선에서 거의 지워지고 / 누워 바라보노라 / 울 너머 한없는 공간의 초인간적 침묵이여, / 더할 나위 없이 심오한 평온을 / 내 정신은 품나니, / 하마터면 시들고 말았을 내 마음속에" 그는 풍경을 차단하고 지평선을 막아 봉쇄한다. 그리고 하늘의 일부를 없애버린다. 그가 원하는 것은 침묵, 벽, 그리고 그 벽 안쪽에서 좀 더 잘 보기 위해 스스로를 눈면 상태로 만들어버리는 시선이다. 그는 또 마이스터 에크하르트**를

---

* Giacomo Leopardi(1798-837). 이탈리아 시인, 저술가. 『시가집(Canti)』이 대표작이다.
** Meister Eckhart(Eckhart von Hochheim, 1260-328). 독일의 철학자, 신비 사상가. 인용된 구절은 영혼과 신성의 합일 가능성을 설파하는 그의 설교 중에 나온다. 그에 의하면 영혼이 신과 내적으로 합치할 수 있으려면 심지어 신성과의 합치마저도 욕망하지 않는 완벽한 초연함과 가난함, 그리고 객관성이 주는 거짓된 충만함과 정신의

읽는다. "그럴 때 나는 이전에 나였던 바와 동일하다. 나는 믿지도 않고 믿지 않지도 않는데, 이는 내가 만물을 움직이게 만드는 부동의 원인으로서 거기 있기 때문이다." 그는 그 말을 나름대로 이렇게 푼다. "내 진흙 구덩이 속에 물러나 앉아서." 아니면, 1957년 11월 22일의 금요일처럼『이름 붙일 수 없는 자』를 번역하다 말고 메리 허친슨*에게 편지를 쓴다. "밖에는 빗속에서 마지막 남은 사탕무들을 거둬들이는 농부들이, 안에는 자신의 서푼짜리 환란 앞에서 몸서리치는 백치가 있습니다." 마찬가지로, 1984년 새해 첫날『타임스(Times)』지가 작가들을 상대로 던진 질문에 답을 보낸 것도 위시에서다. 그의 답은 이랬다. "해결책: 없음. 희망: 없음."

로제 블랭은 위시의 베케트 집이 일종의 각도 계측소(go-

헛된 자기 만족을 삶으로부터 '무화'하려는 노력이 필요하다고 보았다. 그리하여 심지어 영혼 속에 신의 자리가 들어서지 않을 정도로까지. 신의 자리가 따로 들어선다는 것 자체가 영혼과 신성을 별도로 분별하고 구분한다는 뜻이 되기 때문이다. 이 최고로 헐벗고 빈한한 침묵의 경지에서 "신과 나는 하나다. 그럴 때 나는 이전에 나였던 바이고, 그럴 때 나는 믿지도 믿지 않지도 않는즉, 이는 내가 만물을 움직이는 부동의 원인으로서 거기 있기 때문이다. 그럴 때 신은 더 이상 인간 안에 자리를 갖지 않는다. 인간이 이와 같은 가난에 의해 한때 온전히 영원이었던 자신의 상태를 획득하고 또 영원히 그렇게 남을 것이기 때문이다. 그럴 때 신은 정신과 하나를 이루며 이것이 우리가 찾을 수 있는 극단의 청빈이다."
* Mary Hutchinson(1889–977). 단편 작가. 자매 예술가 버지니아 울프, 바네사 벨 등과 함께 문학예술 서클인 블룸즈버리그룹의 일원으로 활동했으며 초창기부터 베케트를 지지했다. 생애 내내 현대 예술 운동의 후원과 확산에 힘썼을 뿐만 아니라 올더스 헉슬리나 T. S. 엘리엇 등 당대의 저명한 예술가, 문인들의 삶에 깊이 관여했던 것으로도 유명하다.

niométrique)처럼 생겼다고 말한 적이 있다. 제대로 본 말이었다. 사뮈엘 베케트는 자기의 입방체 안에 들어앉아 말들 사이의 각도를 측정하거나 온갖 모음 충돌과 생략과 반복을 조합한다. "입방체 마침내 진정한 피신처 소리 없이 뒤로 젖혀진 네 개의 벽면. 지나가는 시간은 다만 이 변함없는 꿈이었을 뿐. 지나가는 덧없는 빛은 오직 시간을 지니지 않는 회색의 공기였을 뿐." 머리를 한 손에 괴고 기하학 기호들을 발치에 놓은 채* 베케트는 끊임없이 자신을 향해 되돌아오는 끝없는 임무에 대해 숙고한다. 말들을 소진시키는 것, 그러나 그와 동시에 끊임없이 그 말들을 계속 말하는 것(1949년에 그는 다른 방에서 이렇게 쓴 적이 있다. "…계속해야만 한다, 그러므로 나는 계속하리라, 말들이 있는 한, 그것들을 말해야 하리라, 그것들이 나를 발견할 때까지, 그것들이 나를 말할 때까지, 계속 말해야만 하리라, 이상스런 고통이여, 기이한 오류여,

---

* 베케트의 우울. 도상의 역사에서 멜랑콜리(우울)를 나타내는 알레고리는 흔히 한 손으로 머리를 괸 채 시름에 잠겨 있는 모습으로 표현된다. 알브레히트 뒤러(Albrecht Dürer)의 『멜랑콜리아 I(Melencolia I)』(1514)이 대표적. 장 폴 사르트르(Jean Paul Sartre)의 『구토(La Nausée)』(1938) 표지화로 사용된 것으로도 유명한 (사르트르가 이 소설을 쓰면서 애초에 염두에 두었던 제목 또한 바로 '멜랑콜리'였다) 이 동판화는 '큐브'를 비롯한 갖가지 기호와 상징들의 한가운데서 머리를 한 손으로 괴고 일종의 무기력에 ─ 상술하자면 그저 태생이 게을러서가 아니라 높은 이상에 도달하고자 하기에 오히려 그러지 못하는(못할까 봐) 슬픔에 ─ 빠져 있는 상태를 전한다. 고래로 지식인과 예술인의 증상으로 치부되는 멜랑콜리에 관해 짧고도 제대로 된 길잡이를 제안하려면 조르조 아감벤(Giorgio Agamben)의 『스탄체 ─ 서구 문화 속 말과 환상(Stanze ─ La parola e il fantasma nella cultura occidentale)』(1981)에 삽입된 우아한 텍스트를 들 수 있겠다.

계속해야만 하리라…"). 침묵을 말의 끝이 아니라 그 안에서, 말들의 한가운데에서, 칸딘스키 식으로 말하면 '기하학적 점'이라고도 부를 수 있을 접속 및 운각(scansion)의 지점 — 요컨대 이 "침묵과 말의 궁극적이며 유일한 결합" — 에서 찾아내려는 미친 사명. 그리하여 그는 고집스럽게 그 길을 간다. 집 안에 틀어박혀 언어에 매달린다. 그리고 경계 없이 무한한 것에 끈기 있게 박자(mesure)를 불러들인다. 입방체. 이 진정한 피신처.

트리스트럼 샌디가 직선의 탁월함을 확언하기 위해 책의 한 장(章)을 곡선에 관해 쓰려고 마음먹었던 것과 마찬가지로, 사뮈엘 베케트를 기리려던 사람들이 구멍들(trous)의 탁월함을 확언하기 위해 무더기에 관한 한 장을 쓰려고 계획한 적도 있다. 해서, 많은 정보와 지식을 보유했던 어떤 비평가는 1970년대의 한 잡지에서 베케트의 시적인 노력을(작가는 1930년대에 "언어에 구멍을 뚫고" 싶다고 천명한 적이 있다) 회색빛 시멘트 담 밑에 숨어 네모진 화단을 여봐란 듯이 망쳐놓는 두더쥐 떼를 근절시키려던 그의 불운한 시도에 관련지었다.

몇몇 문학비평가들은 글쓰기를 일종의 신비주의적 작용으로 보고 싶어 했다. 말하자면 베케트는 그것의 신탁소였으며 랭동은 그 사제, 그들 자신은 그것의 주해를 허락받은 유일하고도 경건한 시종이라는 것이었다.

하지만 그 반대의 경우도 있다. 양질의 전기 연구에 의해 다른 측면들이 발견되었던 바, 사뮈엘 베케트도 어떤 면에서 남과 다를 것 없는 사람이었다는 사실이 그것이다. 그를 읽지 않는 수많은 사람들은 갑자기 발견된 또 다른 베케트, 그러니까 완전한 고독과 유아론적인 유폐의 인간이 아니라 삶을 즐기는 인간 베케트, 공허를 가까이하며 우울하게 휘청이는 대신 여자들과 술을 사랑하는 정력가, 밤거리를 쏘다니며 잔뜩 먹고 마신 후 취해서 테이블 아래로 기어드는 사내의 모습을 떠올리고 기뻐했다. 그리고 대체로들 안도하였다.

베케트가 "방금 글을 썼다. 또다시 잠을 자는 등의 일로 일과를 보냈다는 생각이 든다. 내가 나 자신의 생각을 지나치게 변질시키지 않기를 바란다. 또다시 나로부터 떠나기에 앞서 이 몇 줄을 덧붙인다"라고 말할 때, 『어떻게 되는지』를 쓰면서 "지금 「지옥 편」의 다섯 번째 노래만큼이나 어둡고 사랑 없는 구덩이 속에 처박"혔다고 진술할 때, 또는 「마지막 승부」를 집필하면서 "눈까지 다분히 겁에 질려서"라고 할 때, 아니면 1959년에 "이제는 친근해진 어둠 속으로 내려가다"라거나 『넘어지는 모든 자들(Tous ceux qui tombent)』을 지으면서 "…지난밤에 수레바퀴와 질질 끄는 발걸음, 그리고 헐떡거림으로 가득 찬 아주 음산하고 아름다운 생각이 떠올랐다. 그로부터 어떤 것을 끌어낼 수 있을지 두고 보련다"고 할 때, 「코메디(Comédie)」에 착수하면서 "전투와 빛과 목소리를 향해 귀환하다"라 하거나 "나의 작업이 끝나고 나면 오로지 먼지, 이 이름 붙일 수 있는 것(dust-the namable)만 있을 뿐이다"라 쓰거나 「없는(Sans)」을 시작할 즈음 "나라는 사람과 나의 작업으로부터 끌어낼 수 있는 모든 것을 이미 끄집어낸 게 아닐까 두려워하기 때문에 나의 됨됨이와 작업은 그 어느 때보다도 짙은 어둠 속에 잠겨들고"라고 되뇔 때… 그러니까 그가 이 모든 말을 할 때 우리가 깨닫는 바는 그 자리에 글쓰기의 신비주의나 반대로 사소한 일상사의 복구를 위한 소소한 효과로 축소할 수 있을 요소들은 눈곱만치도 존재하지 않는다는 것, 문제가 되는 것은 오직 스스로를 언어 속에 세움으로서 일개 자아보다 약간 더 큰 무언가를 제시하려는 무한히 주관적이고 은밀하며 집요한 성향, 그것을 이루기 위한 단호하고도 비틀거리는 방식일 따름이라는 점이다. "바로 이런 지점, 이런 순간에 우리는 우리의 호불호와 관계없이 인간(humanité) 그 자체다."

어떤 이들 말로는 한 작가의 생애에 관해 던져야 할 첫 번째 질문은 이것이라고 한다. 그는 무엇을 하면서 하루하루를 보내는가? 사뮈엘 베케트의 친구 하나가 전하는 바에 의하면, 어느 날 베케트는 꿈꾸는 듯한 표정을 하고 있다 말고 이렇게 혼잣말했다는데. "조이스는 언제 글을 썼을까? 아마 밤중이었겠지." 작가들은 언제 글을 쓰는가? 누가 조이스가 글 쓰는 것을 목격했을까? 베케트가 글 쓰

91

는 것을 본 이는 과연 누구일까?

　베케트가 위시의 자택에서 나온다, 그가 근처 숲속을 거닌다, 위스키를 한 잔 마신다, 라디오로 럭비 시합 중계를 듣는다, 체스를 둔다, 밤에 도시를 산책한다, 어느 여자와 함께 거리를 걸어간다, 두더지들을 담 뒤편으로 몬다, 라디오로 마르게리트 뒤라스(Marguerite Duras)의 『길거리 공원(Le Square)』을 듣는다, 정원 여기저기에 구덩이를 판다, 자기 자신을 향해 낮은 목소리로 몇 편의 시를 읊는다. 그러나 그런 것 말고 그가 글 쓰는 모습을 본 이가 과연 있느냐? 아무도 없다. 그는, 그리고 몇몇 다른 이들은 그들의 나날을 다른 일을 하면서 보내는 척한다. 걷거나 마시거나 운동 시합 중계를 찾아보거나, 장작을 패거나, 문구를 사거나…. 만약 아무도 그가 글 쓰는 것을 보았다고 말할 수 없다면 그 이유는 글쓰기가 칩거를 요구하는 신비주의적인 기작에 속하기 때문이 아니라 작가는 가장 자주, 언제나는 아니지만 그러나 가장 자주, 주먹다짐 중 배에 칼을 맞고 죽어가면서 단말마의 고통에 일그러지는 자기 표정이 보이지 않게 얼굴을 가려달라고 부탁하는 시시껄렁한 불한당과 같기 때문이다.

나무. 1953년 1월 바빌론 극장에 등장한 자그마한 첫 나무는 로제 블랭이 디자인한 것이었다. 포슈 극장에서 연극이 상연되지 못한 것도 이 나무 때문이었다. "나는 포슈 극장에 딱 한 가지 안만 내놓았다. 그런데 그곳에는 나무를 설치할 만한 공간이 없었다. 어쨌든 나무는 꼭 필요한 데"라는 것이 블랭의 말이다. 무대에 나뭇가지 그림자 하나가 비치면 그걸로 충분하다고 했는데도 블랭은 흡사 배우의 신체에 집착하듯 나무에 매달린다. 이렇게 해서 그가 4 곱하기 6미터 크기의 바빌론 극장 무대에 맞춰 나무의 도안을 그리고, 그의 무대 디자이너인 세르지오 제르스탱(Sergio Gerstein)이 금속 망에 종이를 붙여 이를 제작했다. 세심하게 나무색을 칠한 소박한 조형물이었다. 사진으로 보면 이 나무는 거의 밀랍을 입혔다고 해도 될 만큼 반들거리는 느낌을 주며, 가지들이 나무 중심을 향해 엉켜 있는 바람에 꼭 몸통 두 개가 엮여 한 명의 입찰자를 이룬 채 제 그루터기들을 무대로 내미는 듯한 인상을 풍긴다. 멀리서 나무를 감싸고 있는 것은 약간 회색빛이 도는 구깃구깃한 천인데, 이것으로 말하자면 하늘로 보이려는 노력이라고는 아예 할 생각도 없는 것처럼 보인다(실제로는, 연출가는 이 대략적인 하늘에 석양의 색조와 떠오르는 달을 형상화하느라 무진 애를 기울였다. 일몰에서 월출을 향해 "상당히 짧고 비현실적인, 그러나 리듬을 지닌 변화 과정을 통해 노랑이 사라지며 파랑이 나타나도록 하려면" 허리가 휘어질 지경이었던 것이다). 이 첫 번째 나무는 똑같은 크기의 세 부분으로 분해되기에 배우들은 그 분리한 조각들을 가방에 담아 이동할 수 있었다.

「고도」에 등장하는 나무 중 가장 유명한 것인 두 번째 나무는 1961년 자코메티에 의해 고안되었다. 오데옹 극장의 커다란 상연장을 위해 만들어진 이 나무는 우아한 형태의 가지 몇 개가 전부인 깨끗한 조형물로, 2막에서는 이 가지들에 딱 한 잎의 석고 잎사귀가 매달린다. 이 나뭇잎은 공연이 끝나고 난 후 사뮈엘 베케트에게 증정되었다. 세 번째 나무는 아예 진짜 나무였다. 1976년에 블랭과 그의 무대 장식가 마티아스는 이 "나무가 있는 시골 도로"를 새롭게 창출해내고자 궁리 끝에 가장 현실적인 나무가 가장 비현실적인 인상을 자아내리라는 결론에 도달한다. 이리하여 그들은 일본 수목 같은 인상을 주는 아주 비싸고 매우 아름다운 레몬 나무 한 그루를 구해 무대 바닥에 그대로 심었다. 그러자 나무는 더한층 좋은 향기를 뿜어냈다. 이후 다른 숱한 연출가들을 거치면서 그것은 차례로 가로등이 되었다가 전신주가 되었다가, 도로표지판이나 변압기가 되었다가 외투 걸이, 녹색 식물, 혹은 그냥 푯말이기도 했다가, 허수아비, 십자가, 또다시 십자가가 되기도 했다. 그런가 하면 금속으로 제작되었다가, 유리섬유로, 석고로, 또는 숲에서 구해온 진짜 나무로, 또는 다듬은 떡갈나무 목재나 버린 쇠 등을 이용해 만들어지기도 했다.

어쨌거나 다 나무는 나무다.

술 마시기, 그것도 종종 죽도록 마시기. 그건 또한 어린 시절의 영역을 되찾는 것, 전속력으로 내달리는 것, 낙엽송 위에서 뛰어내리는 것과 같은 일이다.

1959년 1월 26일. 위시에는 눈이 내렸다. 고독의 하루, 침묵의 하루, 눈과 까마귀들의 하루에 해당하는, 그런 날. 사뮈엘 베케트는 낸시 커나드에게 짤막한 편지를 보낸다. "나는 고독이 고통스럽다고 생각하지 않습니다. 종이에 구멍들이 열려 그 어디로부터도 깊이 떨어진 곳으로 (fathoms from anywhere) 나를 데려가니까요." 그는 그 며칠 전부터 새로운 산문 텍스트에 착수해 있었다. 1년 반 정도의 작업 후에 그것은 『어떻게 되는지』가 되리라.

그는 이제 세기의 중반에 다다라 있다. 그 초엽에 칸딘스키는 하나의 시적인 사건을 폭풍 직전의 풍경에 빗대어 길게 묘사한 적이 있다. "말라붙고 헐벗은 나무 한 그루가 깊은 하늘을 배경으로 소스라치듯 흔들리는 가늘고 긴 가지들을 드리우고 있다. 나무는 온통 검어서 꼭 흰 종이 속에 뚫린 하나의 구멍 같다. 작은 나뭇잎 네 장이 한동안 바람에 떨렸다. 그러나 사위는 멎어 있는 듯한 고요였다." 이어서 그는 거기다 하늘이며 구름, 돌풍과 심지어 다시 회복된 평온마저도 첨가하지만, 그러나 흰 종이 속 검은 구멍만은 그대로다. 그것은 평온 속에 하나의 떨림으로 남아 있다. 한편 세기의 반대편 끝에 이르면 나무라는 마티에르(matière)에 정통한 주세페 페노네가 「말레비치에 바치는 경의」를 조각한다. 나무 한 그루, 그리고 그 안에, 아니 좀 더 정확히 말하면 그 가지 하나의 옹이에 또렷하게 각인된 두 개의 작은 육면체, 살아 있는 나무에 개념으로서 깎아 새긴 작은 입방체 두 개가 그것이다. 「말레비치에 바치는 경의」란 곧 추상에 대한 경의이다.* 글쓰기도 형상을 무너뜨리는 이 끈기 있는 작업과 같다. 흰 종이 속에서 전율하는 구멍. 언어라는 목재 안의, 언어라는 목질적인 실체 속의 아이러니컬한 현전, 종이 속의 구멍과 ― 개념으로서 ― 산 나무에 새겨놓은 두 개의 작은 나무 입방체. 언어 속에서 사뮈엘 베케트가 실행하는 작업은 정확히 그와 일치한다. 그는 『어떻게 되는지』가 될 작은 노트 다섯 권 중 하나를 펴 거기에 이렇게 적어 넣는다. "이 모든 것 한때 색을 입었던 거의 흰 것 약간의 흔적 그게 주어진 전부 그게 나 언제나 다소간 아무것도 아니다시피 거의 거기 없다시피 하지만 거기 있는 거의 없다시피 하지만 불가피하게 거기 있는."

그는 루크레티우스의 『사물의 본성에 관하여』**를 읽는다. "…원자들이 불과 나무, 화성체나 목성체를 만들어내는

* 설명대로, 위에 묘사된 주세페 페노네(Giuseppe Penone, 1947-)의 수목 조각 작업은 20세기 초반 추상미술의 대가 카지미르 말레비치(Kazimir Malevich, 1878–935)의 개념적 형상 「검은 사각형(Black Square)」을 연상시킨다. 1960년대 이탈리아에서 일어난 아르테 포베라 운동의 주요 구성원이면서 현재도 활발하게 활동하고 있는 페노네의 수목 조각은 자연과 인간 사이의 관계에 새겨지는 '흔적'에 대한 천착이기도 하다. 2000년에는 디디위베르만이 그에 관한 책 『두개골이기. 장소, 접촉, 사유, 조각(Être crâne. Lieu, contact, pensée, sculpture)』(미뉘)을 내기도 했다.
** 기원전 1세기에 쓰인 티투스 루크레티우스 카루스(Titus Lucretius Carus)의 『사물의 본성에 관하여(De Rerum Natura)』(총 6권)는 전통 서사시의 형식을 취하여 에피쿠로스의 철학을 재해석한 저서이다. 직선운동에서 비껴 나가는 원자들의 불확정적, 이탈성 움직임을 말하는 에피쿠로스의 클리나멘 개념은 그의 생전에는 주목의 대상이라기보다는 조롱의 대상이었는데, 이를 창조적이고 적극적으로 해석하여 운동의 핵심 특성으로 본 이가 바로 루크레티우스이다.

데엔 약간의 자리바꿈만으로 충분하리니. 단어들에서 문자들의 자리를 약간씩 옮기는 것과 마찬가지 방식을 통해, 우리는 나무의 성질을 띤 것과 불의 성질을 지닌 것을 명시적으로 구분하는도다."*

베를린에 있는 브레히트 기록 보관소에는 그가 잔뜩 메모를 달아놓은 조그만 『고도를 기다리며』가 한 권 있다. 브레히트는 1953년에 베케트를 읽고 나서 곧 그 작품을 각색하려는 시도를 기울이기 시작했다. 에스트라공은 "프롤레타리아"로, 블라디미르는 "지식인"으로, 러키는 "당나귀 아니면 경찰관"으로, 포조는 신분상 지주인 "폰 포조"로 바뀌었고, 대형 스크린에서는 중화인민공화국의 영상들이 이 "고도 기다리기"의 바탕 화면을 이룰 예정이었다. 하지만 브레히트는 계획을 실행에 옮기지 못한 채 죽음을 맞았다. 베케트도 이미 나름대로 자신의 작품에 역사의 거대한 바람이 스며들도록 하긴 했었다. 그래서 『고도를 기다리며』의 앞선 판본에는 빔과 봄이라는 이름을 가진 두 명의 희극적인 스탈린주의 성향의 인물들이 잠깐 등장하나 이후의 최종 판본에서 이들의 대사는 (아마도 약간의 아쉬움과 함께) 제거된다.

* 이 문맥을 이해하기 위해서는 원소들 또는 원자들을 의미하는 라틴어 'elementa'가 동시에 알파벳의 문자들(letters)을 뜻하기도 한다는 사실을 알아야 한다. 즉, 루크레티우스에 의하면, 자연의 생성 원리와 단어들(문장들)의 구성 원리는 유비적이다.

높이가 아주 낮은 네모난 쿠션 의자가 방의 한 귀퉁이로 밀쳐져 놓여 있다. 베케트는 그 위에 앉아 구석의 빈 공간에 등을 기댄 모습이다. 1962년의 어느 날 파리에서의 정경. 은근히 이것이 작가의 아파트에서 벌어진 정경이라 믿고 싶다. 그래서 우리는 아주 사소한 것들에도 주의를 기울이게 되어 눈길로 검은 굽도리 널의 윤곽선을 따라간다든가 전기 콘센트의 생김새를 유심히 바라본다. 아무것도 아닌 것들을 말이다. 사진작가 제리 바우어(Jerry Bauer)는 일어서 있는 편을 택했다. 따라서 베케트는 아래쪽으로 보인다 — 무릇 이처럼 세상과 사람들에게 높이를 맞추어 서야 하는 법이다, 라고 현자는 말하는데. 그런데 이 장면은 어떤 식으로 마련된 걸까? 사진작가가 느닷없이 자리에서 일어선 걸까? 그가 작가에게 앉을 자리를 미리 정해주었나? 혹은 사진기를 자기 눈앞에 가져다 대면서 이런저런 말을 건넨 걸까?

사뮈엘 베케트가 낮게 앉아 사진가를 바라본다. 그 얼굴은 굳은 표정을 짓고 있고 눈은 날카롭게 동정을 살피는 듯하다. 다리 사이에 포개어 모은 커다란 두 손께서부터 그의 몸이 내키지 않은 듯한 태도로 펼쳐져 있다. 마치 모든 것이 하얀 벽들로 이루어진 이 구석으로 물러나 앉은 것 같다. 아니면 로트레아몽의 노래 어느 한 편 도입부를 빌려 이렇게 말할 수도 있으리라. "이제 시작되려는 것은 하나의 인간이거나 돌, 또는 한 그루의 나무." 사진가는 그 위편에서 일종의 실패(défaite) — 몰로이나 머피 또

98

는 말론 같은 이들의, 혹은 어둠 속에서 쏟아져 나왔다가 이내 침묵하고 마는 목소리들의 실패 — 와 닮았을지도 모를 헐벗음을 포착한다. 1962년의 베케트는『어떻게 되는지』영어 번역에 한창 몰두하고 있다. 그는 사진작가를 바라보면서 그 모든 것이 지나가기를 기다린다. 그러면서 어쩌면 이런 종류의 말을 곱씹는 중일 수도 있겠다. "여전히 나의 동류와 형제들 틈바구니에서 몸을 숨기고 벽에 바짝 붙어 지나가던 그 시절 귓전에 지금 그게 들려 그래서 그걸 중얼거려 그 시절 저 위 광명 속에서 몸에 고통이 닥쳐 정신이 차갑게 얼어붙을 때마다 사람 살려라 고래고래 외쳐대면 한 일백 번에 한 번쯤은 어떤 행복감도 느껴졌지."

제리 바우어는 베케트의 기존 출판물을 남김없이 읽었다. 그는『몰로이』와『말론 죽다』,『이름 붙일 수 없는 자』뿐만 아니라『고도를 기다리며』,『마지막 승부』,『마지막 테이프』, 그리고『오 행복한 날들』과『아무것도 아닌 텍스트들』을 읽었다. 그는 나다르*가 플로베르나(인간적인 높이의 온화함) 말라르메를(일감 앞에서 바둑무늬 담요를 두른 채 책상 뒤에 앉아 아마도 스스로에 대해 "그 사람 안에서 마침내 영원은"** 하는 식으로 자평하고 있을 테지만 실은 단지 일할 채비를 마친 부르주아의 모습) 포착했던 것과는 다른 식으로 베케트의 모습을 담기로 한다.

---

* Félix Nadar(1820–910). 사진술 초창기의 프랑스 사진작가. 초상 사진으로 유명하다.
** 말라르메가 1876년에 쓴「에드거 포의 무덤」첫 구절이 그렇게 시작된다. "Tel qu'en Lui-même enfin l'éternité le change, (...)"

소파 하나와 낮은 테이블, 책 몇 권이 놓인 가구 한 점이 공존하는(이건 다른 사진가들이 드러낸 사실이다) 이 뻔한 방에서, 모든 것이 가능했다. 우선, 다른 이들이 그랬듯이 대물렌즈를 베케트의 높이까지 내려 그를 정면으로 잡은 후 얼굴의 광채와 두 눈, 주름살, 그리고 아름다움의 기미들을 샅샅이 앵글 안에 들여와 고전적인 의미의 주체를 문학적 전설로 만드는 일, 혹은 그것을 여전히 사람 키 높이에 두되 시야를 점점 넓혀감으로써 자기 집에서 자기 부속품들과 함께하고 있는 작가를 한 집 안의 주체로 만드는 일이 그것이다. 사진작가들에 따르면 사진은 단 하나의 자리, 단 하나의 순간만을 가진다는 점에서 죽음과 마찬가지라고 한다. 그러니까, 바로 이 자리인 거다. 바우어는 바로 여기, 방 아래쪽 귀퉁이에서 베케트를 포착한다. 거기서 그는 양팔의 축을 받아들이는 두 다리의 축이라든가 꼼꼼하게 단추를 잠근 셔츠 깃의 끝부분, 스웨터의 브이넥 라인, 검지와 중지 사이에서 타고 있는 담배의 마른 부분 주위로 모인 두 손과 같이, 한데 수렴되어 벽 귀퉁이와 수직을 이루며 스스로를 소진하는 가운데 이미지의 탈주선을 구성하는 모든 것을 포착한다. 그는 낮은 앵글과 요구에 응하는 시늉을 보이는 마른 몸, 주의를 집중하면서도 신중히 뒤로 물러난 얼굴, 자연스런 조명 따위가 작품의 말 없는 그림자를 나타내는 데 안성맞춤의 배치를 이룬다는 사실을 알고 있다. 사진작가가 여기서 보여주려는 바는 '문학' 그 자체나 후광에 싸인 '작가'라기보다는 글쓰기에 적용할 수 있는 여러 표상 중 하나, 즉 가장 낮은 곳에 틀어박혀 움직이는 글쓰기의 취약함과 힘인 것이다. 앵글의 귀퉁이에 처박힌 "그런 것에나 유용한 자(le bon qu'à ça)", 다시 말해 글쓰기에나 맞춤인 사람.

1년 후에 베케트는 「필름」의 원 기획에 해당하는 첫 메모들을 기록한다. 그에 의하면 "추적해가는 시선이 다른 제3자의 눈이 아니라 바로 그 자신의 것이라는 사실은 필름의 맨 끝에 이르러서야 드러날 것이다."

그녀는 이렇게 말하곤 했다. "우리 두 사람은 한 쌍의 독신자들인 셈이죠."

그녀를 떠올리려면 그들이 1년에 몇 달씩 머무르기 좋아했던 탕헤르의 '가가린' 식당에서 십자 낱말 맞추기를 하는 모습을 상상하면 되리라. (하지만 장소는 얼마든지 몰타의 V○○○ 식당이나 튀니스의 G○○○ 호텔이 될 수도 있을 듯.) 키가 큰 편이고, 우아하며, 자기 생각에 몰두해 있는. 그러다 세상을 향해 시선을 돌릴 때는 대단한 블랙 유머. 그 둘을 알고 지내던 사람들 말에 의하면 베케트보다 더 베케트적인 여자.

그들은 1929년쯤 테니스를 치면서 만났다. 그녀는 예뻤고 진지했으며 정확한 사람이었다. 어떤 사진들 중에는 해안에서 크게 체조 동작을 하고 있는 그녀의 모습이 있기도 하다. 단단하고 곧은 인상의 여자다. 쉬잔 데슈보 뒤메닐(Suzanne Deschevaux-Dumesnil). 샬롱 출신의 피아노 선생. 몇 번 공을 주고받은 뒤로 근 10년 동안 그들은 서로를 본 적이 없었다. 그가 그녀를 다시 만난 것은 1938년이고, 이후로 둘은 더 이상 헤어지지 않았다.

소문은 그녀에게 냉정하다. 사람들은 그녀가 베케트 생애의 가장 어두운 순간들, 즉 점령기 프랑스에서의 피난 시절과 무명이었던 시기의 궁핍을 함께했다는 사실을 인정한다. 그녀가 베케트의 원고를 알리기 위해 파리 전역을 발 벗고 뛰어다녔다는 것을 인정하고, 영예가 베케트에게 중압감으로 다가오던 여러 해 동안 그를 지켜주었다는 사실도 받아들인다. 하지만 아마도 그것으로는 충분하지 않았는지, 사람들은 그녀에 대해 이러쿵저러쿵 끝도 없이 얘기들을 늘어놓는다. 베케트가 술 마시는 것을 지독히 싫어했다더라, 남편 친구들과 어울리는 것을 거절했다지, 그것뿐이냐 그가 만나는 여자들을 질투한 데다 시류보다 훨씬 앞서서 채식주의자였느니라, 점령기가 끝날 무렵에는 급하게 비우고 떠났던 아파트에 돌아와 크림 단지들이 없어진 사실을 알고는 울고불고 화를 냈는데 정작 그 무렵 남편은 게슈타포에게 쫓겨 다니고 있었다던가, 재산이 불어나자 이것저것 사기 시작하더니 급기야는 지나칠 정도에 이르렀다더라. 심지어는 두 사람 모두 죽음의 근저에 다다랐을 무렵에도 남편에게 바가지를 긁으며 싸움을 걸었다는 말도 나온다…. 한데, 그런 소리 소문의 이면에 해당하는 것들에 대해서는 그럼 어디서 일말의 지식을 확보할 수 있을까? 다시 말해 말 없는 삶에 대해서는 대체 무슨 말을 한단 말인가? (그는 글을 쓴다, 그녀는 피아노를 친다, 바느질을 한다, 그는 글을 쓴다. 그녀는 연극장에 간다, 그는 글을 쓴다, 그녀는 피아노를 친다, 그를 기다린다, 그는 어둠 속에 꼼짝 않고 있다, 그녀는 쉰다, 주변을 정돈한다, 이런저런 논평을 한다, 그는 글을 쓴다.) 권태라든가 살짝 스쳐가는 손길에 대해, 하나가 다른 하나에게 보내는 시선 혹은 슬쩍 피해가는 시선에 대해, 50년도 넘게 지속된 완벽한 부동의 신뢰와 그것에 뒤따르게 마련인 화라든가 부부 생활에 결코 빠질 수 없는 뻔한 어릿광대짓 같은 것들에 관해 과연 무엇을 말할 수 있을까? 또 의심과 애착에 관해서는 무엇을?

그가 머피의 목소리를 빌려 '만남'이라 지칭하는, 어떤 격렬한 난입을 배제하지 않는 삶. "내 식으로 정의해보면 만남이란 감정이 할 수 있는 모든 것을 — 그 감정이 얼마나 강력하든 간에 —, 그리고 몸이 아는 모든 것을 — 그에 관한 지식이 어떤 것이든 간에 — 넘어선다."

1970년 4월 1일에 프랑스 현대문학을 전공하는 젊은 미국인 한 명이 베케트를 만나기 위해 생자크 대로에 있는 그의 집을 찾아왔다. 그는 「마지막 승부」의 상호 텍스트망에서 죽음이 작동하는 방식'이라는 제목하에 준비 중인 자신의 박사 논문 계획에 관해서 이야기를 나누고 싶어 했다. 이 연구자가 대담을 마치고 인근 카페에 들러 급하게 적은 메모 몇 개는(이 메모들은 후에 그가 주목받는 일원의 한 명으로 몸담게 된 한 미국 대학의 기록 보관소에 보존되어 있다) 그들이 나눈 대화의 양상이 어땠는지를 부분적으로 알려준다. 그는 이렇게 적는다. "그의 깍듯한 태도와 신중함은 처음부터 나를 주눅 들게 한다." 이어 그는 그들의 대화가 빠져든 "두터운 침묵"을 언급한다. "그의 작품이 내 마음을 크게 뒤흔들었다고 말하는 내 목소리를 내가 듣고 있자니 불안해진다", "또다시 침묵", "베케트는 조이스가 그랬다고 하는 것처럼 한쪽 다리를 다른 쪽 다리에 감고 한 손으로 턱을 괸 채 (…) 뚫어져라 바닥을 쳐다보고 있다." 대화는 지지부진, 통 진척되지 않았다. 그래서 그는 자신이 왜 그러는 건지도 알지 못하면서 베케트에게 노벨상 수상을 열심히 축하했다. 그러자 베케트는 몸을 돌리더니 마치 자기 자신에게 하듯 무어라고 중얼거렸다. 연구자는 그 말이 '구더기들을 향해 연설하는 것' 운운한 셀린의 문장*과 관련된 것임을 생각해냈다. 다시 침묵이 이어졌다. 잠시 후 베케트는 마치 긴 몽상에서 깨어난 사람처럼 늙은 쇼펜하우어가 자신의 추종자 중 한 사람에게 젊은 시절 초상화를 보여주면서 힘주어 했던 말

---

* "자신의 후세를 향해 기원을 보내는 건 구더기들을 향해 연설하는 것이다(Invoquer sa postérité, c'est faire un discours aux asticots)." 루이페르디낭 셀린(Louis-Ferdinand Céline, 1894~961)의 『밤 끝으로의 여행(Voyage au bout de la nuit)』(1932)에 나오는 구절(갈리마르[Gallimard] 플레이아드 총서[Bibliothèque de la Pléiade] 『소설집[Romans]』 I권, 35쪽). 악몽 같은 전장의 일상에 관한 묘사와 함께 등장하는 주인공 바르다뮈의 독백이다.

을 들려주었다. "내가 절대 붉은 머리가 아니었다는 사실을 잘 봐두시오. 나는 완전히 금발이었소. 이 초상화는 후세에 전해질 것이므로 일체의 혼동을 피하기 위해서 나는 이 뒷면에 라틴어와 독일어, 프랑스어, 영어, 그리고 이탈리아어로 '나는 절대 붉은 머리가 아니었다'라고 적어놓았소." 그러고 나서 다시 침묵. 사뮈엘 베케트는 이 일화가 이 철학자에 대한 경탄의 느낌을 한층 배가시켰다고 덧붙였다. 연구자는 고개를 끄덕이며 이렇게 주석을 달았다. "논지에서 벗어난 주제만이 유일하게 좋은 주제다."

　　베케트는 자기 앞의 텅 빈 공간을 바라보고 있었다. 다시금 침묵이 찾아들었다.

사뮈엘 베케트의 친구 하나의 말을 따르면 뒤라스의 『길거리 공원』 라디오방송 버전에서 베케트가 좋아했던 점은 이런 것이었다. "때로는 땅에, 때로는 공간에 놓이는 온갖 목소리와 음색들의 조그만 모래언덕들."

배우는 라디오에서 어느 모르는 작가의 시를 낭송했다. 사뮈엘 베케트? 그는 트리스탕 차라(Tristan Tzara)에게 그 사람 이야기를 약간 했다. 차라는 베케트를 매우 팬찮은 작가로 치고 있었다. 좀 더 나중에 배우는 베케트가 자신이 연출한 「유령들의 소나타(La Sonate des spectres)」*

---

* 스웨덴 극작가이자 소설가였던 요한 아우구스트 스트린드베리(Johan August Strindberg, 1849–912)의 작품.

를 보기 위해 두 차례 공연장을 찾은 적이 있다는 사실을 알게 되었다. 연극이 매일 저녁 게테 몽파르나스 극장으로 끌어들인 관객은 기껏 열댓 명 정도에 지나지 않았다. 그는 늘 그 연극의 실패가 베케트로 하여금 자신에게 「엘레우테리아」와 「고도를 기다리며」의 원고를 맡길 생각을 들게 한 요인이었다고 생각했다. 그는 처음 「고도」를 읽었을 때는 작품이 완전히 이해되지 않았지만 그럼에도 곧장 그것을 무대에 올리고 싶은 생각이 들었다고 진술했다. 그 자신이 포조 역할을 연기했을 때 어느 비평가는 이렇게 공언했다. "이것은 뚱뚱이 내부에서 울고 있는 홀쭉이다." 한마디로 로제 블랭이라는 위대한 배우에 값하는 완벽한 찬사였다.

베케트와 블랭. 그들은 동갑이었다. 그들 사이에는 아주 가까우면서도 긴장감 어린 협조 관계가 형성되었다. 그들의 우정은 충실했지만 동시에 신중하고 조심스러우면서 거리감이 있는 것이었다고 한다. 완벽한 공모인 동시에 심오한 몰이해, 결국은 형제애라 부를 수 있을 어떤 것. 베케트는 이렇게 말했다. "로제와 나는 말하자면 알 같다. 서로를 어떻게 품어야 할지 모르겠다." 블랭은 베케트에 관해 그가 "정신의 전망(vues de l'esprit)"을 지녔다고 평했다. 그리고 이것은 차라리 다행이었다.

하지만 블랭에 의하면, 막상 그들이 「고도를 기다리며」의 인물들을 두고 함께 의논하기 시작했을 때 베케트에게는 아무런 생각이 떠오르지 않았다. 그야말로 아무것도. 딱 하나, 중절모만 빼고는. 그러나 그 말은 그만큼 베케트가 모든 것을 보고 있었다는 뜻도 된다. 중절모야말로 존재하고자 하는 집요성에 관한 보잘것없고 조롱 어린, 동시에 비장한 상징이기 때문이다. 모든 것이 상실되어 없어질 것이다. 바지도 나중 가서는 아래로 흘러내릴 것이고 존재는 발가벗겨진 채 완전히 해제되고 말 것이다. 그러나 모자는 버틸 것이다. 그것도 위풍당당하게(crânement).*
어떤 이들은 온갖 감정과 기계장치와 이론들을 잔뜩 염두에 둔 채 극의 연출에 접근하리라. 하지만 베케트, 그는 단지 배우에게 중절모를 씌울 것만 요구한다.

포조. 저자에게 자기 모자를 줘.
블라디미르. 자기 모자를?
포조. 그는 모자가 없으면 생각을 할 수가 없거든.

좀처럼 있을 법하지 않은 인간의 조개껍질, 인위적 책략인 동시에 고백의 정점이라 할 모자는 사유가 비틀거리며 길을 잃는 순간 사유의 기호 그 자체가 되어버린다. 불확실하지만 집요하게 더듬는 사유. 중절모는 그것의 뻣뻣하고도 흔들거리는 반(反)형태를 드러내리라. 움직임 없는 움직임인 모자는 그 무엇보다도 ─ 그러니까 나무보다도, 길보다도, "가구 없는 실내"나 "구름 없는 하늘", "불타버

---

* 또한 명사 'crâne'은 머리, 두개골을 뜻한다.

린 풀들이 펼쳐진 공간"보다도 — 훌륭하게 베케트의 극을 대변해준다. 이 위로 불쑥 솟아오른 공동(空洞)은 언제나 연극이란 비틀거리지만 그럼에도 집요하게 버티는 사유의 현시라는 사실을 조용히 확언하는 것이다.

> 블라디미르. 자, 이제 가볼까?
> 에스트라공. 그래, 가세.
> 그들은 꼼짝하지 않는다. 끝.

『이시 파리(Ici Paris)』지 막스 파발렐리(Max Favalelli)의 평. "사뮈엘 베케트는 가장 튼튼하다는 위장에도 소화불량을 일으킬 위험성이 있는 썩은 고기 한 조각을 파리 사람들의 머리에 던진다."

『르 프로그레(Le Progrès)』지의 평. "이 연극에는 여자가 등장하지 않는다. 아마도 그렇기 때문에 이 극이 러키의 말처럼 '생각'하도록 부추기는 것인지도 모른다."

『르 피가로(Le Figaro)』지 장자크 고티에(Jean-Jacques Gautier)의 평. "이 비천성의 축제가 그러하다. 이제까지 끔찍함이란 것에 이 정도로 영합하는 극은 없었다. 작가는 지독한 악취 속에 뒹군다. 심장이 조여들고 살갗에 소름이 끼친다."

그리고 마르셀 아샤르(Marcel Achard)의 소견. "베케트? 형편없다고 봐도 된다. 어쨌든 걸레와 행주를 한데 섞을 수는 없는 법. 게다가 그는 프랑스인도 아니다."

1955년 3월에는 『데일리 메일(Daily Mail)』까지도 합세한다. "파리 좌안은 그냥 그를 데리고 있어도 된다!"

"제가 몇 가지 제안하고 싶은 것이 있습니다." 1967년, 실러 극장에서 「마지막 승부」를 연기하게 된 독일 배우가 첫 구절을 읊은 순간, 사뮈엘 베케트가 예의 바르게 그의 대사를 중단시켰다. 배우는 좋아서 들떴다. 위대한 작가에다 미남, 거기다 경험이 거의 없다시피 한 이 연출가는 퍽이나 세심하구나, 그와의 작업은 아주 이상적일 듯하다…. 하지만 잠시 후 그의 예상은 단번에 무너진다. 베케트는 매번 배우의 연기를 끊었다. 여기서는 더 빠르게, 그리고 이 부분에서는 좀 더 액센트를 주어서, 리듬을 좀 더 부각시킬 것, 아니 그렇게 큰 소리로 웃지 말고 그냥 입을 다물고 웃음이 피식 비어져 나오는 것처럼 할 것, 먼저 함을 쳐다본 후 이어 쓰레기통을, 그다음에 창을 바라볼 것, 손수건을 접을 때는 팔을 움직이지 말 것, 그리고 손은, 손은 단지 기도하는 동안에만 움직이고, 당신의 동작 하나하나 시선 처리 하나하나가 정확히 행해지도록 유념할 것, 또 목소리는 계속 같은 톤으로, 음색에 억양 변화를 주는 건 회상할 때만, 여기서는 열두 걸음을 걷고 저기서는 네 걸음, 분명히 해두는데 딱 네 걸음만….

어느 날인가 베케트는 무대 위에 메트로놈을 올려놓기도 한다. 「오 행복한 날들」을 연습하는 영국 여배우가 문장의 속도를 제대로 지킬 수 있도록 하기 위해서였다. 그가 요구하는 것은 배우가 텍스트를 음악적으로 연기해내는 일이었다. 다시 말해 그가 관심을 기울이는 것은 감정이 아니라 엄밀한 시간 배정과 콰드라투라(quadratura),* 말하자면 언어에 적용한 입체기하학의 한 형태다.

한번은 그가 배우들에게 대본을 하나의 목소리와 한 번의 프레이징으로, 그리고 단어와 단어 사이에 일정한 간격을 주어서 읽기를 요청하기도 한다. 배우의 발성이 마치 잎사귀 소리처럼 들리기를 원한 까닭에. 그는 스스로 다른 어떤 것도 아닌, 오직 소리의 문제만 짊어지리라고 다짐한다. 또 한번은 그가 유령의 목소리를 내달라고 제안한 적도 있다.

그는 「오 행복한 날들」에 등장하는 위니의 핸드백에 들어갈 물건들을 하나하나 점검한다. 안경 한 쌍, 납작해진 치약 튜브, 칫솔 하나, 돋보기, 거울, 손톱 손질용 줄, 사부아 지방의 통나무집 모양을 한 오르골 하나…. 그는 핸드백 위로 몸을 숙인 채 물건들을 그 안에 넣었다가, 고쳐 넣었다가, 다시 꺼냈다가, 새롭게 정리해 넣는다. 이 일화에 대해서는 마들렌 르노**가 아주 생생하게 남긴 증언이 있다.

* 이탈리아 바로크회화에서 천장화를 그릴 때 사용된 원근법. 방안형의 환상적 착시 기법에 기초한 안드레아 포초(Andrea Pozzo, 1642-709)의 산 이냐치오 성당 프레스코화가 대표적이다.
** 마들렌 르노(Madeleine Renaud, 1900-94)는 1963년 「오 행복한 날들」의 위니 역을 처음 맡은 후로 은퇴할 때까지 꾸준히 이 역할을 연기했다.

르노는 여인네들의 핸드백이란 물건을 베케트가 아주 잘 알고 있다는 사실에 깜짝 놀란다(그녀는 베케트가 여자들에 관해서는 아무것도 모르리라고 생각하고 있었다). 그가 모든 것을 꼼꼼히 살펴보더니 각각의 소품들과 그것들이 들어갈 자리를 일일이 정한다. 일찍이 브레히트가 헬렌 바이겔*에게 억척어멈의 핸드백 잠금 고리를 어떤 방식으로 여닫을지 지시할 때 보여준 것과 다를 바 없는 세심함과 정확성이다.

　　이 1963년의 위니가 목에 걸었던 진주 목걸이는 오늘날 국립도서관의 선반 위 보석함 속에 누워 있다. 당시의 안경은 이제 금이 갔고 권총은 녹슬었다. 칫솔의 솔 부분은 립스틱이 물들어 붉게 변했고 오래된 디오르 분홍색 구두는 위니가 매일 저녁 지옥의 태양 아래 잠겨들었던 그을린 작은 흙더미와 닮아 보인다. 그 정념의 도구들이 어찌나 정성스레 포장되어 있는지, 또 업무를 담당한 도서관의 직원은 어찌나 꼼꼼한지, 장작더미의 화염에도 타지 않고 남은 성 폴리카르푸스의 유골이라 믿어도 되겠다. 하지만 이제 그것들은 시간에 매몰된 연극의 부속품들에 지나지 않을 뿐. 우리가 원하는 것은 이 평온한 여인의 신체, 그녀가 백을 뒤지거나 펼치거나 다시 제자리에 놓는 방식이다. 우리가 원하는 것은 그녀가 양산을 쥐는 순간 확고하게 내밀어지는 그녀의 오동통한 팔, 엄습해오

* Helene Weigel(1900~71). 독일 배우. 브레히트의 두 번째 부인이었다.

는 삶 앞에서 다시 출발해야 한다는 사실로 인해 지친 그녀의 얼굴, 그러나 동시에 황홀과 고집이 서린 그 얼굴이다. "정말 놀라운 재능이야. 나도 저런 재능을 가질 수 있었더라면!" 아! 「오 행복한 날들」이 끝나갈 즈음 마들렌 르노의 얼굴에 맺힌 땀방울을 받아 가진 관객이라면 혹시 그렇게 될 수도 있으려나…. 아니다, 결코 그런 것이 아니다. 우리가 바라는 것은 구속받으면서도 여전히 집요하게 버티는 몸, 꽉 막혀 들어가지만 그럼에도 여전히 저 자신을 포기하지 않는 집요한 목소리인 것이다.

「마지막 승부」. 어떤 연출가가 그에게 질문한다. 대관절 어째서 함과 클로브 얼굴이 빨개야 하는 겁니까? 또 쓰레기통 속의 늙은이들 얼굴은 왜 하얘야 하는 것이고요? 이유는 "나이나 원기, 아니면 혈압 때문인 겁니까?" 하고 연출가는 묻는다. 그리고 말을 잇는다. 이 질문에 자세한 답신을 보내주실 수 있을까요? 그렇게 정하신 동기를 글로 설명해 주신다면 정말 좋겠습니다. 그럼 작업에도 도움이 되고 배우들도 의문을 갖지 않을 것입니다. 극 해석의 전반적 수준을 높이는 데도 보탬이 될 것이고요.

그가 대답한다. 그건 그냥 베르테르의 외투가 초록색이었듯이 빨간색이고 흰색일 뿐이오. "얼굴이 붉거나 하얀 것은 아마도 베르테르의 코트가 녹색인 것과 다름없는 일일 겁니다. 모든 것에서 깊은 이유를 찾으려 하지 마시길."

그는 테오도르 폰타네(Theodor Fontane)의 『방황, 그리고 번민(Irrungen, Wirrungen)』을 읽는다. 그리고 그것이 연극 연습에 어울리는 제목이라고 말한다.

그러나 때때로 그는 배우들은 뛰어나며 시간은 이상적이라고, 산책은 그윽하고 대본을 읽는 일은 고양감을 주며 평화는 완전하다고 생각한다.

데이비드 워릴로우는 임종에 앞서 1981년에 그가 「독백극」*을 연기하던 무렵("따라서 눈앞의 검고 텅 빈 공간을 응시하며, 떨리는 입술로 거의 알아들을 수 없는 말들을 발음할 때"), 그것을 보기 위해 극장에 들렀던 자기 어머니의 일화를 들려주었다. 연극이 끝나고 나서 워릴로우의 어머니는 아들의 뛰어난 낭송법에 대해 오랫동안 칭찬을 했다. 발성법이 완벽하구나. 정말 흠잡을 데라곤 없어. 좀 더 나중에, 성탄절 파티 때 어머니와 마주한 자리에서 그는 다시 물었다. "엄마, 그때 그 연극을 보면서 머릿속에 무슨 생각이 들었는지 얘기 좀 해봐요." 그러자 그의 어머니는 단 1초도 망설이지 않고 이렇게 대답했다는 것이다. "그 극을 보면서 나는 이렇게 생각했단다. 이런, 내가 저 사람을 몇 시간이고, 몇 시간이고, 몇 시간이고 한없이 오랫동안 젖을 먹였구나."

* 사뮈엘 베케트의 「독백극(A Piece of Monologue)」은 베케트의 탁월한 '통역사'로 알려진 영국 배우 데이비드 워릴로우(David Warrilow, 1934~95)를 위해 쓰인 작품이다. 이 극은 (당연히) 워릴로우에 의해 1979년 12월 14일 뉴욕에서 처음 공연되었다.

우리의 발성은 나무랄 데 없이 완벽하다. 우리의 표현은 나무랄 데 없이 완벽하다. 우리 목소리의 음색도, 우리가 하는 말의 진지함도. 모든 것이 완벽하고, 오랜 숙고의 결과이며, 끈기 있게 탐구한 작업의 열매로구나. 그러나 우리의 어머니가 우리를 바라보면 어찌 되는가. 그럴 때 우리는 그녀에게 치유할 수 없는 방식으로 딱 달라붙은 하나의 입 이외에 아무것도 아니다. 모든 말은 수유에 효과적인 본질적이고도 모호한 움직임으로, "순음(脣音)의 갈증"으로, 『어떻게 되는지』의 "마망 마무르* 이런 소리들을 내는 것"으로 축소된다. 어떤 목소리도 젖을 빠는 것으로서의 제 운명을 피하지 못한다. 그러나 그와 동시에 말이란 것은 알아들을 수 없는 꾸르륵 소리의 비탈에 대항해, 유출의 거대한 조수에 맞서 싸우기 위해서만 존재할 뿐이다⋯. 잠깐 동안 우리는 누가 누구의 입이 된 건지 더 이상 분간하지 못한다. 그것은 1972년, 거대한 어둠의 배면을 바탕으로 최초로 모습을 드러내고, 이어 사뮈엘 베케트는 정성 들여 그것을 찍는다. 「나는 아니야(Pas moi)」에서 그것은 텔레비전 속 거대하게 클로즈업된 입이다. 가장자리 윤곽이 뚜렷하고 탐스럽게 축축한 그것이 무엇인지, 보는 사람은 그 모습이 나타나는 순간 즉각 알아차린다. 명백히, 입이다. 스스로를 지탱하며, 사물들의 근본을 드러내는 대신 그것을 연관시키는 입, 고래고래

* maman mamour. 그대로 옮기면 '엄마 내사랑'.

114

울부짖거나 헤벌어졌거나 비참함에 빠진 입이 아니라 반대로 정확하고 효율적인 입, 더도 덜도 아니고 형태를 갖춘 입. 그런 입이, 말을 한다. 입이, 「나는 아니야」의 첫머리를 발음한다. "세계… 세계로 태어나는 것… 이 세상… 이 아무것도 아닌 작은 끄트머리…." 우리는 입을 바라보고 그것에 귀를 기울이는데, 바라보면 바라볼수록 그 입은 형태의 일그러짐 속에서 흔들린다. 크게 불안해하지도 질겁하지도 않으면서, 입은 단순하고도 돌이킬 수 없는 방식으로 다른 것이 되어간다. 퍼져 누우면서도 동시에 수다스러운 입은 마치 몸의 축소판이나 작품 전체를 동요시키며 기어 다니는 저 다족류 동물의 수축과도 같으며, 시선은 때때로 지극히 건강하고 새하얀 치아, 섬광처럼 드러나는 빛나는 그 뼈의 앙금 위로 얹히기도 하지만 그러나 무엇보다도 입술의 부푼 살, 무기력하면서도 명확하며 제 윤곽 속에 완벽하게 포착되고 지탱되는 그것에 오랫동안 머무르기에 그 떨리는 살, 전율이 훑고 지나가는 연한 두께가 사방으로 저 자신을 비틀면서 하나의 구멍으로부터 가차 없이 말들의 기나긴 연쇄를 풀어내는 광경만을 향하게 되는즉, 우리는 목소리는 듣는 둥 마는 둥, 미처 측정할 수도 없을 만큼 빠르고 정확하여 거의 묘기의 경지에 다다른 경련과 날선 듯 정확한 분절에, 형성하고 리듬을 부여하고 분리하고 모으고 다시 시작하다 멎다가 박차를 가하면서 "세계… 세계로 태어나는 것… 이 세상… 이 아무것도 아닌 작은 *끄트머리*…"라는 시원의 사건을 형성하는 이 모든 것에, 살의 온갖 위치들을 엄정하게 조합하는 입에, 떨면서 언어라는 질료를 절개하는 입에, 살과 뼈이자 글쓰기의 단호한 제스처인 그것에 온통 넋을 빼앗긴다.

1984년 2월 25일 자 『타임스』지가 전하는 바에 의하면, 한 열광적인 독자가 작가 앞에 나타나서 이렇게 공언했다 한다. "실례지만 베케트 선생님, 저는 일생 동안 선생님의 열렬한 찬미자였고, 40년 전부터 죽 선생님의 책을 읽어왔답니다." 그 말에 작가는 이렇게 대꾸했다. "참 피곤하시겠습니다."

어느 날 한 지적인 프로듀서의 제안에 응해 텔레비전용 작업을 하게 되면서 사뮈엘 베케트는 이 매체의 전적인 권능을 발견하게 된다. 그러면서 그것에 자신이 행하는 연구의 가장 내밀한 부분을 내맡긴다. 1966년에 「어이 조(Eh Joe)」를 이미 제작한 적이 있던 그는 1977년에 「고스트 트리오」와 「오직 구름만이…(...but the clouds...)」를, 1981년에 「쾌드(Quad)」를, 1982년에 「밤과 꿈(Nacht und Traüm)」을, 그리고 1986년에 「무엇을 어디서(What where)」를 만든다.

　왜 텔레비전이냐고? 바로 상자 속에서 세상을 제어하고 그것을 축소된 모형으로 만들며, 우발을 줄이고 무한을 다루기 때문이다. 텔레비전이 허락하는 유연하며 거

116

의 가정적인 탐사는 그로 하여금 영화의 무거운 연금술적 속성을 면해주기 때문이다. 근접과 집중, 연속, 심지어 우리가 베케트와 더불어 발견하게 될 테지만, 명상까지도 가능하게 하기 때문이다.

그래도 재차 그 이유를 묻는다면? 방법론의 문제 때문이다. 텍스트에서와 마찬가지로 이미지에서도 베케트는 멀찍이 물러나서 냉정하게 바라보는 존재를 탐구한다. 텍스트에서 그것은 아이러니에 의해서, 이미지에서는 대물렌즈 — 그의 말을 따르자면, "야생인의 눈(the savage's eye)"을 통해 수행된다. 무엇이 이 시선을 가차 없게 만드는가? 바로 그것의 지속적인 적용이다. 멀리서부터 다가와 배우의 입술 근처에 정지하는 길고 음흉한 이동촬영이든 유일한 한 장면의 일반 고정 컷 촬영이든, 카메라는 탐문관과 같은 단 하나의 움직임을 통해 세부를 낱낱이 파고든다. 몽타주 작업은 없거나 지극히 드물다. 어쩌다 배우나 기계가 장애에 부딪혔을 경우엔 모든 것을 고스란히 다시 찍고, 그러면 카메라는 또다시 전 과정을 냉정하게 바라본다. 수석 촬영기사였던 짐 루이스(Jim Lewis)는 그것을 이렇게 표현했다. "다 드러내어지는 거죠. 상처를 쑤셔서 점점 더 벌리는 것과 같아요."

오랜 시간이 지난 후, 베케트를 알았던 사람들은 앞다투어 그를 향한 사후의 사랑을 차지하려 들거나 그에 대한 기억을 서로 시샘하곤 했다. 또는, 오직 자기 자신에게만 건네졌던 베케트의 목소리라든가 역시 오직 자기 자신만을 애정으로 감싸 안았던 그의 시선, 오직 자기 자신만이 함께 나눌 수 있었던 그의 웃음에 대한 추억을 각자 마음속으로 어르곤 했다.

말년의 브람 판 펠더(Bram van Velde)는 사뮈엘 베케트의 『동반자(Compagnie)』를 읽곤 했다. 텔레비전을 통해 방영된 한 대담에서 그는 그 책을 한 번도 곁에서 떼어놓은 적이 없다고 밝혔다. 그것을 정원에 들고 나가고 또 저녁에는 침대 머리맡 테이블에 놓아두는 식이었는데, "한 번에 읽는 양은 아주 적습니다." 얼마 지나지 않아 그가 세상을 떴을 때에도 책은 여전히 그곳에 있었던 것으로 보인다. 베케트는 여러 해 동안 브람 판 펠더의 아틀리에를 방문해 그의 작업 과정을 좇았다. "1940년에 내 곁에 베케트가 없었더라면 아마도 견디지 못했을 것이오", "베케트와의 만남은 기적과도 같은 우연이었지요." 그들은 거의 말을 하지 않았을 것이다(그리고 그런 종류의 게임에 관한 한 브람이 베케트보다 한 수 더 위였던 듯하다). 베케트는 이따금 펠더의 작업에 코멘트를 가하는 위험을 무릅쓰기도 했지만 그런 다음에는 황급히 그에게 편지를 보내 모든 걸 잊으라고 하곤 했다. "최근에 당신의 작업에 관해 많이 생각해 보았습니다. 그러고 나서 제가 일전에 이야기한 내용이 모두 다 쓸데없는 말이라는 것을 깨달았지요." 겨울에는 아틀리에의 실내가 하도 냉랭해서 고

드름이 얼 정도였지만 두 사람은 침묵에 잠긴 채 각자 문학 또는 회화가 (나아가 그것들의 미묘하고 골치 아픈 변이형들마저도) 던질 수 있는 가혹한 질문들 중 하나와 씨름하느라 자신을 소진하고 있었다. 혹자는 브람 판 펠더의 궁핍 — 그 가난의 운명, 내밀한 힘을 제공하는 희귀한 수단으로서의 물질적 빈곤, 환희의 또 다른 형태라 할 정신의 긴장이 베케트를 매혹시켰다고 보기도 했다. 그들은 적어도 어느 시기 동안 서로 상대방에게 없어서는 안 될 동반자였다. 그들은 둘 다 모색적이며 자아로 인해 내적으로 흔들리는 우정을 통해 서로를 깊이 인정했다(이것은 확실한 사실이다). 따라서 하나는 다른 하나의 이름으로 자기 작업의 가장 비밀스러운 지점을 지칭할 수 있었다. 그러니까 그 얼음장 같은 아틀리에에서 두 사람은 일종의 원한 같은 것을 느끼며 빈자리(lieu vide)의 형태라든가 물러남의 긍정성, 또는 장애에 맞서는 저항 따위의 참담한 문제들을 곱씹고 있었던 것이다.

나란히 서 있는 두 사람의 프로필을 보여주는 사진이 한 장 있다. 그들은 동일한 동작으로 몸을 숙인 채 어딘지 포착할 수 없는 지점을 바라보고 있다. 검은 눈자위 깊숙이 박힌 날카로운 눈매며 완벽하게 생선 가시 모양을 그리며 그어진 주름들, 그런가 하면 힘과 내면성 그리고 둘이 있어 배로 증폭된 아름다움이 제공하는 섬세한 통찰력에 대한 막대한 신뢰감…. 이런 것들로 인해 이 두 사람은 마치 하나가 다른 하나를 오려내어 만든 듯하다. 침묵과 집중. 그리고 그들의 시선이 향하는 지점은 여전히 그곳이 어디인지 포착되지 않은 채로 남아 있다.

베케트는 죽음을 맞기 몇 해 전에 뇌 수술 전문의인 로런스 셰인버그(Lawrence Shainberg) 박사를 만났다. 그는 의사에게 대단히 자세하고 구체적인 질문들을 던졌으며, 의사는 1987년 한 잡지의 지면을 통해 그 내용을 알렸다. 그에 의하면 베케트는 이런 일들을 물었다. "두개골은 어떻게 절개합니까?", "두개골과 뇌 사이의 거리는 얼마나 됩니까?", "두부 안쪽에 수술을 행하는 동안 두개골의 뼈는 어디에 보관해둡니까?" 그의 호기심은 끝이 없었다고 셰인버그는 전한다.

두개골. 기록과 수용의 장소. 볼록 꼴, 혹은 동굴. 상자, 혹은 매스(masse). 돌, 혹은 성배. 베케트의 모든 장면은 저 자신을 향하는 사유의 질료가 그려내는 굴곡과 투영 속에서 벌어진다. 검은 복도, 높다란 문, 간이 침상의 밑바닥, 늘어진 커튼, 앞으로 걸어가는 아이, 녹음했다 지웠다 다시 녹음하는 기구, 부여되는 명령, 느닷없이 찾아드는 추억, 원조의 손길, 얼룩 하나 없는 속옷… 이런 것들은 다 무엇인가? 이 모든 것들이 사유의 가능한 표상이 아니라면 대체 무엇이겠는가? "두개골 바깥 홀로 그 안 / 어디선가 가끔씩 / 마치 무언가처럼 / 두개골 바깥 속에서 취한 / 최후의 피난처" 바깥과 안. 맨 처음 글쓰기는 그사이의 문턱을 팠고, 공간을 열었으며 거기에 자신의 빛을 실어다주었다. 이제 그것은 잉크와 종이를 버리고 스스로에게 빛을 질료로 부여할 수도 있다. 베케트는 따라서 영화나 텔레비전 작업을 한다. 하지만 이 모든 것은 동일한 작업이다. 비록 도구는 바뀌었을지언정 그로 하여금 감각의 세계를 어렴풋이 가로지르도록 인도하는 동기는 판 펠더의 그림들을 바라보던 1948년의 그것과 다르지 않다. "끝없는 베일, 베일 뒤의 베일, 불완전한 투명성들이 겹쳐지는 평면 위의 평면을 벗겨내는 것. 드러낼 수 없는 것, 아무것도 아닌 것, 다시 사물을 향하여 폭로하는 것. 그리고 유일성 속에, 그 침투 불가능한 근접성의 장소 속에 가두는 것. 감방의 돌 위에 그려진 감방, 이른바 투옥의 예술."

두개골-동굴, 바로 그 어두컴컴한 굴 속에서 과거의 형상들이 열 지어 지나간다. "잠시 하늘이 보인다. 각양각색의 하늘들. 이어 그 하늘들은 온갖 얼굴과 단말마, 서로 다른 사랑의 형상이 되어간다. 뿐인가, 갖가지 행복의 형상까지도. 그러니까, 불행하게도, 행복 또한 존재하였던 건가." 빛의 펄럭임 속에서 아련한 추억이 형태를 갖추어가더니 분주히 움직이며 웅성이다 사라져간다. 글쓰기란 그 전체가 바로 그 이미지들로 이르기 위한 것이었으리라. 그 이미지들이야말로 추억이 입는 영광의 몸이자 어느 날 멈춰버린 것과 머지않아 완결될 것 사이에 세워진 정경, 또는 유령들을 불러내려는 정신의 청원인 것이다.

어두운 복도. 모습을 드러내는 것은 유년의 시절이다. 언제나 맨 처음에 오는 것은 유년기. 잃어버렸다고 믿었던 것들과 쉽고 단순하게 재회할 때 그와 더불어 조용히 다가오는 죽음의 부드러운 형태. 투 록스, 쓰리 록스, 글렌두, 티브래든, 또는 킬라키로 가는 돌투성이 산길들. 한 남자가 아이의 손을 잡고 그 길을 가고 있다. 그런 곳에서만 볼 수 있는 쓸쓸한 나무 한 그루 앞에 이른 두 사람은 그 자리에서 잠시 쉰다. 아이는 조약돌이나 풀포기를 줍는다. 또는 하늘을 바라본다. 그런데, 때때로 그가 이야기 했던 것처럼, 아버지가 아이를 나무에 비끄러맨다. 그는 아주 부드럽게, 아주 조심스럽게 아들을 나무에 묶고 커다란 손으로 아이의 뺨을 어루만진 후 그것을 마지막으로 떠나간다. 점점 더 멀어지면서, 여전히 손을 흔드는 가운데, 아버지가 사라진다. 모든 것이 정지되고 아무것도 숨쉬지 않는다. 나무는 잎사귀 하나 흔들지 않는다. 몇 시간이 흐르도록 사위에 있는 것이라곤 드넓게 펼쳐진 돌들의 공간뿐. 마침내 저편, 모든 것이 사라졌던 바로 그 정확한 지점에 아주 작디작은 무언가가 모습을 드러내더니 점차 아버지의 모습을 띠어간다. 아버지의 형상이 커지고, 커지고, 더 커져서, 마침내 우리 눈앞에 보이는 것이라곤 오직 그이일 따름이다. 마침내 우리는 그와 마주 서서 그의 두 팔 속에 갇혀버릴 따름이다. 보아라, 떠올라서 집요하게 지속되는 영상은 바로 그것이다.

좀 더 나중의 또 다른 장면 하나. 바다로부터 불쑥 솟아오른 화강암 돌길이 절벽 사이로 구불구불 나 있다.

하늘은 낮게 드리웠고 물은 자그마치 40피트 발아래다. 접근이 제한된다. "젠틀맨 온리." 여름철이면 부인네들은 멀찍이 떨어져서 구경한다. 아버지와 두 아들 프랭크와 샘은 어깨에 수영 타월을 걸친 채 종종걸음으로 절벽에 다다랐다. 아버지가 기쁨의 환호성을 지르며 단숨에 물속으로 몸을 날린다. 40피트. 소년들은 서로 부둥켜안고 절벽 가장자리에서 주춤거린다. 발가락에 경련이 일 듯하고 입고 있는 줄무늬 수영복이 비쩍 마른 상체 위에서 살짝 주름 잡힌다. 둘은 얼굴이 납빛이 된 채 재빨리 시선을 교환한다. "신사 외 접근 금지." 그런데, 예고도 없이 불현듯형이 물을 향해 뛰어든다. 너무 멀어 목소리조차 들릴 듯 말 듯한 저 아득한 아래편에서 이제 아버지와 형 두 사람의 몸이 회색빛 물과 확연히 구분되지 않은 채로 부글거리듯 움직이고 있다. 두 사람이 그를 향해 얼굴을 돌리고 외친다. 비 어 브레이브 보이. 그러면서 또다시 이리저리 철썩이며 무질서한 동작을 보이는 두 사람은 마냥 행복해 보인다. 좀 있으면 그를 제외한 두 사람은 똑같이 물에 얼굴을 담근 채 개구리헤엄을 치며 멀어져가리라. 애야, 용기를 내, 비 어 브레이브…. 그는 아래로 몸을 던진다.

다른 곳에서, 그는 키 큰 낙엽송 꼭대기로부터 허공을 향해 뛰어내린다. 때로는 떨어지는 재미로, 때로는 충격에 대한 취향으로. 그는 떨어진다. 같은 짓을 다시 시작한다. 그는, 떨어진다.

그리고 그의 목소리로 말하자면,

"느린 편이었어요. 말소리가 크지는 않았고, 낮은 편이었나. 그 안에 뭔가 금속성을 띤 음성이었지요. 외국식 말투는 느껴지지 않았습니다. 그리고 간간이 침묵하는 걸로 치자면, 당연히 굉장히 오랫동안 침묵하곤 했지요."

"아, 나지막하고 굉장히 침착하면서 사람을 안심시키는 목소리였지요. 그리고 느리고요."

"베케트 목소리요? 글쎄, 그게 어땠다고 해야 하나?"

"살짝 베일로 가려진 듯 희미한 목소리요. 왜 깊은 데서 나는 것 같은 소리 있잖습니까."

"외국어 억양이 꽤 있는 편이었어요. 예, 그랬어요."

"약간 헐떡거리는 듯한 목소리였는데. 말하자면 현관용 매트의 까칠까칠한 쪽 같은 음성이랄까요."

"딱 한 번, 단 한 마디 하는 걸 들은 적이 있어요. 미뉘 출판사의 좁고 가파른 계단에서 그와 마주친 적이 있지요. 그가 좀 높은 음성으로 나를 향해 '실례합니다'라고 했지요."

"그의 목소리라고요. 가만있자, 베케트의 목소리라. 그걸 잊을 리야 있겠습니까만 그렇다고 딱 꼬집어 묘사하기란 쉽지 않군요."

"낭랑하면서도 늘어지는 듯 느린 말투를 썼지요. 음색은 낮은 편이었습니다. 그가 낭독을 할 때면 「미라보 다리」를 읽던 아폴리네르와 마찬가지로 강렬했지만, 단 과장 없이 단일한 어조로 좀 더 집중해서 읽었어요. 말하자

124

면 같은 것의 모던한 버전인 셈이었죠."

"더블린 액센트가 상당히 두드러졌지요. 더블린 교외 중산층의 말투 말예요. 더블린 사람들의 관용어도 능숙하게 사용했고요."

"먹먹한 목소리. 잘 안 들렸어요. 목소리보다는 다른 것이 더 주의를 끌었는데, 아마 그의 시선이었지 않았을까 싶네요."

"목소리가 다채로웠어요. 낮은 편이었고요. 외국어 억양은 거의 없다 싶을 정도로, 살짝."

"외국식 억양이요. 예, 있었죠. 아일랜드어를 말할 때는 물론이고 프랑스어를 할 때도 전형적인 더블린 남부 교외 신교도들의 액센트를 썼어요."

"그의 목소리는 바리톤 높이 정도 될 거예요. 그러면서 약간 쉿쉿 소리를 내는."

"그는 평생 살짝 영국식 액센트가 섞인 어투를 구사했는데, 일단 말을 하기 시작하면 상대방을 신임하는 사람이었습니다. 듣는 사람을 신뢰하니 상대방도 베케트에게 믿음을 느끼게 되곤 했지요."

"베케트는 말예요, '스' 발음을 좀 즈즈거렸나, 하여튼 좀 슈슈거리는 소리를 냈죠. 그게 아일랜드 억양이라고들 생각은 했는데, 말할 때 약간 스슷거리는 편이었어요. 외국식 액센트요. 예. 당연히 외국 사람 억양이 있었죠."

"베케트 목소리요. 따로 외국어 투가 있었다는 기억은 없어요. 하지만 아마도 제가 기억을 재구성하고 있는

125

건지도 모르죠."

"저는 종종 베케트 꿈을 꿔요. 그런데 꿈에서 그의 목소리를 들은 적은 한 번도 없어요."

"그의 목소리가 낮았냐고요? 아니요, 낮았다고는 할 수 없을 것 같은데요."

"잘 떠오르지 않아요. 이젠 아득히 오래된 일이니까요."

"전 잊어버렸어요. 심지어 그의 얼굴마저도 기억나지 않습니다."

밝혀두기

거짓말에는 그런대로 적응할 수 있는데 부정확한 것은 참을
수가 없다.

새뮤얼 버틀러*

사뮈엘 베케트가 소장했던 도서들에는 『신곡』의 다양한 판본이
포함되어 있다. 그중에서도 특히 눈에 띄는 것들은 『신곡(La
Divina Commedia)』(C. T. 드라고네[C. T. Dragone] 편집,
알바, 에디치오네 파올리네[Edizione Paoline], 1960)이나 『단테
알리기에리(Dantis Alagherii Operum Latinorum Concordantiae)』
(랜드[Rand]·윌킨스[Wilkins]·화이트[White] 편집, 옥스퍼드,
클래런던 출판사[Clarendon Press], 1912)이다. 이 책들은 레딩
대학교(University of Reading)의 베케트 필사본 총서(Beckett
Manuscript Collection)가 보유하고 있다.

사뮈엘 베케트가 프랑스어로 작성하고 주를 붙인 집중주의에
관한 타자본 연설문 또한 레딩 대학교의 베케트 필사본 총서
내에서 열람할 수 있으며, 그 분류 번호는 ms 1396/4/15이다.
'호로스코프(Whoroscope)'라 명명된 17×11cm 크기의 수첩 역시
이곳에 분류 번호 ms 3000으로 보관되어 있다. 베케트는 이 수첩에
자신이 읽은 책들의 몇몇 페이지들을 옮겨 적어두었다.

---

* Samuel Butler(1835-902). 영국 소설가. 빅토리아 왕조 시대의 풍속, 정신을 풍자한
작품들을 주로 남겼다. 작품에 『에레혼(Erewhon)』(1872), 『만인의 길(The Way of All
Flesh)』(1903) 등이 있다.

존슨 박물관에 소장된 작품들에 관한 묘사는 「1932년 7월 앨더만 W. A. 우드가 정리한 존슨 박사 생가의 소장품 목록(List of Contents of Dr. Johnson's Birthplace, compiled by Alderman W. A. Wood, July 1932)」을 참조한 것이다. 조르주 상드는 장 자크 루소관을 방문한 자신의 경험담을 1863년 『라 르뷔 데 되 몽드(La Revue des Deux Mondes)』지에 '레 샤르메트에 관하여(À Propos des Charmettes)'라는 제명으로 기고했다. 에르네스트 르낭은 그로부터 1년 후인 1864년 5월 15일 레 샤르메트관 방명록에 서명을 남긴다. 새뮤얼 존슨이 말한 내용은 제임스 보즈웰의 책 『새뮤얼 존슨의 생애(Vie de Samuel Johnson)』(제라르 줄리에[Gérard Joulié] 옮김, 라주 돔므[L'Âge d'Homme], 2002)에 실려 있다. 존 오브리가 기술한 내용은 『오브리 약전(略傳)집, 원본 발췌 편집본(Aubrey's Brief Lives, edited from the original manuscripts)』(올리버 로손 딕[Oliver Lawson Dick]의 서문, 런던, 세커 앤드 워버그[Secker and Warburg], 1950)에서 확인할 수 있다.

보르헤스가 『와트(Watt)』의 수고본을 열람한 일화는 칼튼 레이크(Carlton Lake)의 『의도되지 않은 곳엔 상징이 없다(No symbols where none intended)』(휴머니티 리서치 센터[Humanities Research Center], 텍사스 오스틴 주립 대학교[University of Texas, Austin], 1984)에 수록된 베케트 총서의 카탈로그에 언급되어 있다. * "no symbols where none intended"는 베케트가 『와트』(1953)의 부록(Addenda) 형식으로 붙인 글의 마지막 구절이다. — 옮긴이

수직주의 선언문 「시는 수직이다(Poetry is Vertical)」는 1932년 『트랜지션』지 21호에 실렸으며 더글러스 맥밀런(Douglas

McMillan)의 『트랜지션, 한 문학 시대의 역사 1927-38(transition, The History of a Literary Era 1927-1938)』(칼더 앤드 보야스[Calder and Boyars], 1975)에 재수록되었다. 사뮈엘 베케트, 카를 아인슈타인과 더불어 선언문에 서명한 다른 이들로는 한스 아르프(Hans Arp), 유진 졸라스(Eugene Jolas), 제임스 존슨 스위니(James Johnson Sweeney)가 있다.

글쓰기에 대한 베케트의 고찰 대부분은 그가 토머스 맥그리비(Thomas MacGreevy), 낸시 커나드(Nancy Cunard), 조르주 뒤튀(Georges Duthuit), 로런스 하비(Lawrence Harvey), 조슬린 허버트(Jocelyn Herbert), A. J. 레벤탈(A. J. Leventhal), 메리 매닝(Mary Manning), 찰스 프렌티스(Charles Prentice), 새뮤얼 퍼트넘(Samuel Putnam), 제이크 슈워츠(Jake Schwartz), 알랜드 우셔(Arland Ussher) 등과 교환한 서신의 발췌문에서 인용한 것이다. 이 발췌 내용은 제임스 놀슨(James Knowlson)의 『베케트(Beckett)』(오리스텔 보니스[Oristelle Bonis] 옮김, 솔린/악트 쉬드[Solin/Actes Sud], 1999)와 데이드레 베어(Deidre Bair)의 『사뮈엘 베케트(Samuel Beckett)』(레오 딜레[Léo Dilé] 옮김, 리브레리 아르템파야르[Librairie Arthème-Fayard], 1979)와 같은 소중한 연구서에 실려 있다. 베케트의 독일 수첩에 관한 언급은 같은 제임스 놀슨의 저서에서 인용하였다. 그가 앨런 슈나이더(Alan Schneider)와 교환한 서신 내용은 『작가와 그 최상의 조력자, 사뮈엘 베케트와 앨런 슈나이더의 서한집(No Author Better Served, The Correspondence of Samuel Beckett and Alan Schneider)』(모리스 하먼[Maurice Harmon] 엮음, 하버드 대학교 출판부[Havard University Press], 1998)에서 발췌한 것이다. 그 밖에 베케트가 시몬 드 보부아르에게 보낸 편지들은 앞에 언급한

칼튼 레이크 판본에 들어 있다. 카를 발렌틴에 관한 내용의 출처는 1973년 11월 29일에 그가 미카엘 슐트(Michael Schulte)에게 보낸 편지이다. 이 편지는 1993년에 장 주르되이유(Jean Jourdheuil)와 장프랑수아 페레(Jean-François Peyret)가 연출한 「카바레 발렌틴(Cabaret Valentin)」의 프로그램에 실려 있다. 1948년 7월 27일에 조르주 뒤튀에게 보낸 편지는 1990년 8–9월 『크리티크(Critique)』지 519호와 520호에 실린 레미 라브뤼스(Rémi Labrusse)의 글에서 재인용한 것이다. 베케트가 브람 판 펠더에게 보낸 편지 및 화가가 남긴 말들은 도록 『브람 판 펠더(Bram van Belde)』(클레르 스투이그[Claire Stoullig] 엮음, 퐁피두 센터[Centre Pompidou], 1989)에서 추출하였다. 인용된 베케트의 답변은 1985년 『리베라시옹(Libération)』지의 설문 "당신은 무엇 때문에 쓰는가?(Pourquoi écrivez-vous?)"에 대한 것이다. 마지막으로, 그가 자신의 출생에 관하여 언급한 부분은 1970년 2월 『보그(Vogue)』지 2031호의 인터뷰에서 끌어왔다.

사뮈엘 베케트의 작품은 미뉘 출판사(Les Éditions de Minuit)에서 출간되었다. 인용문들의 출처는 다음과 같다. 『다시 끝내기 위하여(Pour finir encore)』(1970, 1976), 『동반자(Compagnie)』(1985), 『프루스트(Proust)』(채토 앤드 윈더스[Chatto & Windus], 1931, 1990), 『고도를 기다리며(En attendant Godot)』(1952), 『잘 못 보이고 잘 못 말해진(Mal vu mal dit)』(1981), 『머피(Murphy)』(라우틀리지[Routledge], 1938, 1965), 『필름(Film)』, 「일반 개요(Aperçu general)」(『코메디 및 기타 극작품[Comédie et Actes divers]』[1972]), 『시집(Poèmes)』(1978), 『이름 붙일 수 없는 자(L'Innommable)』(1953), 『와트(Watt)』(1968), 『마지막 테이프(La Dernière bande)』(1959),

『어떻게 되는지(Comment c'est)』(1961), 「없는(Sans)」(『죽은-머리들[Têtes-mortes]』[1972]), 『오 행복한 날들(Oh les beaux jours)』(1963), 「독백극(Solo)」(『대단원[Catastrophe]』[1986]), 「나는 아니야(Pas Moi)」(『오 행복한 날들』[1963]), 『세계와 바지 / 장애의 화가들(Le Monde et le pantalon, suivi de Peintres de l'empêchement)』(1989), 「오직 구름만이…(...que nuages...)」(『콰드 및 기타 텔레비전을 위한 작품들[Quad et autres pièces pour la télévision]』[1992]).

영어로 작성된 짧은 텍스트들의 경우(기고문, 강연록, 기타 자료들)는 영국의 존 칼더 출판사(John Calder Publisher)에서 출간된 『소편(小片)들(Disjecta)』(루비 콘[Ruby Cohn] 엮음, 런던, 1983), 그리고 원래 1930년 파리의 디 아워즈 출판사에서 나왔던 『호로스코프』가 포함된 『시 전집 1930–78(Collected Poems 1930–1978)』(런던, 존 칼더 출판사, 1986)에서 발췌하였다. 「단테… 브루노. 비코··조이스(Dante...Bruno. Vico..Joyce)」는 『'진행 중인 작품'을 진행시키기 위하여 그가 실행한 일에 대한 우리의 검토(Our Examination Round His Factification for Incamination of Work in Progress)』(파리, 셰익스피어 앤드 컴퍼니[Shakespeare and Co.], 1929)에서 인용하였다. 그 외 출처로는 악셀 카운(Axel Kaun)에게 보낸 1937년의 편지가 있다. 「최근의 아일랜드 시(Recent Irish Poetry)」는 1934년 8월, 『더 북맨(The Bookman)』지에 앤드류 벨리스(Andrew Belis)라는 가명으로 실렸다. 한편 「카스칸도(Cascando)」는 원래 『더블린 매거진(Dublin Magazine)』지 XI, 1936년 10–12월 호에 등재되었던 것이다.
* 『'진행 중인 작품'을 진행시키기 위하여 그가 실행한 일에 대한 우리의 '과장된' 검토』: 애초에 '진행 중인 작품(Work in

Progress)'이라는 제목으로『트랜지션』지에 분재되었던 조이스의
『피네건의 경야』출간을 즈음하여 이 전위적이고 문제적인 작품을
집중 거론한 여러 에세이와 편지들을 묶어 낸 것이 이 괴상한
제목의 책이다. 최초로 인쇄된 베케트의 글인「단테··브루노.
비코··조이스」는 이 책 첫머리에 실렸다. — 옮긴이

윌프레드 루프레히트 비온의 경우, 그의 사례 연구는『두 번째 사유.
정신-분석에 관한 논문선(Second Thoughts, Selected Papers on
Psycho-analysis)』(런던, 윌리엄 하이네만[William Heinemann],
메디컬 북스[Medical Books], 1967)에서 참조 가능하다. 낸시
커나드가 자신의 추억담을 적은 책은『이것이 디 아워즈였다 —
나의 아워즈 출판사 회상기 1928–31(These Were The Hours,
Memories of My Hours Press 1928–1931)』(카본데일, 일리노이,
서던 일리노이 대학교 출판부[Southern Illinois University Press],
1969)이다. 페기 구겐하임의 경우 해당되는 저서는『나의 삶과
열정(Ma vie et mes folies)』(장클로드 에제르[Jean-Claude Eger]
옮김, 리브레리 플롱[Librairie Plon], 1987)이며, 아드리엔 모니에의
회상은『오데옹 가(Rue de l'Odéon)』(알뱅 미셸[Albin Michel],
1960)에 등장한다. 알랭 보스케는 "오늘날의 사뮈엘 베케트(Samuel
Beckett aujourd'hui)"를『콩바(Combat)』지 1971년 3월 29일
자에서 돌이켜보았다. 샤를 쥘리에는 그의 책『사뮈엘 베케트와의
만남(Rencontre avec Samuel Beckett)』(파타 모르가나[Fata
Morgana], 1986)에서, 앙드레 베르노는『베케트의 우정
1979–89(L'Amitié de Beckett 1979–1989)』(에르만[Hermann],
1992)을 통해 각기 증언을 남겼다. 존 포드(John Ford)는
『파리의 출판물(Published in Paris)』(IMEC 출판사, 1990)에서
디 아워즈 출판사의 역사를 되짚었다.

로제 블랭의 회상은 그의 『추억 (Souvenirs)』(갈리마르[Gallimard], 1986)에서 린다 벨리티페스킨(Lynda Bellity-Peskine)을 상대로 이루어졌다. 그는 1976년 『카이에 드 레른(Cahier de l'Herne)』지의 베케트 특집호에서 톰 비숍(Tom Bishop)과 대담을 가지기도 했다. S. M. 예이젠시테인은 그의 『회상록 2(Mémoires 2)』(『전집[Œuvres]』 제5권, "10/18", UGE, 1980)에서 조이스를 언급했다. 자코메티의 말은 제임스 로드(James Lord)의 『자코메티의 초상(Un Portrait de Giacometti)』(갈리마르, 1991)과 장 주네(Jean Genet)의 『자코메티의 아틀리에(L'Atelier de Giacometti)』(라르발레트[L'Arbalète], 1958)에서 발췌하였다. 세잔에 관한 언술은 릴케가 클라라에게 보낸 편지들을 『폴 세잔에 관한 편지들(Lettres sur Paul Cézanne)』(쇠유[Seuil], 1995)에서 추출한 것이다. 제롬 랭동과 장 폴랑은 안 시모냉(Anne Simonin)의 『미뉘 출판사 1942-55(Les Éditions de Minuit, 1942-1955)』 (IMEC 출판사, 1994)에서 언급되었다. 로제 켐프(Roger Kempf)는 1999년 1월 『르 마가진 리테레르(Le Magazine littéraire)』지 372호의 '측근이 말하는 베케트(Beckett raconté par les siens)' 코너를 통해 베케트가 자기 아버지와의 산책과 관련해 남긴 이야기를 들려주었다. 이마누엘 칸트의 인용구에 관해서는 「서적 복제의 비합법성에 관하여(De l'illégitimité de la reproduction des livres)」, 『책이란 무엇인가?(Qu'est-ce qu'un livre?)』(PUF/콰드리지[Quadridge], 1995)를 참조하면 된다. 바실리 칸딘스키에 관해서는 「면 위의 점과 선(Point et ligne sur plan)」(쉬잔 그리고 장 뤼피앵[Suzanne et Jean Luppien] 옮김, 갈리마르, 1991)이나 「반향(Sonorité)」(『과거를 향한 시선 및 기타 글들[Regard sur le passé et autres textes]』, J. C. 그리고 E. 부이용[J. C. & E. Bouillon] 옮김, 에르만, 1974)을 볼 것. 데이비드

워릴로우의 일화는 『워릴로우 일인극(Warrilow Solos)』(아트 쉬드, 1996)에 실려 있으며 짐 루이스의 것은 피에르 샤베르(Pierre Chabert)가 이끄는 『미학지(Revue d'esthétique)』(1986)의 「베케트와 카메라(Beckett et la camera)」(샌드라 솔로브[Sandra Solov]와의 대담)에서 찾아볼 수 있다. 마지막으로, 명민했던 아돌프 보세르(Adolphe Bossert)는 『대화와 편지로 바라본 쇼펜하우어와 그의 제자들(Schopenhauer et ses disciples d'après ses conversations et sa correspondance)』(아셰트[Hachette], 1928)을 통해 자신의 스승이 남긴 말들을 후세에 전하였다.

저마다의 이야기나 연대 기록, 또는 저서를 통해 "생각들, 생김새의 움직임들, 그리고 사건들"을 그러모아준 모든 이들 — 요컨대 마르셀 슈보브(Marcel Schwob)가 "끈기 있는 조물주(patients démiurges)"라 불렀던 이들에게, 특히 멀든 가깝든 간에 언제나 환대 어린 태도로 내게 베케트의 음성을 들려주었던 모든 목소리들에게 감사의 뜻을 전한다.

옮긴이의 글

저녁의 말, 침묵

조락과 사라짐에 대한 어쩔 수 없는 회한이 삶의 자취를, 빗으로 천천히 누군가의 머리칼을 빗겨 내리듯, 흐리고 또 느리게 돌아보도록 만든다고 생각해. 흐리고, 또 느려서, 차라리 생겨나는 것은 쌓이고 쌓이는 리듬, 끝없이 생겨났다 지워지는 선들의 조용하고도 간헐적인 움직임. 잠깐의 빛이나 이상한 기쁨은 그렇듯 나이와 성별과 세월이 지워지는 사이에 문득 돋아나는 파릇하거나 발그레한 색 같은 것이라 생각해. 앞의 것에 유독 신경을 기울일 때 구상보다는 추상과 기하와 무용의 본질에 기구하듯 가까워진다고도 생각해. 밤아, 라고 불렀을 때 쉽게 머릿속 궁륭 가득 번져나는 어둠 속에서 그 빛과 색들은 우연을 잇는 별들의 자리가 된다. 가령, 규(奎). 탄식처럼 새어 나와 공기 중에 가벼운 무리로 퍼지는 규수(奎宿)의 별무리.*

티끌과 먼지라는 존재감, 또는 그 역을 생각해. 잘 생각하려 하면 할수록 입안에서 텁텁하고 밍밍하면서도 매캐한 맛을 구현하는 이것들은 막연해져. 사물과 존재감, 현존과 부재, 아득히 먼 것과 지극히 가까운 것. 이런 건 대체 같

* 서방백호에 드는 일곱 개 별자리 중 첫 번째 것인 규수는 문운을 관장한다. 문장과 학문, 도서관과 서고의 세상은 규성을 중심으로 펼쳐진다.

135

은 것인가 다른 것인가. 입안의 돌알과 말 속에 돌올하는 침묵. 돌을 주워 입에 물고 빠는 사람은 긴 시간을 이따위 질문이나 반추하고 음미하는 연옥의 사람. 삼켜도 자꾸 치밀어 올라오는 그 질문에 가까이 다가간 나머지 결국 반추와 음미 그 자체의 무사 무감한 과정이 되어가려는 사람. 사람의 굴레와 인지(perception)의 프레임에서 약간 누락되어 버리(려)는 그는 그 순간 어디까지나 적셔진 채 움직이는 돌의 모션, 돌들의 운행이다. 방법이 그것밖엔 없는지. 무섭고도 즐거운 일인가 그것은. 묻는다. 문(問). 묻는다. 장(葬). 너의 주름들이 한없이 확장되어 모두의 고랑이 되어가는 그 프로세스, 차라리 프로세션. 이제 너는 선(線), 초를 든 긴 행렬. 오랫동안 죽어라고 일찍 잠자리에 들어야만 태어날 수 있었던 작가가 있었지. 이런 서두도 있다. "내가 언제 죽었는지 더 이상 모르겠다."*

레제

나탈리 레제. 어떻게 해서 이 이름을 알게 되었더라. 기억 속의 선후 관계가 뚜렷하진 않아. 2007년 봄, 파리 퐁피두 센터에서 베케트에 관한 자료전이 열렸고, 거기 갔었다. 지금까지 인상에 남아 있는 건 두 가지. 하나는, 베케트의 서체. 종이에 빼곡하고 촘촘하게 들어찬 그 글씨는 방안지의 깨알 같은 모눈들을 보는 듯했어. 공간과 여백의 가

---

* "Je ne sais plus quand je suis mort."(사뮈엘 베케트, 「진정제[Le Calmant]」[「단편들 그리고 아무것도 아닌 텍스트들」, 미뉘, 1958])

능성에 남김을 두지 않으려는 듯한 달필, 말 그대로 숨 막히는. 보이지 않는 송곳으로 투명한 구멍을 내고 싶었지. 아니, 베케트 자신이 한 일이 실은 그걸 거다. 또 하나는 전시실 한구석에 마련된 스크린이 반복해서 보여주던 「연극(Play)」(1963)의 영상 일부. 베케트 자신도 이 작품을 영상으로 연출한 적이 있지만(1966년, '코메디[Comédie]'란 제목으로, 마랭 카르미츠[Marin Karmitz]와 함께) 그날 그곳에서 틀어준 자료 화면은 앤서니 밍겔라(Anthony Minghella)가 '영상으로 본 베케트(Beckett on Film)'라는 기획 아래 제작했던 2000년도의 필름이었어. 세 명의 배우 중 내가 알아볼 수 있었던 사람은 지친 늦처럼 부드러운 눈매를 가진 크리스틴 스콧 토머스(Kristin Scott Thomas)가 유일했으나. 연극이 아니라 영상물인 덕분에 점프 컷과 클로즈업을 마음껏 활용한 이미지들의 연쇄 충돌적인 전개는 대사와 딕션의 난이도와 자세의 거북함이 배우들의 연기를 얼마나 고통스럽고도 찬란하고 정교한 퍼포먼스로 만드는지를 여실히 부각시키고 있었어. 얼굴에 덕지덕지 진흙을 바르고 그 진흙과 다를 것 없는 단지 안에 들어앉은 인물들의 동공은 눈이라기보다는 하염없는 두 개의 공동(空洞)으로 보였지. 그들의 말과 입은 그야말로 흘러내리거나 터져 나오는 물질성 그 자체. 그런 걸 바라보고 있으면 하늘이 무너지는 기분이 든다.

　　그보다 전, 2006년에는 말이야, 근처 서점에 들러 신간 코너를 둘러보다가 아주 작고 얇은 책이 있길래 무심코 집어 들었어, 그걸. 베케트에 관한 특이한 에세이. 픽션은 아니고, 하지만 전기라기엔 당치 않게 양이 적으며, 통상의 형식에서 벗어난. 책은 나뭇잎을 켜켜이 모아 단정히 묶은 모양새를 하고 있었다. 검은 머리 무용수처럼. 내용은 작은 단락들로 끊어져 있었는데, 그 단상들은 의외로 아름다운 문체와 섬세하고 지적인 성찰, 그리고 그 모든 것들을 통해 자꾸 유려해지려는 자신 앞에서 약간 망설이지만 결국 그 성향을 포기하지 못하고 표출하고 마는 어떤 저자의 특징을 드러내 보이고 있었어. 책날개에는 단 두 문장의 작가 소개가 전부더라. "나탈리 레제, 1960년생. 『사뮈엘 베케트의 말 없는 삶(들? 보통은 단수로 표기할 텐데)(Les Vies silencieuses de Samuel Beckett)』은 그녀의 첫 출판물이다." 그 나이 될 때까지 어디서 무슨 일을, 무슨 생각을 하고 산 여자일까. 그러나 글 쓴 태를 봤을 때 아무 데서 아무 일이나 하다가 대충 취미로 책을 쓴 사람은 분명 아니다. 나는 이 가려진 저자가 오랫동안 어디선가 문서를, 그것도 매우 높은 수준의 문서들과 지식을 끈기 있고 조신하게 다뤄온 사람일 것이라는 것을 직감적으로 알아본다. 수많은 지성의 충실한 동반자, 그들 그늘 아래의 조용한 그림자. 피셔디스카우나 슈바르츠코프 옆의 제럴드 무어(Gerald Moore).

2008년, 같은 서점에서 중고 소설을 한 권 샀어. 하얀 표지에는 싱겁게 아무것도 없는데 제목은 『노출』, P. O. L.

출판사에서 나왔다. 이번엔 글쓴이의 이름이 눈에 들어와서 책을 집었어. 19세기 한때 출중한 미모로 유명했던 카스틸리오네 백작 부인. 『노출』은 그녀의 생애와 그것을 추적하는 '나'의 작업과 상념, 다시 말해 부스러기 주위 담듯 모은 마담 카스틸리오네의 일화들과 화자 나의 흐트러진 회상이 단상 형식으로 교차되는 소설집. 레제는 비슷한 시기에 같은 유형의 글쓰기를 동원해서 한편으로는 베케트의 삶에 대한 에세이를, 다른 한편으로는 카스틸리오네의 생을 추적하는 연구원 '나'의 소설을 썼구나. 소설은 좋았고. 얼마 후 문화 잡지 『레쟁로쿱티블(Les Inrockuptibles)』에 그에 관한 호의적인 단평이 실렸을 때도 반가웠다. 『노출』은 오정희의 옛 소설들과 롤랑 바르트의 단상적 글쓰기(écriture fragmentaire)를 동시에 떠올리게끔 했는데. 바르트라는 이름이 지나쳐가는 순간, 나는 관심이 있었으나 가보지 못했던 퐁피두 센터의 바르트 자료전(2002년 11월–2003년 3월)과 용케 가볼 수 있었던 2007년의 베케트 자료전이 바로 레제라는 여자의 기획물일 수도 있다는 데 생각이 미쳤어. 과연. 그제서야 찾아본 한 줌의 정보를 통해 알게 된 사실은 레제가 IMEC의 일원이라는 점. 그리고 그 두 기획전의 간사(commissaire)였다는 점. IMEC(Institut Mémoires de l'Édition Contemporaine). '현대 저작물 기록 보관소'쯤으로 옮길 수 있을 이곳엔 많은 현대 작가와 저술가들의 육필 원고와 자료들이 보관되어 있어. 출판과 도서관학에 관련된 각종 연구와 저술, 전시 작업이 이루어지는 기관이기도 하지. 최근에 레제는 또 다른 소설을 냈다. 역시 P. O. L.에서, 『바버라 로든의 생애에 대한 부기』(2012)를. 바버라 로든? 잊힌 걸작이라 일컬어지는 영화 「완다(Wanda)」(1970)를 만들고 직접 출연한 감독이면서 엘리아 카잔의 아내이기도 했지. 이 책은 평단의 지지를 받은 모양으로, 리브르 앵테르 상을 수상했다. 하지만 어쩐지 나는 첫 번째 소설을 더 좋아하는 것 같네. 요새, 레제의 저서나 작업 정보가 전보다 많이 잡힌다. 꾸준하다는 증거인가. 2010년 무렵의 나는 언젠가, 즉 이런 종류의 일에 완전히 넌더리가 나지 않으면, 레제나 장필립 투생(Jean-Phillippe Toussaint)의 『마리에 관한 진실(La Vérité sur Marie)』(미뉘, 2009) 둘 중 하나를 골라 우리말로 옮기게 되지 않을까, 그랬더랬다. 일련의 우연에 의해, 또는 교차되고 중첩되는 여러 갈래 가능성에 의해 무수히 많은 이들의 삶은 만나고 갈라지고 다르면서 같은 자세, 만나지 않으면서도 관계있는 것이 되어가. 거미줄 속으로 손가락을 이리저리 넣어보고 있는 듯한 느낌이 든다.

그런 거 좋아해?

구(口), 두(頭), 미처 기대하지 않은
우리말의 횡재에 의해서, 구두

삶은, 정확히 사물들과 사실들의 정확성 사이로 나부끼며 지나가. 바람이나 유령처럼. 하지만 경우에 따라 유령은 또 얼마나 집요하게 사물과 사실들의 틈새를 비집고 되돌아오는지. 추억. 죽은 아버지의 유령이 되돌아와 입을 열 때 햄릿의 시간이 제 테두리에 스스로를 짓찧으며 얼마나 사납게 피멍이 드는지 다들 잘 알고 있지. 자연이, 자연스러운 것들이 거기서 비극적으로 일단락된다. 그리고 잿빛의 깊은 멜랑콜리 입장.

해서, 구(口)야, 두(頭)야, 미처 기대하지 않은 우리말의 횡재에 의해서, 구두야, 발의 환지통(幻肢痛)이 담기는 사물, 유령의 집념이 와서 어쩌지 못하는 이 뾰족한 발끝 마지막의 물건아(유령 너는 발이 없다며?). 터진 입은 버버벅, 떠들고. 빈 머리는 제 생각을 울리고. 어느 몸의 유품이기 마련인 사물들은 기어이 준엄한 침묵으로 남지. 그러니 말은 거기 부딪혀 비틀거릴 만도 하다. 말이 그 침묵을 제 안에 들일 수 있을까. 아니, 그것이 제 안에 난입하는 침묵을 뱉어내지 않을 수 있을까. 어떤 방식이든, 필사적으로 찾아야지. 이것이 베케트의 문제. 이것은 많은 이들의 문제. 침묵하는 단순한 사람은 제 안을 가르고 지나가는 숱한 목소리들을 듣는다. 게다가 목소리라는 건… 회상과 상상, 현재와 먼 과거를 가르며 떠오르는 그것은 의미의 반대편에서 그 무엇보다도 허깨비에 가까우며, 그것의 결을 추수하고 있는 우리 자신을 아예 매우 늙고 정신 나간 시간의 한복판에 잠기게 해. 아주 어려지는 동시에 한없이 늙을 수 있는, 그리하여 양방향으로 달려가는 작가의 시간에 관해 말한 사람이 헤르만 헤세(Hermann Hesse)였던가.

그러나, 머릿속에서 웅웅대는 목소리를 들을 때, 그것들을 포획하기 위해 문자의 손을 뻗을 때, 그 독백을 듣는 이는 이 뒤안길의 상황을 일부러 불러내기도 했을 것이다. 눈을 감으면, 아득히 풀리면서 조금씩 죽으면* 거기서부터 훌쩍 연장되거나 비로소 시작되는 (황량한) 길이 있기 때문에. 사물 주변을 겉도는 침묵을 말 속의 침묵으로 바꾸는 (가혹한) 가능성이 열리기 때문에. 베케트, 집중하는 방기. 선배 쥘 로맹이 일체주의로 추구한 바를 거꾸로 삭감의 방식으로, 위고나 발자크처럼 공룡과 같았던 작가들이 왕성한 섭렵을 통해 행한 것을 소진이라는 역방향에서 실천하는 일. 삶이 빠져나가기에 헤적거려 잡아야 하는 몸의 자취일진대, 말은 그 추적의 숨 가쁜 실패련만 그래도 그 유일한 가능성으로서 떨어져 내려. 넘어지는 모든 자들.** 사물이 존재의 부재를 비춘다면 거꾸로 그 사실에 부딪혀 비틀거리며 오는 말은 존재의 역량을 극적으

* 들뢰즈는 「필름」과 관련해 버클리를 언급한 베케트(41쪽 주 참조)에 착안하여 짧지만 인상적인 글을 남겼다. 말의 깊은 의미에서 눈을 감을 때 그 '인지 불가능(imperceptible)'의 지점에서 드디어 시작되는 원자의 우주적 여행, 미소하게 안으로 말리면서(involué) 드넓은 대양에서 조용히 찰싹대기 시작하는 작은 생성의 소용돌이가 있다. "머피가 말했듯이, 인물이 죽을 때 이미 그는 정신으로 움직이기 시작한 것이다." 들뢰즈의 「비평과 진단(Critique et clinique)」(미뉘, 1993)에 삽입된 "가장 위대한 아일랜드 영화(베케트의 「필름」)(Le Plus grand film irlandais['Film' de Beckett])" 말미(39쪽)를 풀어 쓴 것이다.
** *Tous ceux qui tombent*. 베케트의 원작(1956년 집필, 1957년 출간)을 1963년에 미셸 미트라니(Michel Mitrani)가 텔레비전전용 흑백 필름으로 각색하였다.

142

로, 다시 말해 요란한 불구성의 책략으로 과시해. 앙상한데 불쾌하게. 굶는 광대 식의 역설이랄까. 작은 도자기 찻종에서 풍성 충만한 시공간의 다발로, 프루스트나 조이스가 그처럼 증식을 통해 키워나간 목표를 제거를 통해 줄이고 굳이 나쁘게 만들면서 지향하는(Worstward ho!) 일. 헐렁한 구야, 고집스런 두야, 구두야 나날아, 슬픔에 누런 덧니처럼 불거지는 웃음을 겹쳐 얹는다, 얻는다. 이것은, 예컨대 직립이 불가능하다면 파행(爬行)해야 하는데, 그걸 이렇게 환호성 지르며 말하는 것과 같아. "아차, 기어가는 방법이 있지!"* 불구성은 혹독하고도 오랜 파산의 과정이면서 저를 일그러뜨리며 웃음을 발산시키는 방법. 그리고 이 모든 것은 대체로 꾸준하고 엄연한 생산의 공정, 나름의 작도라면 작도.

태양, 달, 행성들과 별들, 이런 것들은 그에게 아무런 문제를 제기하지 않았다. 기이하며 때때로 아름다운 그것들을 아마도 그는 일평생 제 주변에 두고 살아가리라. 그것들을 알고픈 유혹이 이따금 그를 사로잡곤 했다. 그러나 그는, 일종의 기쁨을 느끼면서, "너는 우둔한 사람이다(Tu es un simple)"라는 중얼거림을 증폭시키는 그 모든 것과 마찬가지로 그것들에 관해서 아무것도 이해하지 못하는 편을 택했다.**

* "Tiens, mais il y a la reptation!"(『몰로이』[미뉘, 1951])
** 『말론 죽다』(미뉘, 1951), 27쪽.

143

우리가 대면한 레제의 텍스트는 이 아연해하는 사람의, 생에 대한 산발적이고 가변적인, 따라서 거의 불가능하기까지 한 기억의 흔적이야. 삶. 켜와 단층과 구멍, 고랑에 대한 이야기.

어떤 의미에서, 쓰기 위한 것이든 읽기 위한 것이든 모든 전기나 그 비슷한 시도의 원류에는 성자전(hagiographie)의 매혹이 있지 않을까. 그러나 가장 뛰어난 성자전들의 신비한 아름다움은 정작 회심과 성흔과 고행으로 점철된 성자들의 머리 위에서 극적인 아우라를 담담히 떼어냄으로써 유발되는 경우가 많지. 마치 이런 모순적인 사실이 야멸차게 드러나도록 하는 건 어떠냐는 듯이. 오, 그 어떤 것도 아무것도 아닌 것보다는 리얼하지 않구나(*Rien n'est plus réel que rien*).* 성물이, 구두가, 또는 남겨진 사물들의 조용한 울림이 제시하는 교훈은 그저 그런 것이다. 하얀 제삿밥 표면에 습기가 빠져나가면서 살짝 잡히는 꼭새 발자국 같은 흔적. 딱 그만큼. 영혼은 딱 그만큼을 베어 물고 딱 그만큼의 구멍을 통해 해리되어 날아가지. 없음의 그 작은 자취는 그토록 정묘하고 단단하게 물려 있는데 그 나머지들은 갈래갈래 켜켜이 제각각…. 누군가의 삶이라는 수수께끼는 산산조각 난 난파선의 잔해물과 파도의 일렁임을 타고 풍성하게 펼쳐질 겹겹의 거품 주름

* 같은 책, 30쪽. 본문에서 이 문구는 저자에 의해 이탤릭체로 강조되어 있다.

사이에 여러 갈래 신기루처럼 걸쳐져. 한 번 더, 성자전의 역설적 매혹이지. 그렇기에 누군가는 그것을 칠팔백 페이지에 달하는 '사실'이나 진실의 중량감으로 복구해내려고 기를 쓰고 또 다른 누군가는 그 육중한 자료들과 문서들을 비워내 아주 가벼운 잎사귀들로 흩날리려는 세심한 노력을 기울여. 레제처럼. 어쨌든 어느 모로 보아도 삶은 자꾸 오면서, 또 별수 없이 가면서 여럿이 되는 것 아닌가. 제 앉은 자리에서 폭삭 늙는 시간은 왜 절대적인 속도로 유년의 봄 뜰로 갈까, 침묵하는 삶은 어째서 여러 번 시도되는 조그만 죽음의 이상한 울림일까, 바꿔 말해 왜 결국 '삶들'일까. 허구의 이야기를 꾸며내어 들려주려는 의도와 어느 한 시대를 진짜로 살아냈던 사람의 생애를 추적하여 전달하려는 시도 사이에 근본적으로 무슨 차이가 있나. 레제가 카스틸리오네 부인에 관한 자료철을 뒤적이는 어떤 있을 법한 여자에 관한 소설을 쓰려 하는 것과 사뮈엘 베케트라는 작가의 삶에 관한 에세이를 쓰려 하는 것 사이에. 자신의 삶에 비겨 장 뒤 샤라는 인물의 생을 짤막하게 가공하는 청년 베케트와 자신의 생으로부터 한발 비껴나면서 일순 늙은 부랑자가 되는 베케트 사이에.

저녁의 말, 침묵

레제의 부기 맨 끝에는 마르셀 슈보브(Marcel Schwob)에게서 온 짧은 구절이 숨듯 등장해. 그것은 이 짤막한 텍스트의 거미줄을 엮는 많은 실올들이 어디서 와서 어디로

145

가려 했는지를, 그 동기를 최대한 작고 가는 목소리로 알려줘. 새뮤얼 존슨에서 오브리, 보즈웰, 그리고 슈보브로 이어지는 길들은 회색의 우울함이 낳는 묵직한 사고로부터 투명하고 유연한 것으로, 혹은 전기에서 약전으로, 그로부터 다시 다양하게 상상된 삶의 수 겹 날개들로 향해 가려는 의도를 보여줘. 물론 존슨과 오브리, 보즈웰 등은 베케트의 일면을 알게 해주는 작은 지표들 중 일부일 뿐이지만. 에크하르트의 어둠과 비움처럼, 또는 브람 판 펠더의 가난처럼 정면으로 응시해야 할 검은 구멍이 있는가 하면 육중함에서 해방된 편린들이 주는 찬탄이라든가 빠진 잇새로 웃으며 자유로워지는 감각도 있다. 설마 후자가 전자보다 표피적이고 쉽고 운 좋은 선택이라 생각하지는 않겠지. 그러고 보면 레제의 '사뮈엘 베케트의 말 없는 삶(들)'이라는 제목과 주제는 칸트의 마지막에 관한 드 퀸시—슈보브 에세이의 짝패이기를 자임한 듯 보이는군.* 칸트라는 위대한 지성이 그 황혼에 이르러 서서히 이울고 시들어 저무는 탈진의 과정을 '상상'에 기대어 서술한 드 퀸시의 이색적인 텍스트는 그러나 그 인식과 탐구의 끝 지점을 음악의 종지부에 찾아드는 침묵의 소중한 존재감으로 전환시키지. 슈보브 자신의 유연한 조절력에 기대어 설명하자면, 이렇게 해서 기술해야 할 누군가의 삶은 "유사성에서 다양성으로 향하는 기적적인 변형"을 거치게

---

* 마르셀 슈보브는 토머스 드 퀸시(Thomas De Quincey)의 『이마누엘 칸트의 마지막 날들(Les Dernières jours d'Emmanuel Kant)』(1899)을 프랑스어로 옮겼다.

돼.* 다시 한 번 곱씹지만, 한 토막 초의 몽상처럼 남는 저녁. 땅거미와 꺼져드는 목소리와 한숨에 초를 불어 끄는 입김이 마침내 하나가 되는 시간이 그때 와. 침묵은 저물녘의 말. 레제는 아마도 그 저녁 베케트라는 어스름의 분광을 그리기 위해 펜을 들었을 듯. 모든 찬란한 것이 공평하게 시드는 이상, 이제까지 떨어져 내렸던 사유와 상상과 추적의 나뭇잎들에 그저 한 잎을 더 얹듯. 왜 자꾸 떨어져 내리는 얘기를 하느냐고? 베케트는 뛰어내리는, 떨어져 내리는 사람이었으니까. 레제 자신이 그것을 대략 이렇게 요약하지 않았나. 떨어져 내리기 = 어린 시절의 영역을 되찾기. 눈 밝은 너는 이미 알아차렸겠지만 요양원 '티에르탕'의 묘사에서 시작된 이 에세이의 마지막은 그래서 그런 식으로 해결되었다. 죽음을 향한 두 발 — 유령에게 없는, 유령이 집요하게 찾으러 오는 그것, 발 — 의 낙하가 유년의 잊을 수 없는 공간 한복판에 정확히 착지하도록 말이야. 본질적인 한 장면을 향해 가는 것, 그 풍경 자체가 되는 것.

　　시선이 풍경이 될 수 있다면. 무한으로 열리는.

　　　　　　　　　　　　　　　　　　　　　　김예령

* 『상상의 삶』의 서문에서 오브리의 전기와 호쿠사이의 예술을 비교하면서
슈보브가 남긴 말. 마르셀 슈보브, 『상상의 삶(Vies imaginaires)』(비블리오테크-
샤르팡티에[Bibliothèque-Charpentier], 1896), 7–8쪽.

사뮈엘 베케트 연보*

1906년 — 4월 13일 성금요일, 아일랜드의 더블린 남쪽 마을
폭스록에서 건축 측량사 윌리엄(Willam)과 그 아내 메이(May)의
둘째 아들 새뮤얼 바클레이 베킷(Samuel Barclay Beckett)** 태어남.

1923년 — 10월, 더블린의 트리니티 대학교 입학. 베케트는
이곳에서 프랑스 문학과 이탈리아문학을 익힌다. 연극에 심취해
극장에 자주 드나든다.

1927년 — 12월, 문학사 학위 취득. 수석 졸업.

1928년 — 1-6월, 벨파스트의 캠벨 대학교에서 프랑스어와 영어를
가르친다. 11월, 파리의 고등 사범학교 영어 강사로 부임해 2년간
근무한다. 역시 아일랜드 출신으로 전임자이자 시인이었던 토머스
맥그리비(Thomas MacGreevy)는 그에게 제임스 조이스(James
Joyce)를, 또한 영어권 작가들과 출판업자들을 소개한다.

1929년 — 첫 비평문이자 조이스에게 헌정하는 글「단테…
브루노. 비코…조이스(Dante...Bruno. Vico.. Joyce)」와 첫 단편

---

* 베케트 작품명과 관련해, 영어로 출간되었을 경우 영어 제목을, 프랑스어로 출간되었을
경우 프랑스어 제목을, 독일어였을 경우 독일어 제목을 병기했다. 각 작품명 번역은
되도록 통일하되 저자나 번역가가 의도적으로 다르게 옮겼다고 판단될 경우 한국어로도
다르게 옮겼다. ─ 편집자
** 아일랜드 출신이지만 프랑스에서 활동하며 주로 프랑스어로 글을 쓴 작가 베케트는
프랑스어 표기법에 따른 이름 '사뮈엘 베케트'로 알려져 있다. 그러나 이 경우 출생 시
이름이기에 영어 표기법을 따랐다. ─ 편집자

「승천(Assumption)」이 『트랜지션(transition)』지에 실린다.

1930년 — 시와 철학에, 특히 데카르트와 필링크스의 사상에 심취한다. 7월, 첫 시집 『호로스코프(Whoroscope)』가 파리의 디 아워즈 출판사(The Hours Press)에서 출간된다. 10월, 트리니티 대학교 프랑스어 강사로 취임한다.

1931년 — 3월, 런던의 채토 앤드 윈더스(Chatto and Windus)에서 『프루스트(Proust)』가 출간된다. 12월, 문학 석사 학위 취득.

1932년 — 1월, 강사직을 사임한 후 파리로 떠난다. 3월, 『트랜지션』지에 공동 선언문 「시는 수직이다(Poetry is Vertical)」와 단편을 발표한다.

1933년 — 6월 26일, 아버지 윌리엄이 심장마비로 사망.

1934년 — 1월, 런던으로 이사. 태비스톡 클리닉의 윌프레드 루프레히트 비온(Wilfred Ruprecht Bion)에게 정신분석을 받기 시작한다. 5월, 단편집 『발길질보다 따끔함(More Pricks Than Kicks)』이 채토 앤드 윈더스에서 출간된다.

1935년 — 8월, 장편소설 『머피(Murphy)』를 쓰기 시작해 이듬해 6월 완성한다. 12월, 영어 시 13편이 수록된 시집 『에코의 뼈들 그리고 다른 침전물들(Echo's Bones and Other Precipitates)』이 파리 유로파 출판사(Europa Press)에서 출간된다.

1937년 — 10월, 파리 몽파르나스 근처에 정착.

1938년 — 1월 7일 파리에서 한 청년의 칼에 가슴을 찔려
병원에서 치료받던 중 (훗날 부인이 될) 피아니스트 쉬잔
데슈보뒤메닐(Suzanne Dechevaux-Dumesnil)의 방문을 받는다.
3월, 『머피』가 런던의 출판사 라우틀리지 앤드 선스(Routledge and
Sons)에서 출간된다. 4월, 프랑스어로 시를 쓰기 시작한다.

1939년 — 알프레드 페롱(Alred Péron)과 함께 『머피』를
프랑스어로 번역한다. 9월 3일, 영국과 프랑스가 독일과의 전쟁을
선언한다. 당시 더블린에서 어머니를 만나고 있던 베케트는 이튿날
파리로 돌아간다.

1940년 — 6월, 프랑스가 독일에 함락되자 쉬잔과 함께 제임스
조이스의 가족이 머물고 있던 비시로 떠난다. 9월, 파리로 돌아온다.

1941년 — 1월 13일, 제임스 조이스가 취리히에서 사망. 2월,
소설 『와트(Watt)』를 쓰기 시작한다(1944년 12월 탈고). 9월 1일,
레지스탕스 조직에 가담한다.

1942년 — 8월 16일, 게슈타포를 피해 쉬잔과 함께 프랑스
남부 루시용으로 간다. 10월 6일 도착. 파리는 1944년 8월 25일
해방된다.

1945년 — 3월 30일, 무공훈장을 받는다. 8-12월, 노르망디 생로
군인병원에서 창고관리인 겸 통역사로 자원해 일하며 글을 쓴다.

1946년 — 첫 프랑스어 단편 「계속(Suite)」(제목은 훗날 '끝[La
Fin]'으로 바뀜)을 쓴다. 장편 『메르시에와 카미에(Mercier et

Camier)」와 단편 「추방된 자(L'Expulsé)」, 「첫사랑(Premier amour)」, 「진정제(Le Calmant)」 등을 쓴다.

1947년 ─ 1-2월, 프랑스어로 첫 희곡 「엘레우테리아 (Eleutheria)」를 쓴다(사후 출간). 4월, 『머피』 프랑스어판이 파리의 출판사 보르다스(Bordas)에서 출간된다. 5월, 『몰로이(Molloy)』 집필 시작. 11월, 『말론 죽다(Malone meurt)』 집필 시작.

1948년 ─ 이해 10월부터 이듬해 1월까지 『고도를 기다리며(En attendant Godot)』를 쓴다.

1949년 ─ 3월, 『이름 붙일 수 없는 자(L'Innommable)』 집필 시작.

1950년 ─ 연출가 로제 블랭(Roger Blin)을 만난다. 8월 25일, 어머니 메이 사망. 10월, 프랑스 미뉘 출판사(Les Éditions de Minuit)의 대표 제롬 랭동(Jérôme Lindon)이 『몰로이』, 『말론 죽다』, 『이름 붙일 수 없는 자』 출간을 결정한다. 12월, 「아무것도 아닌 텍스트들(Textes pour rien)」을 쓰기 시작한다.

1951년 ─ 3월 『몰로이』가, 11월 『말론 죽다』가 미뉘에서 출간된다.

1952년 ─ 10월, 미뉘에서 『고도를 기다리며』가 출간된다.

1953년 ─ 1월 5일, 「고도를 기다리며」가 몽파르나스 바빌론 극장에서 초연된다(로제 블랭 연출). 5월, 미뉘에서 『이름 붙일 수 없는 자』가 출간된다. 8월, 파리 올랭피아 출판사(Olympia Press)에서 『와트』 영어판이 출간된다.

1954년 — 8월 말, 『고도를 기다리며(Waiting for Godot)』
영어판이 뉴욕 그로브 출판사(Grove Press)에서 출간된다. 13일, 형
프랭크(Frank)가 폐암으로 사망.

1955년 — 『몰로이』영어판이 파리 올랭피아와 뉴욕 그로브에서
출간된다. 8월 3일, 『고도를 기다리며』의 첫 영어 공연이 런던
아츠 시어터 클럽에 오른다. 11월, 단편 3편(「추방된 자」,
「진정제」, 「끝」)과 글 13편을 엮은 『단편들 그리고 아무것도 아닌
텍스트들(Nouvelles et textes pour rien)』이 미뉘에서 출간된다.

1956년 — 2월, 『고도를 기다리며』가 런던 출판사 페이버 앤드
페이버(Faber and Faber)에서 출간된다. 10월, 『말론 죽다』영어판이
그로브에서 출간된다.

1957년 — 1월, 첫 라디오극 「넘어지는 모든 자들(All That Fall)」이
BBC 3프로그램에서 처음 방송된다. 『마지막 승부 / 무언극(Fin
de partie suivi de Acte sans paroles)』이 미뉘에서 출간된다. 8월,
페이버 앤드 페이버에서 『넘어지는 모든 자들』이 출간된다. 이
작품은 10월 미뉘에서도 출간된다(Tous ceux qui tombent, 로베르
팽제[Robert Pinget] 옮김). 12월, 「포기한 작업으로부터(From an
Abandoned Work)」가 BBC 3프로그램에서 방송된다.

1958년 — 『마지막 승부 / 무언극(Endgame, followed by Act
Without Words I)』과 『포기한 작업으로부터』영어판이 페이버에서
출간된다. 9월, 『이름 붙일 수 없는 자(The Unnamable)』영어판이
그로브에서 출간된다.

1959년 — 7월 2일, 트리니티 대학교에서 명예박사 학위를 받는다.
『몰로이』, 『말론 죽다』, 『이름 붙일 수 없는 자』가 한 권으로 묶여
10월에 파리 올랭피아에서 『3부작(A Trilogy)』으로, 11월에 뉴욕
그로브에서 『세 편의 소설(Three Novels)』로 출간된다. 12월,
『크래프의 마지막 테이프 그리고 타다 남은 불씨들(Krapp's Last
Tape and Embers)』이 페이버에서 출간된다.

1961년 — 1월, 미뉘에서 『어떻게 되는지(Comment c'est)』 출간.
3월 25일, 영국의 동남부 켄트의 포크스턴에서 쉬잔과 결혼한다.
5월, 보르헤스와 공동으로 국제 출판인상을 수상한다. 그로브에서
『오 행복한 날들(Happy Days)』이, 칼더 앤드 보야스(Calder and
Boyars)에서 『영어로 쓴 시(Poems in English)』가 출간된다.

1962년 — 희곡 「연극 / 코메디」(영어 제목 'Play', 프랑스어 제목
'Comédie') 집필. 4월, 「필름(Film)」을 쓴다. 「말과 음악(Words and
Music)」이 BBC 3프로그램에서 방송된다.

1963년 — 『오 행복한 날들(Oh les beaux jours)』 프랑스어판이
미뉘에서 출간된다.

1964년 — 3월, 『연극 그리고 두 편의 라디오 단막극(Play and Two
Short Pieces for Radio)』이 페이버에서 출간된다. 4월, 『어떻게
되는지(How it is)』 영어판이 런던 칼더 앤드 보야스에서 출간된다.
7-8월, 「필름」 제작을 돕고자 뉴욕에 머문다. 앨런 슈나이더(Alan
Schneider)가 감독하고 버스터 키턴(Buster Keaton)이 출연한
「필름」은 이듬해 9월 베네치아 국제 영화제에서 상영된다.

1965년 — 단막극「왔다 갔다」를 영어로 쓰고 프랑스어로 옮긴다(영어 제목 'Come and Go', 프랑스어 제목 'Va-et-vient'). 첫 텔레비전용 스크립트「어이 조(Eh Joe)」를 영어로 쓴다. 단편「죽은 상상력 상상해보라」가 파리 미뉘와 런던 칼더 앤드 보야스에서 출간된다(프랑스어 제목 'Imagination morte imaginez', 영어 제목 'Imagination Dead Imagine').「소멸자(Le Dépeupleur)」를 쓰기 시작한다.

1966년 —『코메디 및 기타 극작품(Comédie et Actes divers)』,『충분히(Assez)』,『쿵(Bing)』이 미뉘에서 출간된다.

1967년 — 베를린에서「마지막 승부」를 연출한다. 단편집『죽은-머리들(Têtes-mortes)』이 미뉘에서 출간된다.

1968년 — 프랑스어로 쓴 시들을 엮은『시집(Poèmes)』과『와트』프랑스어판이 미뉘에서 출간된다.「숨소리」를 영어로 쓴다(영어 제목 'Breath', 프랑스어 제목 'Souffle').

1969년 — 10월 23일, 튀니지에서 요양 중 노벨 문학상 수상 소식을 듣는다. 미뉘 출판사 대표 제롬 랭동이 대신 시상식에 참여한다.『없는(Sans)』이 미뉘에서 출간된다.

1970년 — 미뉘에서『메르시에와 카미에』,『첫사랑』,『소멸자』가 출간된다. 런던 칼더 앤드 보야스에서『없어짐(Lessness)』영어판이 출간된다.

1971년 — 베를린에서「오 행복한 날들」을 연출한다.

1972년 —「나는 아니야」를 영어로 쓴다(영어 제목 'Not I', 프랑스어 제목 'Pas moi').『소멸자』를 영어로 옮긴『잃어버린 자들(The Lost Ones)』이 런던 칼더 앤드 보야스와 뉴욕 그로브에서 출간된다.『숨소리 그리고 다른 단막극들(Breath and Other Short Plays)』이 페이버에서 출간된다.

1973년 —「나는 아니야」가 페이버에서,『첫사랑』이 칼더 앤드 보야스에서 출간된다.

1974년 — 희곡「그때는」을 쓰기 시작한다(영어 제목 'That Time', 프랑스어 제목 'Cette fois').

1975년 — 베를린 실러 극장에서「고도를 기다리며」를, 파리 오르세 극장에서「나는 아니야」와「마지막 테이프」를 연출한다. 텔레비전용 스크립트「고스트 트리오」를 영어로 쓴다(영어 제목 'Ghost Trio', 프랑스어 제목 'Trio du Fantôme'). 희곡「발소리」(영어 제목 'Footfalls', 프랑스어 제목 'Pas'), 단편「다시 끝내기 위하여(Pour finir encore)」를 쓴다.

1976년 — 단편집『다시 끝내기 위하여 그리고 다른 실패작들(Pour finir encore et autres foirades)』가 미뉘에서 출간된다. 텔레비전용 스크립트「오직 구름만이…」를 영어로 쓴다(영어 제목 '…but the clouds…', 프랑스어 제목 '…que nuages…').

1977년 —『동반자(Company)』집필. 런던 칼더와 뉴욕 그로브에서 시 전집이 출간된다.「나는 아니야」,「고스트 트리오」, 「오직 구름만이…」가 영국과 독일에서 방송된다.『발소리(Pas)』

프랑스어판이 출간된다.

1978년 —『발소리 / 네 편의 밑그림(Pas *suivi de* Quatre esquisses)』,『시들 / 풀피리 노래들(Poèmes *suivi de* mirlitonnades)』,『이번에는(Cette fois)』이 미뉘에서 출간된다.

1979년 —『동반자』가 런던 칼더에서 출간된다. 뉴욕에서「독백극」(영어 제목 'A Piece of Monologue', 프랑스어 제목 'Solo')이 공연된다.

1980년 —『동반자(Compagnie)』프랑스어판이 미뉘에서 출간된다.「자장가」(영어 제목 'Rockaby', 프랑스어 제목 'Berceuse'),「오하이오 즉흥곡(Ohio Impromptu)」집필.

1981년 —『잘 못 보이고 잘 못 말해진(Mal vu mal dit)』이 미뉘에서 출간된다. 텔레비전용 스크립트「쾨드(Quad)」를 영어로 쓴다. 짧은 글「천장」을 영어로 쓴다(영어 제목 'Ceiling', 프랑스어 제목 'Plafond').『최악을 향하여(Worstward Ho)』집필(훗날 에디트 푸르니에[Edith Fournier]가 번역한 프랑스어 제목은 'Cap au pire'이다).

1982년 —「대단원(Catastrophe)」집필. 이후 아비뇽에서 초연되고 미뉘에서 출간된 이 작품은 소련 독재 체제에 항거하다 투옥된 전 체코 대통령 바츨라프 하벨(Václav Havel)에게 헌정되었다. 텔레비전용 스크립트「밤과 꿈(Nacht und Traüme)」을 영어로 쓰고 독일에서 연출한다.

1983년 ― 마지막 희곡 「무엇을 어디서」(영어 제목 'What Where', 프랑스어 제목 'Quoi Où')를 쓴다. 『최악을 향하여』가 칼더에서 출간된다.

1984년 ―『단막극 전집(Collected Shorter Plays)』이 런던 페이버와 뉴욕 그로브에서 출간되고, 『시 전집 1930-78(Collected Poems 1930-1978)』이 런던 칼더에서 출간된다. 런던에서 「고도를 기다리며」, 「마지막 승부」, 「크래프의 마지막 테이프」를 연출한다.

1988년 ― 마지막 글이 될 「떨림」(영어 제목 'Stirrings Still', 프랑스어 제목 'Soubresauts') 완성. 『영상(L'Image)』이 미뉘에서, 『산문 전집 1945-80(Collected Shorter Prose, 1945-1980)』이 칼더에서 출간된다.

1989년 ―『떨림』, 『세계와 바지(Le Monde et le pantalon, suivi de Peintres de l'empêchement)』가 미뉘에서 출간된다. 7월 17일, 쉬잔 사망. 12월 22일, 베케트 사망. 파리 몽파르나스 묘지에 함께 안장된다.

이 연보는 베케트의 연구자이자 번역가인 에디트 푸르니에(Edith Fournier)의 작업(미뉘)과 카산드라 넬슨(Cassandra Nelson)의 작업(페이버)을 참조해 작성되었다. ― 편집자

워크룸 문학 총서 '제안들'

일군의 작가들이 주머니 속에서 빚은 상상의 책들은 하양
책일 수도, 검정 책일 수도 있습니다. 이 덫들이 우리 시대의
취향인지는 확신하기 어렵습니다.

'제안들'은 계속됩니다.

제안들 4

나탈리 레제
사뮈엘 베케트의 말 없는 삶

김예령 옮김

초판 1쇄 발행. 2014년 3월 31일
4쇄 발행. 2019년 1월 31일

발행. 워크룸 프레스
편집. 김뉘연
제작. 세걸음 / 상지사

ISBN 978-89-94207-37-7 04800
978-89-94207-33-9 (세트)
12,000원

워크룸 프레스
출판 등록. 2007년 2월 9일
(제300-2007-31호)
03043 서울시 종로구
자하문로16길 4, 2층
전화. 02-6013-3246
팩스. 02-725-3248
메일. workroom@wkrm.kr
workroompress.kr
workroom.kr

이 도서의 국립중앙도서관
출판예정도서목록(CIP)은 서지정보유통
지원시스템(seoji.nl.go.kr)과
국가자료공동목록시스템(nl.go.kr/
kolisnet)에서 이용하실 수 있습니다.
CIP제어번호: CIP2014008921

옮긴이. 김예령 — 서울대학교 불어불문학과 및 동 대학원을 졸업하고
파리7대학에서 루이페르디낭 셀린 연구로 박사 학위를 받았다. 옮긴 책으로 장
프랑수아 리오타르 등의 『숭고에 대하여 — 경계의 미학, 미학의 경계』, 안느실비
슈프렝거의 『아귀』, 레몽 라디게의 『육체의 악마』, 알베르 카뮈의 『이방인』, 장뤽
낭시의 『코르푸스 — 몸, 가장 멀리서 오는 지금 여기』, 루이페르디낭 셀린의
『제멜바이스 / Y 교수와의 인터뷰』 등이 있다. 강의와 번역을 병행하고 있다.